想象,比知识更重要

幻 象 文 库

雷·布拉德伯里
短篇自选集
［第1卷］

Bradbury Stories:
100 of His
Most Celebrated
Tales

Ray Bradbury

暗夜独行客

［美］雷·布拉德伯里 著
夏茄 曹浏 等 译

新 星 出 版 社　NEW STAR PRESS

自　序

真不敢相信，我在这短短数十载中竟然写下了如此之多的故事。可另一方面，我也时常好奇其他作家是如何利用自己的时间的。

对我而言，写作就如同呼吸一样自然，无须做任何计划或安排，完全是靠本能的驱使。收录在这部短篇集中的所有故事，其灵感都是在最意想不到的时刻爆发出来的，我必须立即坐在打字机跟前趁着热乎劲儿把它们一股脑儿地转化成文字。

一个很有代表性的例子就是《报丧女妖》。当时我在爱尔兰为约翰·休斯顿导演的电影《白鲸记》撰写剧本，我们经常在深夜围坐在壁炉前，品尝爱尔兰威士忌。我其实并不很爱喝酒，但他对那酒很喜欢，所以我也跟着喝点儿。有时休斯顿会在把酒言欢时突然停下来，闭上双眼，听寒风在屋外呼啸。然后他会一下子睁开眼睛，用手指着我大喊，说爱尔兰的天空上盘旋着好多报丧女妖，也许我应该出去看看是不是真的，并招呼她们进来。

他总是这样吓唬我，那一幕深深地烙在我的脑海里，等我回到美国家中时，最终根据他那怪异行为留给我的灵感写下了这篇小说。

写《汤因比暖房器》则是由于当时我们经常在报纸标题或电视报道中感受到绝望的轰炸，全社会都弥漫着末日将至的气氛。这种情绪不断发酵，可人们却没回过头去想一想它究竟从何而来，又究竟对我们造成了哪些改变。

后来有一天，我终于再也抑制不住这种感觉，决定要做些什么，于是我创造了一个角色来说出我心中的想法。

《劳莱与哈代爱情故事》则是源于我对这对完美喜剧组合一生不变的热爱。

很多年前抵达爱尔兰时，我打开一份《爱尔兰时报》，发现里面有这样一则小小的广告：

今日
仅此一次！
为爱尔兰的孤儿们义演
劳莱与哈代亲自献艺！

我一路狂奔到剧院，幸运地买到了最后一张票，还是前排正当中！大幕卷起，那两位可爱的人儿在台上表演着他们最伟大剧目中最经典的场景。我坐在台下，被惊异和快乐深深地冲击，泪水滑过脸颊。

回到家后，那些情景仍然在我脑海中挥之不去。我想起有一回一个朋友带我去了一段阶梯旁，就是劳莱和哈代扛着钢琴爬上去的那段，结果他们却是被钢琴赶了下来。于是我让故事继续。

《暗夜独行客》是《华氏451》的先兆。我在五十五年前曾经和一位朋友共进晚餐，饭后我们决定沿着洛杉矶的威尔夏大道走一走。可是没过几分钟，我们就被一辆警车拦了下来。警官问我们在做什么。我回答他："把一只脚放在另一只脚的前面。"我显然回答错了。警官怀疑地看着我，因为当时人行道上空无一人——整个洛杉矶都没人会在这条道上散步。

我回到家，为此事恼火不已，想不通为什么连散步这么简单而自然的行为都会被制止。于是，我写下了一篇发生在未来的故事，某位行人因为散步而遭到拘捕，并被处决。

几个月后，我又让那位独行客在晚上散步，并安排他在拐角处遇见了一位名叫克拉丽斯·麦克莱伦的女孩。九天后，中篇小说《消防员》诞生了，它后来被扩展成了《华氏451》。

《垃圾工》的灵感来源于1952年初洛杉矶报纸上的一则新闻，当时市长宣布，如果有原子弹击中洛杉矶，那么死难者的尸体将由垃圾清扫工负责处理。他的这番言辞令我怒不可遏，于是我坐下，抒发出胸中怒火，写成了这个故事。

《军令如山》也源自现实。许多年前，我有时会在下午跟朋友一起到国宾酒店的泳池里游泳。那位泳池看管者严厉得几乎不近人情，总会让他年幼的儿子站在泳池边，向他灌输关于人生各式各样的死板规矩。我一天天看着那无止无休的说教，忍不住幻想在未来的某一天，他那乖巧的儿子会突然奋起反抗。我坐在桌前，脑海里酝酿着这似乎注定要出现的一幕，写下了这个故事。

《拉斐特，永别了》基于一个真实而悲惨的故事，那是我家隔壁的一位老电影摄影师讲给我听的。他偶尔会到我家来做客，喝上一杯红酒。他告诉我，在1918年，第一次世界大战结束前的最后几个月里，他曾是拉斐特飞行队的成员。回想起自己曾经击落德国双翼飞机时他不禁潸然泪下，那些年轻帅气的士兵死前的面容多年以后仍然在他心头徘徊不去。我无力帮他做任何事，唯有用手里的笔让他获得些许慰藉。

《夏天奔跑的声音》的诞生也实属偶然。我当时正坐在大巴上穿过西木村，一个小男孩突然跳上车，把钱塞进投币箱里，从车厢前头跑到我对面的座位上一屁股坐了下来。我无比羡慕地看着他，心想，天哪，要是我有他这身活力就能每天都写一个短篇故事，每晚写三首诗，每月完工一部小说。我低头看向他的脚，发现那活力是有原因的，他穿了一双显眼的新网球鞋。我突然记起在自己成长中的那些特殊的日子。每年刚一入夏，父亲就会带我到鞋店，给我买一双崭新的网球鞋，让我焕发出全世界的能量。我当时在车里就恨不得能马上到家，坐下来写个关于小男孩盼望一双新网球鞋，好在夏日里纵情奔跑的故事。

写《上周一的大碰撞》是因为我当时在都柏林随手买了一份《爱尔兰时报》。报上登着一条可怕的新闻——1953年全年，爱尔兰总共有375名骑车人在事故中丧生。我想，这是多么不可思议啊。我们在美国很少会读到这样的新闻，通常是人们在汽车类交通事故中遇难。接着读下去，我发现了原因所在。在爱尔兰境内有一万多辆自行车，人们总是会以每小时四十至五十英里的速度骑行，然后迎面相撞，所以当头部受到撞击时，必然会遭受严重的颅骨损伤。我想世界上没人知道这一点！也许我应该写个故事出来。于是就那样做了。

《夏洛伊之战的鼓手》的灵感来源于《洛杉矶时报》上刊登的某个小演员的讣告，那个演员名叫奥林·豪兰，我看过他出演的很多部电影。讣告中提及他的父亲是夏洛伊之战的鼓手。那些言辞伤感而充满魔力，引我回想起往日岁月，使我立即决定用打字机把心中的感悟写下来，于是在接下来的一个小时里，我写出了这个故事。

《亲爱的阿道夫》的缘起则更加简单。我在某天下午路过环球影城，遇见一位身穿纳粹制服，脸上还黏着希特勒胡须的群众演员。我不由得设想当他在影城附近或大街上走来走去时会发生什么事，人们看到跟希特勒相貌如此相仿的人会作何反应。当晚那个故事写成了。

从来都不是我支配我的故事，而是那些故事支配着我的双手。每当新的灵感出现时，它们都会命令我赋予它们声音、形态与生命力。正如我在这些年中对其他作家建议的那样：大胆从悬崖上跳下去，在下落的过程中再想办法给自己插上翅膀。

在过去六十多年的岁月里，我跳过无数次悬崖，在打字机前头苦思冥想如何给故事加上结尾，好让结局不至于太过突兀。而在刚刚过去的那几年里，我回顾了自己少年时站在街角卖报纸，每天写作的日子，意识到自己当年竟然那么努力。我为什么会那么做呢，为什么会不厌其烦地一次次从悬崖上跳下去？

答案还是那句陈词滥调：出于热爱。

当时的自己不顾一切往前冲，全心全意地热爱那些书籍、作者和图书馆，专注于练就自己，而根本没留意到我只是个身材矮小、其貌不扬、天赋欠缺的少年。也许，在脑海中的某个角落里，我是知道的。可我仍然坚持不懈地去写、去创造，那动力就像血液在我体内奔涌，至今未息。

我总是幻想着有一天，当我走进图书馆在书架上翻找图书时，能看到印着自己名字的书跟莱曼·弗兰克·鲍姆或埃德加·赖斯·巴勒斯的作品摆放在一起，上层书架上还有其他名家的著作，比如说埃德加·爱伦·坡、赫伯特·乔治·威尔斯，还有儒勒·凡尔纳。我深深地热爱着他们以及他们笔下的世界，而其他作家像是萨默塞特·毛姆和约翰·斯坦贝克则使我热情满满，在这些贵客的陪伴下，我早已忘记自己是《巴黎圣母院》里的那个驼背的钟楼怪人。

然而随着时间一年又一年流逝，我褪去青涩，终于成了一位短篇小说作家，成了散文家、诗人和剧作家。我花了几十年的时间不断褪去旧的自我，是热爱在一路上召唤我前行。

在这本短篇集中，你将读到在我漫长写作生涯里颇具代表性的故事。我深深感念往昔岁月以及激励我不断前进的那份热爱。当我看着这本书的目录时，眼里充满泪水，这些亲爱的朋友们啊——这些活在我想象中的恶魔与天使。

他们都在书里了。这是一本精彩的合集，希望你们也能喜欢它。

雷·布拉德伯里
2002 年 12 月

目录

刮 脸	1
燃烧的人	6
暗夜独行客	15
垃圾工	22
跳房子	29
狗是怎么死的？	38
秘门奇谭	49
拉斐特，永别了	64
死 人	76
草坪上的女人	90
奥康奈尔桥上的乞丐	107
戈尔韦疯狂一夜	129
四旬斋的第一晚	137
劳莱与哈代爱情故事	146
重 磅	156
风	168

目录

亨利九世	181
记得萨沙吗？	192
许　愿	202
归　途	212
他	222
不速之客	240
图案人	261
流　放	277
无处躲藏	290

刮　脸

刊于《画廊》（Gallery）
1979 年 3 月
曹浏 译

　　他驭马冲入镇里，还一路对着蓝天放枪。透过飞扬的尘土，他一枪毙了一只鸡，顺势用马蹄踢飞。他一边重新上膛一边大叫大嚷，阳光下，那三周没刮的红胡子衬得他分外狂躁。他直奔酒馆，拴好马后提着余热未散的枪就走了进去。他怒目圆睁，瞪着镜子里自己晒伤的脸，喊酒保开了一瓶酒。
　　酒保把酒瓶和酒杯沿着吧台滑了过来，就去招呼其他客人。
　　男人沿着吧台走到另一头的免费午餐区，霎时屋内鸦雀无声。
　　"你们都他妈怎么啦？！"詹姆斯·马龙大吼，"都给我说起来，笑起来。赶紧的，现在就开始，不然我一枪把你们的眉毛都他妈射下来！"
　　于是大家又开始谈笑风生。

"这下好多了。"詹姆斯·马龙挺满意，一杯接一杯地喝了起来。

他猛地撞开酒吧的侧门，带起一阵风。他踏着重重的步伐，像头大象似的走到大马路上。已是下午时分，人们纷纷从矿场或山里策马而归，正往斑驳的柱子上拴马。

街对面是一家理发店。

过马路之前，他重新检查了自己亮蓝色的手枪，用红鼻子嗅了嗅枪管，扑面而来的火药味让他不由"啊"了一声。他瞥见身前的滑石粉堆中有个锡罐，便连射了它三枪。整条街的马都被惊得呼扇起耳朵、上蹿下跳，他却阔步前行哈哈大笑。再次上了子弹后，他一脚踹开理发店的大门，就这么看着满屋的人。店里的四把工作椅上已然坐了顾客，人手一本杂志，满腮的泡沫。从背后的镜子里也可以看到悠闲的他们和那些丰盈的泡沫以及动作熟练的理发师。

靠墙有一张长凳，还坐了六个排队等着刮脸的男人。

"请坐。"一个理发师抬头看看他，说道。

"当然。"詹姆斯·马龙这么说着，把枪指向了第一把椅子。"先生，请挪开，不然我就让你再也下不来。"

被指着的男人满脸都是泡沫，他先是一惊，继而愤怒，很快又转为忧虑。犹豫了好一会儿之后，他还是艰难地撑起身，抄起围裙拭去下巴上的白沫甩到地上，然后走到一旁，挤进了长凳上等候的队列。

詹姆斯·马龙轻蔑地一笑，蹦上了这把黑皮椅，扳上两把枪的扳机。

"我从来不等。"他对着满屋子人自言自语。他的目光漫无目的地扫过他们，落到天花板上。"只要选对了生活方式，你啥都不用等。你们呐，都该学着点儿！"

那个理发师清了清嗓子，把围裙围在了马龙身上，他的手枪在白布下支起了小帐篷。只听咔嗒一声响，他把两把手枪一碰，提醒所有人它们的存在。

"给我开工，"他并没有正眼看这位理发师，"先给我剃个胡子，现在真是又痒又难看，然后再理个发。喂，我说你们那几个人，从右开始，给老子讲几个笑话，得讲点好笑的，让我修脸的时候高兴高兴。好久没怎么消遣了。你，对，就是你，从你开始吧。"

刚才那个在椅子上坐得好好的结果被莫名赶走的倒霉鬼又被选中了，他缓了一会儿才回过神来，冲其他人翻了翻白眼，开始用一种奇怪的声音说起话来，像是嘴巴被人打了一拳。

"我以前认识一位男士，他……"他脸色煞白，一字一顿地开始讲起了故事，"这位绅士，他……"

詹姆斯·马龙又对理发师说道："你，听着，我要刮脸，得刮得完美才行。我若是把胡子剃了可英俊得很，但是我的皮肤很娇嫩。我在山里淘了很久的金，屁都没淘到，所以现在都别惹我。我就想警告你一件事，假如你划破我的脸，哪怕只有一丁点儿，我也会弄死你。听到了吗？我肯定会毙了你。哪怕只是流了一滴血，我都会一枪打穿你的心脏。明白了吗？"

理发师默默地点了点头。整间理发店瞬间安静了。没人讲笑话，也没人在笑。

"注意了，一滴血都不许有，一个小口子都不许划，"詹姆斯·马龙重复道，"不然你下一秒就死了。"

"我家里还有老婆要养活。"理发师说。

"我他妈才不管你是不是有六个老婆五十七个孩子的摩门教徒。你敢刮伤我就得去死。"

"我有两个孩子，"理发师接着说道，"一个可爱的小女儿，一个儿子。"

"别废话，"马龙调整姿势躺好，闭上眼睛，"开始吧。"

理发师准备好热毛巾，盖在马龙脸上，可他又开始破口大骂，一边隔着围裙挥舞手枪。当理发师揭下热毛巾，把热泡沫抹到他脸上时，马龙仍在喋喋不休地咒骂和威胁。枪口对着排队等候的人，害得他们一个个面色苍白，浑身不自在。其余的理发师也都各自立在顾客坐椅边，呆若木鸡。整家店在这酷暑日中如入凛冬。

"怎么不讲故事了？"马龙突然厉声责骂，"行吧，那就唱歌。你们四个，唱点《我亲爱的克莱门汀》之类的歌。听到没有，快开唱！"

那理发师在打磨剃刀，双手颤抖。"马龙先生。"他叫道。

"闭嘴，给我干活儿。"马龙把头往后仰，拉长了脸说。

理发师又磨了磨剃刀，看了看所有坐在店里的人，清了清嗓子，然后说道："诸位都听清马龙先生的话了吗？"

所有人静默地点了点头。

"你们听见他威胁要取我性命，"理发师说，"哪怕我只是在他皮肤上弄出一滴血，是吗？"

人群再次颔首。

"那么必要之时，你们会在法庭上作证吗？"理发师问道。

大家又一次点头示意。

"少废话，"马龙说，"赶紧干正事。"

"我只想确认这些。"理发师说，任由皮质磨刀带落下，铛的撞在椅子上。他举起剃刀，那刀在灯光下泛着莹莹寒光。

他抓着詹姆斯·马龙的脑袋往后斜了斜，将剃刀对准他毛发密布的喉咙。

"咱们从这儿开始，"他说，"就从这儿开始。"

燃烧的人

刊于阿根廷《人物》(*Gente*)
1975 年 7 月 31 日
吕诗苑 译

一辆福特车摇摇晃晃地驶来，扬起几缕黄色轻尘，一个小时后才重归平静，接下来便再也没有任何动静。七月中旬，世界陷入一片昏迷状态。远方，湖泊静静等候着，像一块镶嵌在鲜绿色草地里的浅蓝宝石。但是，这里离湖还有很长一段距离，涅娃和道格坐在他们火红的小车里颠簸前行，搁在后座的柠檬水在保温瓶里晃来晃去，放在道格腿上的辣味烤火腿三明治在慢慢发酵。男孩和姑姑吸入灼热的空气，呼出更热的气息。

"吞火人，"道格拉斯说，"我简直是在吞火，要命，我真是恨不得马上跳进湖里！"

突然，前方路边出现了一个男人。

衬衫前襟开着，露出腰部以上古铜色的肌肤，他的发色似七月里成熟的小麦。灿烂的阳光下，他的双眼亮得像湛蓝色的火焰。他招招手，一副因高温而奄奄一息的样子。

涅娃踩下刹车，路面扬起喧嚣的尘土，遮住了视线，看不见那人。等到金色的尘土散去，他的眼睛像猫一样发出邪恶的亮黄色光芒，好像在挑衅这恶劣的天气与热风。

他盯着道格拉斯。

道格拉斯紧张地移开视线。

此人穿过一片高高的、因八周无雨而被烘烤得枯黄的草地一路走来，在草地间开辟出一条通向马路的小径。这条小径的另一头通向一片干涸的沼泽和河床，河床上空无一物，只剩被晒得发红的石头、油炸过似的岩石，还有就要热熔的沙子。

"见鬼，你居然停了！"那人生气地叫道。

"见鬼，我就是停了。"涅娃吼回去，"你要去哪儿？"

"待会儿再说。"男人像猫一样跳起来，坐进后座。"开车。它就要追上来啦！我是说太阳，当然啦！"他直指头顶。"快！不然我们都得疯！"

涅娃踩下油门。汽车离开碎石路，开到炽热的尘土路上。他们一路直行，除了时不时得避过巨石，或者偶尔撞上小石块。扬起的尘烟把这片土地分割成两半。喧嚣之上，男人在大叫："开到七十、八十，见鬼，干脆开到九十吧！"

涅娃不满地扫了这暴君一眼，看这一眼能不能让后座的入侵者闭上嘴。他闭嘴了。

这当然就是道格对这头野兽的感觉。他不是搭便车的陌生人，不，他是一名入侵者。这个头发乱糟糟，身上散发着怪味的人，跳上这辆鲜红的汽车才两分钟，便成功让天气、汽车、道格以及汗流浃背的高贵姑姑都对他厌烦起来。她弓身坐在驾驶盘前，让车穿过愈加猛烈的热浪和沙砾的冲击。

同时，后座的那个生物——他长着一头狮子鬃毛似的头发，一双嫩薄荷黄的眼睛——舔舔双唇，通过后视镜直直地盯着道格看。他眨了眨眼睛。道格想冲他眨回去，但不知道怎么的，眼皮就是合不起来。

"你有没有想过——"男人喊道。

"什么？"涅娃大声问。

"你有没有想过，"男人喊，身体前倾插进他们两人之间，"是这天气把你逼疯的，还是你本来就是个疯子？"

这出人意料的问题让他们在烤炉一般的天气里突然感到一丝冷意。

"我不太明白——"涅娃说。

"没有人会明白！"男人闻起来一股狮房的气味。他在两人之间上下挥动自己瘦弱的双臂，紧张地系上又解开一根看不见的绳子，那动作像是两团腋毛着了火。"今天这种天气像大祸临头。撒旦就是在这种日子诞生的，在一片像这样的荒野中，"那人说，"到处都是火焰烟雾，所有的东西都变得滚烫，根本没办法触摸，谁也不希望自己被别人碰到。"

他用肘部轻推了一下她的肘部，又同样推了一下那男孩。他们恨不得跳到一英里之外。

"看见了吧？"男人笑着说，"像今天这种天气，人们就会胡思乱想。这个夏天，不正像十七年蝉[①]大肆回归之时？简单却大范围肆虐的瘟疫？"

[①]十七年蝉，亦称周期蝉，北美洲特有的一种蝉，幼虫在地下蛰伏十七年后才会化羽而出。本书注释均为译注。

"我不知道!"涅娃开得很快,盯着前方。

"就在这个夏天,大毁灭即将来临。我的脑子转得太快了,我的眼球很不舒服,脑袋都要裂了。我的思路连不起来,我就要爆炸了。为什么,为什么,为什么……"

涅娃艰难地吞咽了一下。道格屏住呼吸。

突然之间,他们感觉到一股寒意。这男人只是悠闲地躺在那儿说话,看着路两边绿得像一团火的树木,呼吸着打在车身上的厚重灼热的尘埃。他的声音不高不低,正平稳而冷静地描述着他的人生:"是的,先生,世界比人们所认知的要丰富得多。既然能有十七年蝉,怎么就不能有十七年人呢?想过这个问题吗?"

"从来没有。"

也许我想过,道格想,他的嘴巴正像小老鼠一样动着。

"或者是二十四年人,甚至五十七年人?我是说,我们都习惯了人们成长、结婚、生子的这套模式,我们从来没有停下来想过,也许人还可以通过别的途径来到这世上。也许像蝉一样,谁知道呢,出现在盛夏某个炎热的日子里。"

"谁知道呢?"小老鼠再次出声。道格的嘴唇颤抖着。

"谁又敢说这世上没有遗传的恶魔呢?"男人说道,直直瞪着太阳,眼睛眨也不眨。

"什么恶魔?"涅娃问。

"遗传的恶魔,夫人。也就是说,骨子里的,一出生便是恶魔,长大以后是恶魔,死的时候也是恶魔,从头到尾没有任何改变。"

"哟!"道格拉斯说,"你是说有人生来就卑劣,并且一直如此?"

"你总结得很对,孩子。为什么不可以呢?既然存在那种公认的从生到死都像天使一样的人,那为什么不能有那种从一月到十二月贯穿三百六十五日都极端任性放肆的人呢?"

"我从来没想过这个问题。"小老鼠说。

"想想,"男人说,"想想。"

他们想了五秒。

"接下来,"男人说,眯起一只眼看着五英里外清凉的湖水,另一只眼闭上,在黑暗中沉思这一箩筐的事实,"听着,这酷暑——我是说像这个月、这个星期、今天这种天气——会不会把臭脾气的魔鬼从淤泥河道里逼出来?他埋在淤泥里四十五年,像幼虫一样等候着破茧而出。他把自己晃醒,从热泥塘里爬出,来到这世界,说,'我想我得吃一点儿夏天。'"

"这又怎么说?"

"我要吃掉夏天,一口吞掉它。看看那些树,不就是一顿晚餐?看看那些麦子,难道不是一场盛宴?那些路边的向日葵,天呐,是早餐。房顶上的沥青纸是午餐。还有那湖,就前头那个,我的神啊,那是餐酒,干了!"

"好吧,我口渴了。"道格说。

"口渴?见鬼,孩子,描述这种状态,'口渴'连边都不沾。细想一下,一个人在热泥塘里等了三十年终于出生了,却要在同一天死去!口渴!神啊!你可真够无知的。"

"好吧。"道格说。

"不仅口渴,而且饥饿,饥饿。看看周围。他不仅要吃光树木,吃掉路边艳丽的花朵,接着还要吃燥热得不断喘气的狗。这儿有一只,那儿有另一只!还有全国所有猫。那有两只,刚刚经过三只！那种贪吃的快乐变得……为什么不呢，我跟你们说，他接着就开始想吃人，吓到你了吧？我是说——人！煎的、煮的、焖的，或者还带着血丝生吃。阳光下晒干的美人、老人、年轻人。老妇人的帽子，然后是帽子下的老妇人，接着是年轻女人的围巾、年轻女人，接着是小男孩的泳裤、小男孩、手肘、脚踝、耳朵、脚趾，还有眉毛！眉毛，天啊，男人、女人、男孩、女士们、狗，满满一张菜单，把牙磨尖了，舔舔嘴唇，晚宴马上开始！"

"慢着！"

不是我在叫，道格想。我什么也没说。

"等等！"

是涅娃。

他看见姑姑站起来，像是终于下定了决心。

嘣！她的鞋跟落到地面上。

车停下了。涅娃打开车门，指着外面大叫，嘴开开合合，一只手伸过去抓住男人的衬衫，扯破了。

"出去！滚出去！"

"在这儿，夫人？"男人震惊地问。

"就在这儿，下车，出去，出去！"

"但是，夫人……"

"下车，不然你完了，死定了！"涅娃大声喊起来，"后备厢里有《圣经》，方向盘下面有一把手枪，里面有一颗银子弹。座位下还有一盒十字架！轮轴上黏着一支木桩，还有一把锤子！化油器里装着圣水，是今天一早在路上三间教堂祈祷过的：马太天主教堂、青城浸礼会教堂，还有锡安城圣公会。这样出来的蒸汽足以杀死你。来自芝加哥的尊敬的凯利主教就跟在我们后面一英里，一分钟后就能到达。湖那边是密尔沃基的鲁尼神父。还有道格，道格的后口袋里装着一根乌头草，还有两大块毒参茄。出去！出去！出去！"

"搞什么，夫人，"男人叫起来，"我已经下车了！"

男人落到地上，翻了几个滚。涅娃砰一声关上车门，开走了。

男人爬起来大叫："你这个疯子！你一定是疯了！疯了！疯了！"

"我是疯子？我疯了？"涅娃轻蔑地笑起来，"好家伙！"

"疯子……疯了……"声音渐远。

道格拉斯回头看去，只见男人挥动拳头，扯开上衣扔到沙石路上，踩着赤裸的双脚，扬起大团大团的白色热尘。

小车加速冲出，疾驰而去。姑姑紧紧握住方向盘不放，直到那个满头大汗说个不停的男人消失在阳光普照的草地间，消失在火热的空气中。最后，道格呼了一口气："涅娃姑姑，我从来没听过你那样说话。"

"以后也不会再听到，道格。"

"你刚才说的都是真的吗？"

"没一句是真的。"

"你撒谎了，我是说，你撒谎了？"

"我是撒谎了。"涅娃眨眨眼，"那你觉得他有没有撒谎呢？"

"我不知道。"

"有时候只能用谎言来破解另一个谎言，道格。至少这一次是这样。不要把它变成一种习惯。"

"不会的，夫人。"他大笑起来，"再说一遍毒参茄什么的。说我口袋里有乌头草。说有一把装了银子弹的手枪，说呀。"

她又说了一遍。两人大笑起来。

他们一路大声说笑，坐在破破烂烂的小车里，开过坑坑洼洼的碎石路离去。她在说，他在听，挤眉弄眼地偷笑，偶尔赞扬几句。

他们一路大笑，直到穿上泳衣跳进水里。从水里上来时满脸笑意。

太阳在天空正中发出炽热的光芒，他们开心地用狗刨式玩了五分钟，然后才开始在清凉透骨的水里游起来。

黄昏时刻，太阳一下子就下山了，树的影子被拉得很长。他们这才意识到时间晚了，他们该回到那条孤独的路上，穿过漆黑的草地，经过那片空沼泽，回到镇上。

他们站在车旁，看着那条长长的路。

"回家的路上不会有事的。"

"不会的。"

"跳上车！"

涅娃像踩死狗一样踩上离合器，汽车扬长而去。他们在紫红色的树下飞驰，穿过紫罗兰色的山丘。

什么事也没有。

他们沿着一条宽阔简陋的碎石路前行，路面慢慢变成梅子的颜色，冷热空气交集的气味像紫丁香。他们互相看了看对方，等待着。

什么事也没有。

涅娃开始哼起了曲子。路面空荡荡的。

但是，接下来就不再空荡了。

涅娃笑起来。道格拉斯眯眯眼，陪她一起笑起来。

有个小男孩等在路边，九岁左右的样子，穿着一套香草白的夏装，脚下是一双白鞋子，脖子上系着白领带，长着一张粉嫩干净的脸。他挥了挥手。

涅娃刹车。

"你们是去镇上吗？"男孩欢快地问道，"我迷路了。我们一群人来野餐，他们丢下我走了。看见你们真好，这里好阴森。"

"坐上来吧。"

男孩钻进车里，他们再次启动。男孩在后座坐定，道格和涅娃看了他一眼，一阵大笑，接着便安静了下来。

小男孩在他们后面静静地坐了好久，腰挺得直直的，穿着那身白色套装，干干净净，清清爽爽。

他们沿着这条空荡荡的路继续前进。天已经黑了，几颗星星出来了，风也变凉快了。

终于，男孩开口了，他说了些什么道格没听清，但他看见涅娃姑姑的身体僵直了，脸色变得和小男孩身上的夏装一样苍白。

"怎么了？"道格看了一眼后面，问道。

小男孩直直盯着他，眼睛都不眨，只有嘴巴像活物一般抽动着，似乎与他的脸不是一体的。

引擎熄火了，车子慢慢停下，再也不动。

道格看着涅娃不断踩下油门和离合器。但最重要的是，在无比沉寂的气氛中，他听见小男孩说："你们俩有没有想过——"

男孩换了语气："——这世上有所谓遗传的恶魔呢？"

暗夜独行客

刊于《记者》(The Reporter)
1951 年 8 月
仇春卉 译

公元 2053 年 11 月的一个雾夜，晚上八点，祢雷纳先生走出家门，踏进了这座死寂之城。他双手插在口袋里，脚踩着坑坑洼洼的混凝土人行道，跨过一道道长满草的路缝，在寂静之中向前走。夜行是祢雷纳先生最爱做的事情，他会站在十字街角，注视着被月光照亮的四条长街，决定走往哪个方向。其实他怎么选择都一样，因为此时此刻世界上似乎只剩下他孤身一人。终于，祢雷纳先生做出决定，选中了今晚要走的那条人行道，然后迈开大步。身前的一团团雾气被他撞散，就像雪茄飘出来的烟。

有时候他会连续走好几个小时、好几英里，一直走到午夜才回家。一路上他会见到大大小小的房子，窗户都是暗的，暗窗后面有摇曳不定的微光，像是坟地里闪烁的最弱的萤火虫光——祢先生走在这里，无异于在坟地之中穿行。有些窗户的窗帘还没拉开，在黑夜映衬之下，灰色的鬼魅似乎会在室内的墙上突然现形。一些墓碑似的大楼上还有开着的窗户，里面会传出一阵阵呢喃低语。

祢雷纳先生会停下脚步，侧耳倾听，看两眼之后再继续前行。他走在凹凸不平的人行道上，脚下却没有发出声响，因为多年以前他就很聪明地学会了在夜行时穿上胶底运动鞋。如果他脚踏一双硬跟鞋，一路上就不时会有成群结队的狗向着他吠，随即有些房子会亮起灯来，一些人脸出现在窗口。于是整条街就会被他这个走在初冬夜里的孤独行路人吵醒。

今夜他一路向西，直奔隐海。霜冻的空气如水晶般清澈凛冽，利刃般切割着他的鼻子。寒气令他的肺部像圣诞树一样发光，他能感觉到冷光一亮一灭，每根枝条上都压着看不见的积雪。他的软底鞋踢开地上落叶时发出轻微响声，他听着，心满意足地从齿缝间龇出一声低冷的口哨。他偶尔会拾起一片落叶，在寥寥可数的路灯下驻足细赏叶子的脉络图案，还嗅一嗅上面的铁锈气味。

"屋里的人，还好吗？"他边走边向路两旁的每座房子喃喃低语，"今天晚上四频道、七频道和九频道播什么呢？那些牛仔都赶着去哪儿呢？难道我看到的是美国骑兵部队正翻过下一个山头去救人吗？"

长街寂静，空无一人，只有他的影子在移动，就像苍鹰的影子落在旷野之中。如果他闭上眼睛，在苦寒里纹丝不动地站着，他就能够想象自己身处平原的中心。他俯瞰荒原，那是一片没有风的美国沙漠，方圆千里之内一座房屋也没有，与他做伴的只有一条条街道似的干涸河床。

"现在播什么节目呢?"他一边问那些房子,一边看手表,"晚上八点半了?是时候来一堆各式各样的谋杀案报道?问答节目?时事讽刺剧?还是一个从舞台上摔下来的喜剧演员?"

那座月白色房屋里传出的一阵模糊声音是欢笑吗?他迟疑了片刻,没有听到别的动静,于是继续向前走。他的脚步突然踉跄了一下,这段人行道特别凹凸不平,混凝土路面已经湮没在花草丛中。这十年里他白天黑夜都坚持行走,已经走了数千里,却从来没有遇上另一个行路人,一个也没有。

他来到一个四叶式立体交叉路口,两条贯穿本市的主干道在这里相交。这里的夜晚一片寂静,可是白天却充斥着惊雷般轰鸣的车流,路上各个加油站都在营业,整座立交桥像一只巨大的虫子沙沙作响。无数只小金龟子在此处掠过,朝着远方家的方向前进,它们竞相争抢着好位置,排气口懒洋洋地吐出微弱的烟雾。可是此刻,这些高速公路也像旱季的小溪,只有清冷的月光笼罩着河床上的石头。

他转入一条小街,然后掉头往回走,朝着家的方向走去。他已经回到自己的街区了,突然有辆车从一个街角拐进来,射出一道圆锥形的强烈白光,把他整个人罩住了。他顿时呆住了,如同一只夜蛾被强光震慑住,随即身不由己地向前,被越扯越近……

一个金属般的声音向他喝道:"站住!就在原地站定!别动!"

他站住了。

"举起双手!"

"可是——"他说。

"举起双手!否则我们就开枪了!"

这当然是警车了。如此稀有的事情也被他碰上，真是不可思议。在这个拥有三百万人口的城市里，现在只剩下一辆警车了，是吧？去年，2052年，是选举年，警队从三辆警车减员成为一辆。犯罪率持续下降，现在已经不需要警察了。所以他们只保留了一辆孤独的警车，任其在空旷的街道上不停游荡。

"你的名字？"警察发出一声金属般的低语。因为被强光晃着眼睛，他看不到车里的人。

"祢雷纳。"他回答道。

"大声点儿！"

"祢雷纳！"

"商人还是从事专业工作？"

"你可以把我算成一个作家吧。"

"无业游民。"警车似乎在自言自语。他被强光镇住，动弹不得，就像博物馆里被钢钉穿胸的标本。

"你也可以这样说。"祢先生说道。他已经搁笔多年，因为书籍和杂志早就无人问津。这些坟墓似的房子里，一到晚上就上演一切娱乐。他的思绪又在天马行空了：这些坟墓内部被电视荧屏的光映得一片昏暗，人们枯坐在里面，如同死人一般。电视机发出的灰色或者其他色彩，只能涂抹他们的脸庞，却不能真正照亮他们的内心。

"无业游民。"电子声音发出嘶嘶的杂音，"你在外面干什么？"

"走路。"祢雷纳答道。

"走路！"

"只是走路罢了。"他回答得很简单，可是脸上冷飕飕的。

"走路，只是走路罢了，走路？"

"是的，警官。"

"去哪里？为什么要走路？"

"为了呼吸空气，为了四处看看。"

"你的地址！"

"圣詹士南街十一号。"

"你的房子里面就有空气。你有空调机吧，祢先生？"

"是的。"

"你的房子里面有屏幕用来看节目吧？"

"没有。"

"没有？"警车沉默了，只发出噼啪的杂音。这种沉默本身就是对他无声的指控。

"你结婚了吗，祢先生？"

"没有。"

"单身人士。"炽热强光后的警察声音说道。这时月到中天，在疏落星光的映衬之下更显清亮，而地上的房屋却灰蒙蒙的一片死寂。

"没人要我。"祢雷纳笑道。

"不要主动说话！"

祢雷纳于是在寒冷的夜里等待着。

"只是走路那么简单，祢先生？"

"是的。"

"可是，你还没有解释你这样做的目的。"

"我已经解释过了。我要呼吸空气，四处看看，还有就是，我想走一下。"

"你经常这样做吗？"

"我每晚都出来走,已经许多年了。"

警车停在路中心,它的喉咙——对讲机——发出微弱的嗡嗡声。

"好了,祢先生。"它说道。

"没事了吗?"他彬彬有礼地问道。

"是的。"那个声音说,"过来。"接着是一声叹息,然后啪的一声,警车的后门一下子弹开了。"上车。"

"等一下,我什么也没干啊!"

"上车。"

"我抗议!"

"祢先生。"

他像一个突然醉酒的人,摇晃着向警车走去。他经过车前窗的时候往里瞄了一眼,不出所料,前座没有人,警车里面一个人也没有。

"上车。"

他一只手扶着车门,朝后座瞅一眼,只见车里有一个很小的隔间,也就是一个带着铁栅栏的小黑狱。里面有铆接钢和强烈消毒剂的气味,闻起来太干净、太硬邦邦、太金属化。车里连一点绵软的东西也没有。

"如果你有妻子,她还能给你做不在场人证,"这个钢铁般的声音说道,"可是——"

"你要带我去哪里?"

警车迟疑了一下,或者说发出一阵嗡嗡声,然后咔嗒一下,仿佛在某处藏着个打卡机,在电子眼的监控之下,一张接一张地打卡,输出了下面这条信息:去精神病中心退化倾向研究所。

他上了车，车门关上，发出轻轻的砰的一声。警车在夜色中的马路上行驶，昏暗的警灯一闪一闪地照着前方。

很快，他们经过了某条街上的某座房子。全城的房子都漆黑一片，唯独这座房屋灯火通明。明亮的黄光从每一扇窗户中喷涌而出，形成一个个明亮的方块，在寒冷的黑暗中散发着温暖。

"这是我的家。"祢雷纳说道。

没有人回答他。

一条条马路像光秃秃的河床，警车沿着这些路远去，只留下空荡荡的长街和空荡荡的人行道。在11月的这个寒冷彻骨的夜晚，再也没有出现声响和生机。

垃圾工

收录于短篇集 Golden Apples of the Sun
1953 年
曹浏 译

　　他每天的工作是这样的：清晨五点，天还没亮就不顾寒冷起床，然后用温水洗把脸，如果热水器坏了就只能用冷水。他一边仔仔细细地刮脸，一边大声和在厨房准备早饭的妻子说话。早餐可能是火腿、鸡蛋、煎饼或是别的什么。六点，他独自开车去上班，跟大家一样把车停在大院里。此时太阳才刚刚升起，绚烂的天空上赤橙黄绿青蓝紫七色交替，抑或是如拍岸的浪花般雪白清透。有些早晨他能看见自己呼出的气结成白雾。不过无论气温如何，太阳还未完全升起时，他就会用拳头敲敲那辆绿色卡车的侧门，司机笑着跟他打招呼，让他爬进另一边的副驾驶座。他们两人一同驶入城里，穿过大街小巷，最后回到原点。有时候，他们会中途停下来买杯清咖啡暖暖身子，然后继续上路。他的任务就是跳下车，挨家挨户把门口的垃圾桶拉过来，掀开盖子，将桶举起，在车斗边缘用力一磕，橘子皮、瓜果皮、咖啡渣……里面的垃圾滚落出来，逐渐填满整辆卡车。骨头、鱼头、韭葱段、烂芹菜，这些是垃圾中的"常客"。如果是比较新鲜的还好，若是放了很久味道就太销魂了。他说不清自己究竟喜不喜欢这工作，但它毕竟也是份工作，他干得也不错，有时讲起来能滔滔不绝，有时又根本想都不会去想。碰上凉爽的天气，早早出门呼吸新鲜空气也是挺棒的。当然，连续工作了几小时后，烈日当头，垃圾逐渐散发出臭气，之前的美好也就破灭了。但无论如何，这工作起码能让他既不闲着也不太忙，还能经过家家户户的宅院，看到每个人的生活。每个月总有那么一两天，他会发现自己竟然还挺喜欢干这行的，世上简直不会再有更好的工作了。

日子就这么年复一年地过去。突然某一天，一切都变了。回想起来，他都纳闷：短短几个小时，为何会发生如此天翻地覆的变化？

他走进家门，没看到妻子的人影也没听到动静，不过她的确在家。他朝椅子走去，任由妻子远远地看着自己。他一个字都没说，只是手扶椅子坐下，就这样呆坐了许久。

"出什么事了？"妻子的声音终于飘进了他的脑海，估计她起码问过三四遍了。

"啊？"他抬眼看了看面前的女人，确实是自己的妻子，他认得她。面前这屋子天花板很高，地上还铺着旧地毯，是自己家没错。

"今天上班时出了点事情。"他说道。

她静静地等着他继续说。

"我的垃圾车，今天出了点事。"他舔舔发干的嘴唇，紧闭双眼，仿佛夜半醒来，身处伸手不见五指的房间。"我想辞职，希望你能理解我。"

"辞职？！"她惊叫起来。

"这也是没办法。这是我这辈子碰上的最邪乎的事情了。"他睁开眼，依旧坐着，拇指和食指相互搓了搓，手很冷。"这事实在太奇怪了。"

"什么事情，你倒是快说啊！"

他从皮夹克口袋里掏出半张报纸来。"这是今天的日报。1951年12月10日的《洛杉矶时报》。民防公告上说要给我们的垃圾车配无线电。"

"哎呀，来点音乐有什么不好的？"

"不是音乐，你没懂，不是音乐。"

他张开粗糙的大手，用一只干净的指甲慢慢地比画着，想在手心里把一切都写下来，好让两个人都能看清。"通知里说市长下令给城里每辆垃圾车都安上发射和接收天线。"他眯起眼看着自己的手。"等我们的城市被原子弹袭击了，那些无线电就会被用来联络我们。到时候垃圾车就要被派去收尸体。"

"嗯，这是很实用的，如果——"

"垃圾车，"他重复道，"出去收尸体。"

"那总不能让尸体就这么都横在街头吧？得把尸体拉回来然后——"妻子慢慢合上了嘴，缓缓地眨了眨眼睛，就一下而已。他注视着她眨眼。而后，她转过了身，动作僵硬得仿佛是有人在推着她转似的。她走向一把椅子，停住，好像在思考要怎么办，随后直挺挺地坐了下去，再没说一个字。

他听着自己的腕表嗒嗒的走着,脑子里却在想别的事。

终于她大笑起来:"他们一定是在开玩笑!"

他摇了摇头,只觉得自己的脑袋从左挪到右,又从右挪到左,一切都像是慢动作回放。"不是玩笑。他们今天就在我的卡车上装了接收器,说如果工作中收到警报,就赶紧把车上的垃圾随便倒了。只要上面呼叫,我们就必须即刻赶赴现场,把死尸运走。"

厨房里的水烧开了,咕嘟咕嘟地沸腾。五秒钟后她才撑着椅子扶手站起来,摸索到门口,走了进去。沸水翻滚的声音停了下来,她回到门边,走到他面前。他依旧坐着,脑袋动都没动过一下。

"这已经是板上钉钉的事了。他们分了小队,排了中士、上尉、下士,诸如此类。"他说,"连应该把尸体运到哪儿都告诉我们了。"

"所以你纠结整整一天了。"她说。

"今天一早就开始了。我觉得现在我不想当垃圾工了。以前我和汤姆把这当做游戏,并乐在其中。这也是不得已,收垃圾是件苦差事,臭气熏天的。但努努力还是可以苦中作乐的,我和汤姆就是这样。通过辨别人家丢的垃圾,我们能对其底细略知一二。富人家扔的都是牛排的骨头,穷人家则是生菜和橘子皮。我知道这挺蠢的,但总得尽力找点乐子吧,不然干这工作干吗?而且开着自己的卡车,挺有自己做主的感觉。虽然每天要早早出门,而且是在室外工作,但看着旭日初升,整座城市逐渐热闹起来,感觉还是挺不错的。但是现在,就在今天,这些美好瞬间都灰飞烟灭了,再也回不去了。"

妻子开始喋喋不休。她叽叽喳喳地说这说那，只是没说多久就被他温柔地打断了："我知道，我知道，孩子们要吃饭、要上学，我们还有车要养，我都知道。账单要付，钱要还，这些都是问题。不过爸爸不是还给我们留了块地吗？我们何不搬过去，逃离城市生活。我懂点儿农活，我们一起把收成储藏起来，万一出了什么事，还能撑几个月。"

她一语不发。

"当然了，我们的朋友都在城里。"他善解人意地说，"城里可以看电影，看演出，孩子们也有朋友，而且……"

她深吸了一口气。"我们能不能考虑几天再决定？"

"不知道。我怕，我怕我想想卡车，想想新工作，就习惯了。啊老天啊，任何一个心智正常的人都绝不能对这种事情习以为常啊。"

她缓缓地摇了摇头，目光掠过窗户，扫过灰墙，定格在墙上阴暗的装饰画上。她握紧双手，嘴唇微启。

"我今晚会好好考虑的，"他说，"我晚一点再睡，明天早上就能有头绪了。"

"小心别跟孩子们说漏嘴，让他们知道这种事可不好。"

"我会注意的。"

"那咱们就别再提这事了。我来做晚饭！"她蓦地站了起来，把脸埋进双手，又抬起头看看自己的手，再透过窗户看看夕阳。"哎，孩子们随时都会回来。"

"我不怎么饿。"

"你得吃东西啊，吃饱了才有力气继续。"她匆忙回到厨房，留他独自一人待在房里。四周静悄悄的，一丝风都没有。头顶是灰蒙蒙的天花板，一盏不亮的灯泡落寞地悬在当中，像极了天空中昏暗的月亮。他静静坐着，用两只手摩挲脸庞，又站起身，径直走进餐厅，下意识地坐到一把椅子上。面前的餐桌上铺着洁白的桌布，除此之外并无他物。他不由自主地摊开双手按在上面。

"整个下午，"他说，"我都在想这件事。"

她在厨房里穿梭，撞得银器、煎锅当当作响，打破了周遭的寂静。

"我在想，"他继续道："尸体该横着放，还是竖着放？头朝哪儿，脚朝哪儿？男人和女人究竟该摆一起还是分开放？小孩呢？是单独装一车还是和大人塞一起？狗又怎么办？另外装还是就随它去？我还在想，一车能装多少尸体？是不是得一层叠一层？我头都想破了还是想不出个所以然来，一车能摆多少尸体，我根本猜不出来。"

他静静坐着，回想起傍晚的情形。车厢里已经装满了垃圾，用布盖着，看起来就像个凹凸不平的坟丘。如果突然掀开帆布会看到什么？开头几秒，你会看到白花花一大片通心粉似的东西，不过那是不停蠕动的活物，数以万计。随后，它们在阳光的炙烤下停止骚动，开始往下钻，直钻到烂菜叶、肉糜渣、咖啡末和鱼头堆里。等个十来秒，那些会动的"通心粉"就逃得一干二净，垃圾堆的动静也消停了下来。把布盖回去，那凹凸不平的形状又呈现在眼前。下面的垃圾堆重新为黑暗所笼罩，每每这时候，那些生物就又开始大肆爬动。

正当他还呆坐在空无一人的屋里时，门一下子开了。儿子和女儿有说有笑跑了进来,看到他坐在那儿,便停住了脚步。
妻子快步跑出厨房,扶住门框,凝视着面前的一家人。他们望着她脸上的神情,只听她说:"坐下,孩子们,快坐下!"她伸手示意他们。"你们回来得正是时候。"

跳房子

收录于短篇集 *Quicker than the Eye*
1996 年
袁凌子 译

维妮亚被一只兔子跑过月下旷野的声音吵醒了，但醒来只听见自己快速而轻柔的心跳。她在床上躺了一小会儿，平复呼吸。现在奔跑声已渐渐减弱，消失在远方。最后她坐起来，从二楼卧室的窗户往下看去：破晓前的朦胧月光笼罩着大地，长长的人行道上画着跳房子。

这是昨晚一些孩子用粉笔画出的巨大房子，它无尽地延伸，线条接着线条，格子挨着格子，格子里的数字也在不停递增，看不到尽头。它沿着街道疯狂地增长，从三、四、五到十，然后到三十、五十、九十，在遥远的街角处转了过去。孩子的世界里可从没出现过这样的跳房子，可以一直跳向天际！

现在时间还很早，周围很安静，她的目光沿着粉笔画出的梯子一路前行，跳跃，停下，又起跳，她自言自语道："十六。"

但她没有继续往下跳。

她知道，下一个方格在等待着她，那是用蓝色粉笔潦草写下的十七。在想象中，她伸出双臂保持平衡，摇晃不停的双腿分立在一和六两个格子里，无法再向前一步。

她摇晃着倒了下来。

整晚，这房间就像是阴凉的井底，而她躺在这儿，就像井里的一块白石头，享受地漂浮在黑暗却清晰的半梦半醒中。她感到气息像小喷气机一样在鼻孔中穿行，而眼皮如同巨大的帘幕般一次次开合。最后，她终于感受到山那头的太阳为房间注入了丝丝热气。

已经是早上了，她想。今天可能是个特殊的日子。毕竟，这是我的生日。任何事情都可能发生。我希望能。

夏日的空气像呼吸般吹起了白色的窗帘。

"维妮业？"有人在呼唤维妮亚。维妮亚坐了起来，呼唤声又出现了。"维妮亚？"

她滑下床，跑到二楼高高的窗户前面。

詹姆斯·康韦正站在早晨气息清新的草坪上呼唤她。他十七岁，并不比她大。他非常认真地微笑着，看到她出现在窗口便向她挥手。

"吉姆[①]，你在这里做什么？"她问道，心里想的却是，他知道今天是什么日子吗？

"我已经起床一个小时了，"他回答说，"我要去散步，从早到晚，玩上一天。你想一起去吗？"

[①]吉姆，詹姆斯的昵称。

"噢，我去不了……我爸妈今晚要很晚才会回来，只有我一个人，我得留下来看家……"

她看到小镇那头的青山，还有那些通往夏天、八月以及远方河流土地的道路，远在这座小镇、这栋房子、这间屋子和这一时刻之外。

"我不能去……"她有气无力地说。

"我听不见！"他温和地抗议，用手遮住刺眼的阳光，对她微笑。

"你为什么邀我跟你一起去散步，而不是其他人？"

他想了一会儿。"我不知道。"他只好承认。他又想了想，朝她露出最阳光迷人的微笑。"没什么理由，就是想叫上你。"

"我马上下来。"她说。

"嘿！"他喊道。

窗口已经空无一人。

他们站在如宝石般完美的草坪中央。草坪上留下了两道痕迹，一道是她在快速奔跑，另一道则是他步伐缓慢而有力地走去迎她。这座小镇安静得就像一只停摆的钟表。所有的门窗依旧紧闭着。

"我的天哪，"维妮亚说，"现在真早，太早了。我从来没有这么早起床出门。听，大家都还在睡觉。"

他们听到树木和白色房子的窃窃私语，老鼠回窝安眠，花朵开始绽放。

"我们走哪条路好呢？"

"选个方向吧。"

维妮亚闭上眼睛，转了几圈，随手指了个方向。"我指的是哪条路?"

"北边。"

她睁开眼睛。"那我们从北边出城吧。但我想我们不应该这么做。"

"为什么?"

太阳升过山顶,地上的青草越发明亮起来,他们走出了小镇。

空气中弥漫着一种味道:画跳房子的路面被烤得直冒烟,灰尘漫天飞舞。天空明媚晴朗,葡萄色的溪水涓涓流淌。太阳像一颗新鲜的柠檬。森林在前方,树影摇动,就像每棵树下都有一万只树叶般暗绿的小鸟在颤动。正午时分,维妮亚和詹姆斯·康韦穿过干爽辽阔的草地,脚下伴着清脆的声响。气温已逐渐升高,就像一杯冰茶在太阳的炙烤下逐渐温吞。

他们从带刺的野生藤上摘下一把葡萄。要是拿起葡萄对着太阳看,就能看见它们的思绪清晰地悬浮在暗琥珀色的液体中,许多个孤寂而又饱含种植哲学的午后的结晶——热情的小葡萄籽们。葡萄尝起来有清新干净的水以及晨露夜雨精华的味道。它们四月结果,八月成熟,向路过的陌生人提供简单的收获。它们的经验是这样的:在多刺的藤蔓上低头坐好,享受阳光的忽隐忽现或是充分照耀,整个世界的滋养便会随之而来。天空会适时地带来雨水,土地会从下而上输送养料,好让它们茁壮成长。

"吃颗葡萄吧,"詹姆斯·康韦说,"再来两颗吧。"

他们大声咀嚼着,嘴里塞满了湿湿的葡萄。

他们在一条小溪边坐下,脱掉鞋子,任由溪水像精细清冷的剃刀般划过脚踝。

我的脚不见了！维妮亚这样想。她往下看，两只脚丫子正在水下舒服地摆动，仿佛和她的身体分开了，似乎完全能适应水陆不同的环境。

他们开始品尝吉姆用纸袋子装来的鸡蛋三明治。

"维妮亚，"吉姆看着他的三明治说道，"你介意我吻你吗？"

"我不知道，"她过了一会儿说，"我还没想过呢。"

"那你会考虑吗？"他问。

"你带我到这儿来野餐就是为了吻我吗？"她突然问。

"哦，别误会！这是美好的一天！我不想破坏它。但要是之后你认为我能吻你的话，你会告诉我吗？"

"我会告诉你的，"她说，盯着她的第二块三明治，"如果我决定了的话。"

突然下起一场凉爽的雨。

雨水闻起来有苏打水、柠檬、橙子和世上最干净新鲜的河水的味道，这是一条流淌着雪水的河，从炙热的天空中倾注而下。

云朵在天上慢慢聚拢，形成云层，它们温柔地互相包裹着。微风吹起维妮亚的头发，蒸发掉她上嘴唇的水分，然后她和吉姆奔跑起来。雨一点点变大，凉爽地打在他们身上。他们跳过绿色的青苔，急冲入森林最深处麝香味最浓的山洞中。一大片树木在头顶展开，它们在湿漉漉地低语，每一片叶子都在沙沙作响，身上还挂着新鲜的雨水。

"这边！"吉姆喊道。

他们来到了一棵空心树下，宽大的树洞让他们可以跻身其中，躲避潮湿的雨水。他们紧挨着，胳膊抱在一起，因身上的冷雨而瑟瑟发抖，鼻子上和脸颊上也落满了雨点，他们笑起来。"嘿！"他舔了舔她的额头。"可以喝！"

"吉姆！"

他们听着雨声，听着天鹅绒般闪亮的大雨轻柔地包裹着世界，听着深草的低语唤醒了沉寂百年的湿木和叶子，散发出腐朽而甜蜜的味道。

然后他们听到了另一种声音。树洞温暖黑暗的上方响起持续的哼鸣，就像是远方的厨房里有人在愉快地烤馅饼、蘸糖粉、撒酵母，有人在下着朦胧夏雨的温暖厨房里制作大量的食物，嘴里快乐地哼唱。

"吉姆，蜜蜂！上面有蜜蜂！"

"嘘！"

沿着潮湿温暖的树洞看上去，那是一片黄色的小光点。现在最后一群湿漉漉的蜜蜂正匆忙地从牧场、草地或田间往家赶，它们从维妮亚和吉姆身旁经过，消失在夏日树洞中。

"他们不会找我们麻烦的。站着别动就行了。"

吉姆把胳膊抱得更紧了，维妮亚也是。她可以闻到他的呼吸，还带着野生酸葡萄的味道。雨水打在树上的声音越大，他们就抱得越紧。他们笑起来，最后悄悄地让笑声流入从远方赶回家的蜜蜂嗡鸣中。有那么一会儿，维妮亚担心她和吉姆会被上面突然掉落的大块蜂蜜砸中，像中了法术般永远地封在这棵树里，变成琥珀。这之后的一千年里，有人偶经此地时会发现他们，而树外早已历经雨露风霜，季节更替。

这里是如此温暖安全，与世隔绝，在这阴暗茂密的森林中只有雨的沉默。

"维妮亚,"过了一会儿,吉姆轻声问,"我现在可以吻你吗?"

他的脸出现在她眼前,显得比她见过的任何一张脸都要大。"可以。"她说。

他吻了她。

倾盆大雨用力打在大树上,整整一分钟的时间里,外面的一切是那么的冰冷潮湿,而树内的一切温暖隐秘。

这是一个甜蜜的吻,友爱而温暖,尝起来像杏和新鲜的苹果,像你在夏夜中醒来走进漆黑的厨房,从冷锡杯里喝到的凉水的味道。她没想过一个吻能如此甜蜜温柔、呵护万分。他不再像之前那样僵硬地抱着她,那只是在保护她免受雨水淋湿,他现在小心翼翼地搂着她,就好像她是一座易碎的瓷钟。他闭着眼睛,黑色的睫毛在闪光。她偷偷地睁开了双眼,看到这一幕又立刻闭上了眼。

雨停了。

四周很是寂静,过了一会儿,他们终于从刚才甜蜜的亲吻中回到现实。现在只剩下枝杈上悬挂的水。云团慢慢飘走,露出一片片蓝天。

他们有些沮丧地看着天气的变化,期待着雨的再次降临,好让他们不得不继续在这棵空心树里待上一分钟或一个小时。但太阳出来了,阳光穿越过云层树梢,一切又回复平常。

他们慢慢爬出空心树,双手撑地保持平衡站了起来。在这片树林里,枝叶上的雨水似乎干得特别快。

"我想我们最好现在就开始往回走,"维妮亚说,"这边。"

他们走进夏日的午后。

日落时他们穿过城区，在夏日最后的余晖中双手紧握。这之后的时间里他们很少交谈，现在他们穿过一条又一条街巷，双眼盯着脚下的人行道。

"维妮亚，"他最后问，"你觉得这算是我们的开始吗？"

"噢，天啊，吉姆，我不知道。"

"你觉得我们是在恋爱吗？"

"噢，我不知道！"

他们走下峡谷，穿过小桥，来到她家对面的街道上。

"你觉得我们会结婚吗？"

"现在说还为时过早，不是吗？"她说。

"我想你是对的。"他咬着自己的嘴唇，"我们会很快再去散步吗？"

"我不知道。我不知道。等着看吧，吉姆。"

房子里没有光亮，她的父母还没回家。他们站在门廊上，她严肃地握了握他的手。

"谢谢你，吉姆，今天很开心。"她说。

"不客气。"他说。

他们站在那里。

然后，他转身走下台阶，穿过黑暗的草坪。他在草坪的尽头停下，站在阴影中，说道："晚安。"

当她道晚安的时候，他已经跑得几乎不见人影了。

深夜，一个声音唤醒了她。

她半坐在床上，想弄清楚这阵声响。爸妈都在家里，门窗都已经锁好，很安全，但这不是他们的声响。不，这是一个特殊的声音。她躺在那里，望着夏日的夜空。不久前，它还是明亮的白天。她又听到了那个声音，那是温暖潮湿的空心树的声音，树外下着雨，但里面舒适、干燥而隐秘，那也是蜜蜂从遥远的田野往回赶，沿着夏天的树洞飞入美妙黑暗之中的声音。

她不禁把手伸入空中，想要去抓住这声音，但她这才意识到那正是从自己昏昏沉沉、半带微笑的嘴里发出来的。

她一下子坐了起来，悄悄下楼，走出门，穿过门廊，通过潮湿的草地来到人行道上。跳房子的粉笔线条疯狂地延伸向未来。

她赤脚跳进了格子里，在十和十二上留下了潮湿的脚印，接着踮着脚向前跳，在十六停了下来。她盯着十七，犹豫不决，身体不停晃动。然后，她咬紧牙关，双手握拳，身体重心向后，跳！她正落在十七格的中央。

她在那儿站了很久，闭着眼睛用心体会这一刻的感觉。她跑上楼，躺在床上，摸了摸嘴唇，想看看上面是否还留着夏日午后的气息。她倾听那昏昏欲睡的嗡嗡声，那金色的声音，它就在那里。

最后，这声音哼唱着，她进入了梦乡。

狗是怎么死的？

刊于美国航空《美国之旅》(*American Way*)
1994 年 10 月
曹浏 译

那是一个天崩地裂的日子，洪水、飓风、地震、停电、屠杀、火山喷发和各种灭世灾难交发并至，最终太阳吞噬了地球，繁星消逝不见，让这场浩劫到达了巅峰。

简而言之，本特利家最受尊敬的成员暴毙了。

这位成员名叫狗子，它也本就是条狗。

周六早上，本特利一家睡了个懒觉，起床后就发现狗子僵直地躺在厨房里，头朝向圣城麦加的方位，爪子整齐地交叠着，尾巴没有乱甩而是安安静静地耷拉着，这可是二十年来的头一遭。

二十年啊！老天，每个人都在心里默念，真有那么久了？而如今，狗子就一声不吭地这么走了，尸骨已寒。

二女儿苏珊是第一个发现的，她大叫起来，把所有人都吵醒了。

"快来！狗子不对劲！"

罗杰·本特利一听，睡袍都没顾得上披，穿着内裤就直冲了出来，赶忙去看那安详地躺在厨房地砖上的大家伙。他太太鲁丝紧随其后，再后头是年仅十二岁的小儿子斯基普。罗德尼和塞尔已经各自成家立业，得晚点才能赶来。不论是谁，都不敢相信眼前的场景：

"不可能！狗子才不会死。"

狗子没有半点动静，就那么躺着，那画面如同第二次世界大战刚结束时的疮痍。

泪珠滚落苏珊的脸颊，随后鲁丝·本特利也泪流满面。不出所料，父亲大人的眼眶也逐渐湿润起来，最终轮到斯基普开始号啕大哭。

他们本能地在狗子身边围成一个圈，跪在地上抚摸它，就好像这样能唤醒它，让它坐起来，和往常一样看到食物就高兴，能吠能闹，把一家人追得直逃。然而他们这般触碰除了徒增伤悲外，并没有什么用。

他们终究还是站起身，相互拥抱，而后无头苍蝇一般到处找东西吃。鲁丝突然打了个冷战："我们不能把它就这么丢在那儿啊。"

罗杰·本特利温柔地抱起了狗子，把它挪到了院子里游泳池边上的树荫下。

"接下来怎么办？"

"不知道，"罗杰·本特利说，"这是咱们家多年来第一次有成员去世，而且——"他顿了顿，哼了一声摇了摇头，"我是说——"

"你一点儿没说错。"鲁丝·本特利说道，"狗子当然是咱们家的一员。上帝啊，我爱它。"

罗杰的泪水夺眶而出。他边落泪边抱来一卷毛毯想给狗子盖上，苏珊制止了他。

"不，不要。我还想看看它，否则以后就再也见不到了。它长得真漂亮，它真的是——老了。"

他们一个个端着早饭坐到了庭院里，围坐在狗子身旁，生怕在屋里吃饭冷落了它。

罗杰·本特利打电话给另外两个孩子，话筒另一边的反应如出一辙：失声恸哭，随后立刻表示马上就赶回来，等着他们。

二十一岁的长子罗德尼先到了，随后二十四的长女塞尔也回来了。他们的到来让每个人都触景生情，重新陷入巨大的悲痛中。大家静坐了好一会儿，看着狗子，期盼它能起死回生。

"你有什么打算？"罗德尼终于开口问道。

"我说出来你们别觉得可笑，"罗杰·本特利尴尬地停顿了下，接着道，"毕竟，它也只是条狗——"

"只是！？"其余所有人立刻大叫起来。

罗杰不得不向后缩了缩。"好了好了，我知道给它造个泰姬陵也不为过。不过，咱们就把它葬在伯班克那边的奥利安宠物墓园吧。"

"宠物墓园？"大家叫了起来，腔调花样百出。

"天啊，"罗德尼说，"这太可笑了！"

"这有什么可笑的？"斯基普明显气得不行，脸蛋涨得通红，嘴唇哆哆嗦嗦。"狗子，呵，狗子可是无价之宝。"

"就是！"苏珊不忘附和道。

"好吧，我错了。"罗杰·本特利转过身去看着泳池、灌木和天空,"那或者我可以打电话给专门负责抬死尸的清洁工——"

"清洁工?"鲁丝·本特利惊呼。

"死尸?"苏珊抗议道,"狗子才不是什么死尸!"

"哎,那它现在又是什么呢?"斯基普郁郁地问道。

他们一齐望向静静躺在泳池边上的狗子。

"它是,"苏珊脱口而出,"它是我的爱!"

不等大家又哭成一团,罗杰·本特利抓起院子里的电话就给宠物公墓打了过去,交谈了几句然后放下了话筒。

"两百块,"他告诉大家,"还不赖。"

"对狗子?"斯基普说,"根本不够!"

"你真要这么做?"鲁丝·本特利问他。

"没错,"罗杰说道,"我以前一直取笑那种地方,但现如今,我们再也见不到狗子了——"他有那么一阵说不出话来。"中午会有人来把狗子带走,明天办葬礼。"

"葬礼!"罗德尼嗤之以鼻,气冲冲地走向泳池边,甩着手臂,"打死我也不会去的!"

所有人都看着他。罗德尼终于还是转过身,耷拉着肩膀。"好吧,我他妈去就是了。"

"你要是真不去,狗子不会原谅你的。"苏珊吸了吸鼻子,又擦了擦。

罗杰·本特利一个字都没听进去。他凝视着狗子,又看看家人,仰头望向天空。他闭起眼睛,低声感慨:"哦,上帝啊!"他双眼紧闭。"你们意识到了吗?这是我们家第一次遭遇如此变故。我们何曾生过病,去过医院?或者出过车祸?"

他等着回应。

"真没有。"大家异口同声。

"天啊。"斯基普感叹道。

"一点都没错啊！这世上本来哪天没有出车祸，生个病，送医院的。"

"或许，"苏珊嗓子都破音了，不得不停下缓了缓，"或许狗子的死正是为了让我们意识到自己有多幸运。"

"幸运？！"罗杰·本特利睁开眼睛，转过身来，"对！我们就是——"

"科幻一代。"罗德尼接口道，顺手点了支烟。

"你说什么？"

"你不是痴迷于此吗？学校讲座也提，在家吃饭也说。开罐器？是科幻。汽车、收音机、电视、电影……一切的一切！全是科幻！"

"好吧，该死的，确实是啊！"罗杰·本特利不由叫道。他盯着狗子，像是想从残存的那几只跳蚤身上看出些什么门道来。"见鬼，不久以前还没有汽车、开罐器、电视。总要有人去畅想，这是开端。要有人去付诸实践，这是过程。于是科幻梦便成了现实，完成！"

"呵呵，一准没错。"罗德尼装模作样鼓了鼓掌。

罗杰·本特利被儿子嘲讽得说不出话，只得去抚摸那已故的爱犬。

"不好意思，刚刚一心想着狗子完全无法自已。千百年来，人都是难逃一死。如今，这一切都成了过去。总而言之就是，科幻的力量。"

"扯谈吧。"罗德尼放声大笑，"别再读那些没用的东西了,爸。"

"没用的东西?"罗杰摸着狗子的口鼻反问,"你知道李斯特[①]、巴斯德[②]、索尔克[③]吗?他们都痛恨死亡,于是竭尽所能来阻止它。这就是科幻的意义所在。因为对事物现状的不满,想要改进。你说这没用?"

"老皇历了,爹。"

"老?"罗杰·本特利瞪了儿子一眼,"上帝啊,想想我1920年出生的时候,要是周末想探亲访友——"

"得去墓地?"罗德尼插嘴道。

"没错。我七岁的时候,弟弟和妹妹就死了。半个家族的人都去世了!亲爱的孩子们,你们倒是告诉我,长这么大你们的朋友死了几个?小学同学死了几个?中学同学死了几个?"

他扫视全家,等着答案。

"一个都没有。"罗德尼最终不得不开口。

"一个都没有!你们可都听到了?一个都没有!上帝啊,要知道我十岁的时候就有六个好朋友去世了!等一下,我想起来了!"

罗杰·本特利去客厅壁橱里一阵翻箱倒柜,找出一张尘封已久的78转唱片,拿到阳光下吹掉了上面的灰尘。他眯起眼看着标签念道:"没啥大事,就是,狗是怎么死的?"

大家都跑过来围观这张上了年岁的唱片。

[①] 约瑟夫·李斯特(Joseph Lister, 1827—1912),英国外科医师,外科消毒法的创始人及推广者。
[②] 路易·巴斯德(Louis Pasteur, 1822—1895),法国化学家、微生物学、免疫学的奠基人。
[③] 乔纳斯·索尔克(Jonas Salk, 1914—1995),美国实验医学家、病毒学家,脊髓灰质炎疫苗的发现者。

"嘿，它放了得有多少年了？"

"20年代我才十岁不到，听了也有上百遍了。"罗杰答道。

"没啥大事，就是，狗是怎么死的？"塞尔瞥了一眼父亲的神情。

"狗子的葬礼上必须放这个。"他如是说。

"你该不会是认真的吧？"鲁丝·本特利反问。

正当此时，门铃响了。

"不会是宠物公墓的人来了要带走狗子吧？"

"不要！"苏珊喊道，"太快了吧！"

大家自发地在狗子和门铃间形成一道人墙，似乎想要永远地推迟那一刻的到来。

而后，他们再一次地大哭起来。

狗子的葬礼上来了不少人，这点虽奇怪却也挺贴心。

"我都不知道狗子有这么多朋友。"苏珊抽泣着说道。

"这家伙在镇子上到处蹭吃蹭喝。"罗德尼不以为然。

"积点口德吧你。"

"哎，可我没瞎说啊。不然比尔·约翰逊、格特·斯凯尔或是对门那个吉姆怎么会来这儿？"

"狗子，"罗杰·本特利说道，"真希望你能看到这么多人来为你送行。"

"它看得到。"苏珊泪眼婆娑，"不论它在哪里，都会看到的。"

"哟，我的苏小妹，"罗德尼嘀咕道，"对着电话本都能哭鼻子——"

"闭嘴！"苏珊气得大叫。

"你们统统给我消停点。"

罗杰·本特利制止了他们，然后垂眼望着地面，走到了屋子前端。狗子头枕着爪子，躺在一个装饰得恰到好处的匣子里，既不过分奢华又不显得简陋。

罗杰·本特利走到一台画着雪花图案的便携留声机前，将唱针放下。黑胶唱片吱呀呀地转，唱针在表面划过，不断发出尖锐的刮擦声。邻居们都俯身向前，竖起耳朵聆听。

"悼词我们就不说了，"罗杰快速说道，"就放这个……"

留声机里传来一个年代久远的声音，故事讲述的是一个男子度假归来后，向朋友询问他离开期间发生了什么。

似乎什么都没发生。

噢，对了，就一件事。狗死了。每个人都想知道它为什么死了。

狗？度假男问道。我的狗死了？

是啊，可能是因为吃了烧焦的马肉。

烧焦的马肉？度假男惊叫道。

呃，知情的那位友人说，马厩着火的时候，马也都烧焦了，所以狗就吃了马肉，然后就死了。

马厩？度假男更震惊了。马厩怎么会着火？

这个呀，因为房子里有火星飘出来，把马厩给点着了，烧焦了马，狗又吃了肉，就死了。

房子里飘火星！？度假男大喊起来。怎么会？

是窗帘，着火了。

窗帘？着火了！？

是棺材周围的蜡烛把窗帘点着了。

棺材！？

你姨妈葬礼的棺材，周围的蜡烛点燃了窗帘，房子烧塌了，火星溅到了马厩，把马厩烧没了，狗吃了烧焦的马肉——

总结：没啥大事的话，狗是怎么死的！

唱片咝咝地停了下来。

一片寂静中传来声窃笑，尽管刚刚那个故事讲的是狗和人的死亡。

"那么现在，我们是不是该听演讲了？"罗德尼问。

"不，应该说是布道。"

罗杰·本特利把手放到讲台上，盯着并不存在的提纲看了很久。

"我不知道今天我们会聚一堂是为了狗子还是我们自己。我猜两者都有。我们都未曾经历过什么坏事，今天是第一次。并不是说我想要什么飞来横祸。上帝保佑，死亡，你来得慢些吧！"

他把唱片放在手里转来转去，企图读出那一道道沟壑下隐藏的词句。

"没啥大事。也就是姨妈去世了，葬礼上的蜡烛点燃了窗帘，火星飞溅害得狗也归西了。我们的生活则恰恰相反。好多年没什么变故了。肝脏正常，心脏健康，日子过得不错。那么——讲这些有什么意义呢？"

罗杰·本特利扫了一眼罗德尼，发现儿子不时低头看表。

"总有一天，我们将面对死亡。"罗杰·本特利加快了语速，"我知道对于安稳惯了的我们而言，这场景很难想象。但苏珊说得没错。狗子用自己的死向我们传达了这个意思，我们要学会接受，同时也要庆祝。庆祝什么？庆祝我们见证了一段美妙历史的开端,这是关于生存的变革,而且随着时日的推进,接下来的几百年间只会越来越顺。当然,你可能会说,来场战争我们就全死了。

"我只能说我预感你们会活很久、很久。或许还能活个90年,大部分人的心脏病、癌症和衰老问题都会得到有效的解决。感谢上帝,如此一来,世界就少了许多伤痛。这容易做到吗?并不。我们会成功吗?没错。当然不可能立刻在所有国家都实现,但终究在大部分地区能做到。

"我昨天说过,50年前,要想拜访姨妈叔叔、祖父祖母、兄弟姐妹,得去墓地。死亡占据了人们的话题,根本无法逃避。罗德尼,时间到了吗?"

罗德尼示意他父亲还有一分钟。

罗杰·本特利松了一口气,抓紧说道:"诚然,每天都还有儿童早夭,但不再是有几百万个了。老人们呢?在养老院安度晚年而不是早早驾鹤西游。"

父亲打量了一番坐在下面的家人,他们一个个眼里都闪着泪光。

"上帝啊,看看你们自己,再回顾一下过去。那是长达千百年的无尽黑暗与悲痛。一手拉扯大的孩子们死了一半,为人父母的要如何去面对?根本不敢想。尽管心都碎了,他们还是坚持了下来。那年代,有上百万人死于流感和鼠疫。

"所以说,我们面前是一个崭新的时代,自己却意识不到,因为我们正身处平静的风暴眼中。

"我就说说这么多了,最后再对狗子说一句。我们傻傻地操办了这些,举行了葬礼,都是出于对狗子的爱。但是现在,我们再也不会为给它买了墓地或是为我讲了这番话而心生任何羞愧之情。我们没法保证将来一定去看它,这谁说得准呢?不过它起码有了个归宿。狗子,老伙计,保重。现在大家都擤擤鼻子吧。"

每个人都擤了擤鼻子。

"爸爸,"罗德尼突然开口道,"我们——能不能再听一次那故事?"

大家一脸错愕地看着他。

"刚好,"罗杰·本特利回答,"我正准备提议。"

他放下唱针,留声机又开始咝咝作响。

大约放了一分钟,正讲到火星溅到马厩上,把马都烧焦了,狗吃了马肉而死的时候,后门走道传来了声响。

所有人都转过头寻声望去。

一个陌生的男子手拿一个小柳条篮站在门口,里面传来熟悉的轻吠声。

尽管此时故事说到了关键处,棺材旁的烛火点燃了窗帘,最末一颗火星随风飘去……

全家人争相跑到室外,聚集在那陌生男子身边,等着父亲大人来掀开盖布,好伸手进去。

苏珊后来回忆说,那一刻她潸然泪下。

秘门奇谭

刊于《花花公子》(*Playboy*)
1995 年 12 月
仇春卉 译

那是一阵撞门声，一阵连续不断的、猛烈且狂乱的撞门声。这声音背后是无尽的恐惧和歇斯底里，撞门的人渴望被别人听到，渴望重获自由，渴望挣脱桎梏，渴望逃出生天。那人似乎在掰扯隐藏的镶板，抓挠中空的夹层，撬动嵌入的钉子。在一阵暴烈的敲打、拍击、撕扯之后，传出一声被禁锢的嘶吼和来自远方的厉声要求。随后是一片死寂。

这种死寂是最空洞、最可怖的。

罗伯·韦伯和玛莎·韦伯一下子从床上坐了起来。

"你听到了吗？"

"听到了，还不止一次呢！"

"就在楼下。"

刚才有人在拼命地敲打，狂乱地寻求自由，就算头破血流也在所不惜。现在此人躲进沉默里倾听,似乎想看看刚才那一阵震人心魄的擂鼓声能否招来援助。

冬夜渗进整栋房子,寂静如同飞雪,飘进每一个房间,散落在桌面,浸染了地板,淤积在梯级上。

然后,那撞门声再次响起,随后是一声轻轻的哭泣。

"就在楼下。"

"房子里有人。"

"你觉得会是乐儿吗?我们的前门是没有锁的。"

"不可能是乐儿,她会先敲门的。"

"除了她还能有谁呢?她给咱们打过电话呀。"

两人不约而同地向电话看去。如果此刻你拿起话筒,只会听到一阵凛冬般的死寂。前几天附近城镇爆发暴乱,打那以后,电话线路就彻底断掉了。此时你在话筒中听到的只有自己的心跳声。

"你们能不能收留我?"乐儿从六百英里外打来电话,哭喊道,"就一晚行吗?"

可是他们还没来得及回答,电话那头就突然陷入了延绵数百里的沉默。

"乐儿听起来很抓狂,她要来投靠我们。楼下那人可能真是她。"玛莎·韦伯说道。

"不。"罗伯说道,"那哭声不是今晚才有的,我以前就听见过。天哪!"

他们所在的农舍位于马萨诸塞州的一处荒郊野岭,远离大小城镇和主干道,附近只有一片阴森的树林和一条凄清的小河。此时正是隆冬腊月,冰雪的严寒能刺穿空气。

在冰冷的卧室里,他们坐起来,点亮一盏油灯,并肩坐在床沿,晃荡着四条腿,似乎下面是万丈深渊。

"楼下没有人,不可能有人。"

"不管是谁,听起来似乎很害怕。"

"该死的,咱们自己也很害怕呀!所以咱们才跑到这儿来,远离城市,逃避暴乱,躲开世人种种该死的愚蠢恶行。我们不想被监控、逮捕,不想受横征暴敛,惶惶不可终日。现在咱们好不容易找到这样一个静僻的地方,却终究还是避不开人们的电话骚扰。今晚竟然还发生这样的事情,老天啊!"他盯着妻子,"你害怕吗?"

"我不知道。我是不信鬼神的。现在都1999年了,拜托,我又不是疯子……至少我觉得我不是疯子。你的枪呢?"

"我们不需要用枪。别问为什么,总之就是不需要。"

他们于是各自端起一盏油灯。本来他们正在房子后面的白色谷仓那里修建一个小型发电机,还需要一个月左右才能完工。所以目前他们夜间在农场活动时,只能靠昏暗的油灯和蜡烛照明。

夫妇两人行年三十有三,都是非常务实的人。此刻他们正站在楼梯口。

楼下的房间深陷在严冬里,一阵阵凄苦的哭声飘来,哭声里带着哀求。

"她哭得多伤心啊!"罗伯说,"天哪,我真替她难过,可我连她是不是人也不知道……来,咱们去看看。"

两人一起走下楼梯。

那人似乎听到了他们的脚步声,哭得更响了。不知道从哪儿又传来一声闷响,像是有东西砸在木板上。

"是一道暗门！"玛莎·韦伯终于想起来了。

"不可能。"

"肯定是。"

两人站在长长的走廊尽头，盯着楼梯底下那个地方，只见那里的隔板在微微颤抖。不过现在哭声已经渐渐平息，哭泣的人可能已经筋疲力尽了，也可能被什么东西分散了注意力，或者是被他们说话的声音吓坏了，又或者是想聆听他们接下来会说什么。于是这栋冬夜里的房子再次陷入寂静。夫妇二人默默地守着，手中的油灯无声地散出袅袅烟氲。

罗伯·韦伯一步一步走到暗门前，伸手在木板上面摸索，找寻隐藏的按钮或者秘密的弹簧机关。"这里面不可能有人。"他说道，"天哪！我们已经在这里住了六个月，一直以为这只是一个小储藏间。卖房的经纪人就是这样说的，对吧？有人藏在这里而我们竟然毫不知情？这不可能！我们——"

"听！"

两人竖起耳朵听着。

一点声音也没有。

"她已经走了——嗨，也不知道那是个人还是别的什么，反正已经走了。这道暗门像是30多年没打开过了，大概没人记得开门的弹簧机关到底藏在什么地方。我怀疑这根本就不是一道门，这只是一块松动的隔板，里面还藏着个老鼠窝，仅此而已。你想想，那些刮墙的声音，对吧？"他转头看看妻子，她依然目不转睛地盯着这隐秘的空间。

"别傻了！"她说，"老鼠会哭吗？刚才分明是人的声音，而且她在求救。我本以为是乐儿，可现在知道不是她了。不过这人也同样在水深火热当中。"

这道暗门是用枫木做的，边缘都刨了斜面。玛莎·韦伯伸出一只手，颤抖的指尖沿着门边在年深月久的古木上滑动。"我们没办法打开吗？"

"有撬棍和锤子就能打开，等明天吧。"

"求你了，罗伯！"

"我求你别求我了，我现在很困啊！"

"你怎么能撇下她孤零零一个人在里面……"

"她已经安静下来啦！拜托！我已经很累了！明早天一亮我就下来把这该死的暗门砸开，行了吧？"

"好吧。"她说着说着眼泪就出来了。

"你们女人真是……"罗伯·韦伯叹道，"啊！天哪！你和乐儿，乐儿和你……要是她真的要来，万一她真的来了，我岂不是要面对满屋的疯子？"

"乐儿才不疯呢！"

"她不疯，可她就是不懂得闭上她的大嘴巴。无论你是社会主义者、共产主义者，还是自由主义者、民主主义者，甚至新芬党纳粹分子，也不管你是不是支持堕胎，总之现在公开宣布自己的政治立场不会有好下场。何况大小城镇都已经被炸得面目全非，人们正需要找替罪羊，而你那个乐儿偏偏口没遮拦，惹来一身骚。哼，这不，狼狈逃窜了吧？"

"他们要是抓到乐儿，一定会把她关进监狱，甚至会杀了她。没错，他们肯定要害死乐儿的！而咱们躲在这里，衣食无忧，实在是福气！谢天谢地，咱们未雨绸缪，一早预见这场饥荒和大屠杀，全靠自己的努力逃过这一劫。如果乐儿能逃出来，咱们必须帮助她。"

他没有正面回答，转身向着楼梯。"我已经累死了，谁也救不动了，就算是乐儿也一样。不过呢，要是她走进了这座房子的大门，那就算她得救了。"

他们端着油灯，一步一步上楼，身上笼罩着一圈不停晃动的白色光晕。房子里面静得仿佛连雪花飘落的声音也能听见。"天哪。"他说，"该死的，我最讨厌女人哭得那么凄惨。"

他想，那个女人哭的时候，似乎整个世界都在哭泣。这个世界孤立无援，眼看要灭亡了，所以哭喊着求救。可是你能做什么呢？你苟活在这样一个与世隔绝、人迹罕至的农场里，远离蠢人蠢事，逃避死亡的威胁。你能够为这个垂死的世界做什么呢？

两人只留下一盏油灯亮着，然后盖好被子，安躺在床上，静听寒风击打着屋子，房梁和镶花地板发出嘎吱嘎吱的声响。

片刻之后，楼下突然传来一声喊叫，接着是木板碎裂的声音，然后是门被撞开、气流涌出的声音。又传来一阵脚步声，踏遍楼下的各个房间，还有一下近乎狂喜的抽泣声。最后，前门砰的一下被撞开，狂野的朔风呼啸着刮进屋子里，脚步声却出了门廊，瞬间就消失了。

"就在下面！"玛莎叫道，"没错！"

两人端着油灯狂奔下楼，一股寒风扑面而来，让人窒息。他们看向楼梯底下，只见暗门敞开着，还挂在铰链上。他们又转身看向前门，举起油灯照亮外面的黑暗，只见大雪纷飞，天上无星无月，远山若隐若现，眼前是白茫茫一片。在昏黄的灯光里，轻柔的雪花飞蛾似的摇曳舞动，从空中飘落下来，给大地铺上了一层厚厚的褥垫。

"走了。"她低声说道。

"谁?"

"我们不会知道那是谁了,除非她自己回来。"

"她不会回来了,你看。"

他们把油灯照向白色的地面,只见柔软的雪地上有两行细小的足印,朝着远方那片黑暗的树林延伸过去。

"真的是个女人。可是……为什么呢?"

"天知道呢!现在的世道那么疯狂,到哪儿讲理去?"

两人注视着雪地上的足印,在门口站了许久,直到冷得发抖才退回屋里。他们沿着走廊来到那扇敞开的暗门前,将油灯伸进楼梯底下的这个小空间里。

"天哪,这只是一个小隔间,甚至连储藏室也不算。你看……"

只见里面有一张很小的摇椅,一块手工织成的小地毯,一个插着半截残烛的铜烛台,还有一本破旧的《圣经》。空气中弥漫着麝香、苔藓和干花的气味。

"这是他们用来藏人的地方吗?"

"是的。很久以前他们把那些被指控为女巫的人藏起来。你听说过审判女巫吧?他们把女巫绞死或者烧死。"

"没错,没错。"两人一边喃喃低语,一边注视着这个小得不可思议的隔间。

"那些女巫就躲在这里,所以女巫猎人搜遍这栋房子也搜不到,最后只能离开了,对吧?"

"对!天哪!就是这样子!"他嘀咕着说。

"罗伯……"

"嗯?"

玛莎脸色煞白，身体前倾，死死盯着那张小破摇椅和那本残旧的《圣经》。

"罗伯，这房子……这房子有多少年了？"

"大概三百年吧。"

"那么老啊？"

"怎么了？"

"这太疯狂了！太愚蠢了……"

"疯狂？"

"像这样的老房子，年复一年，经历了那么多岁月。天啊！你感受一下，把手伸进去，对吧？你能感受到其中的变化吗？我知道这样说可能有点蠢，可是设想一下，我坐在这张摇椅里面，把暗门关上，会发生什么事情呢？那个女人……她在里面待了多久？她是怎么进去的？应该是在很久很久以前吧？你不觉得古怪吗？"

"你别胡说八道！"

"要是有人在追捕你，你想逃跑都想疯了，你自然会热切地期望，会拼命地祈祷。这时候有人把你藏在这样一个密闭的小空间里……你想想，一个女巫藏在暗门后，听到追捕她的猎人们在屋里跑来跑去，脚步声越来越近，难道你不想逃跑吗？逃去别的地方，只要离开这里就好。那么为什么不干脆逃去另一个时空呢？然后你再看看这样一座古旧的老宅，谁知道里面有什么神奇的地方。如果你有足够强大的愿念，或者你祈求的次数足够多，这房子就会让你逃到另一个年代！或者……"她停顿了一下，"逃到我们这个年代？"

"不可能，不可能。"他喃喃说道，"实在是愚不可及！"

可是这个貌似平静的小隔间里面分明有一股汹涌的暗流，好奇心驱使两人不约而同地把手伸进暗黑的空间里摸索，仿佛在试探一泓看不见的深潭。那里面的空气似乎在来回流动，忽冷忽热，不时闪出一刹亮光，却在瞬间重堕昏暗。所有这些感觉都只可意会，不可言传。而且这里还有四季气候变化，炎夏和凛冬交替——如此匪夷所思的事情，虽然无法目睹，他们却用双手实实在在地感受到了。延绵不绝的阴影与阳光像涓涓细流在两人指间流淌，尽管被变幻无常的黑暗所笼罩，却依然像水晶般清澈，如时光般缥缈。两人都觉得这个不可思议的狭小空间里其实另有乾坤，如果他们把手伸进黑暗的深处，很可能会整个人被卷进一场巨大的时光风暴之中。当然了，他们此刻的所思所感依然是只可意会，不可言传。

他们连忙缩手，低头看时，只见晒得黝黑的双手几乎冻僵了。他们只能将手紧紧捂在胸前，以抵御心头的恐惧。

"该死！"罗伯·韦伯低声说，"噢！该死的！"

他倒退几步，转身再次打开前门，只见那串脚印已经快消失了。

"不，"他说道，"不，不可能。"

正在此时，一辆汽车突然停在房子前面的路上，车头灯射出黄色的强光。

"乐儿！"玛莎·韦伯叫道，"肯定是乐儿！"

车灯灭了，一个女子跳下车狂奔而来，他们连忙跑出去，在前院的正中迎上她。

"乐儿！"

那个女人披头散发，眼神狂乱，一下子扑进两人怀里。

"玛莎！鲍勃①！天哪！我以为迷路了，再也见不到你们了！有人跟踪我，咱们快进去！对了，我不是有意在半夜三更吵醒你们的。天哪！找到你们真好！快把车藏起来！给你钥匙！"

罗伯·韦伯连忙跑过去，把车开到房子后面藏好。当他回到房前的时候，暴雪几乎把地上的车辙全部覆盖住了。

片刻之后，三人齐聚在屋子里商量对策，颇有一种生逢乱世相互扶持的亲近感。在言谈间，罗伯·韦伯不住地把眼光投向前门。

"我真不知道怎么感谢你们才好！"乐儿蜷缩在椅子里，一边哭一边说，"你们收留我是有风险的，所以我不敢待太久。再过几个小时，等外面风声没那么紧，我就……"

"你想在这里留多久都没问题。"

"不行，他们会追来的！现在城里四处着火，食物短缺，人们又自相残杀，我是全靠偷了汽油才逃出来的。你们还有多余的汽油吗？够我去绿镇投靠菲尔·梅蒂夫吗？我……"

"乐儿。"罗伯·韦伯说。

"怎么？"乐儿停下来，依然是上气不接下气。

"你来的路上有没有见到谁？一个女人，在路上跑？"

"什么？我当时开得太快了！一个女人？啊！有啊！我还几乎撞上她呢！然后她就跑掉了。怎么了？"

"呃……"

"她不会给你们带来危险吧？"

"不，不会。"

---

①鲍勃，罗伯的简称。

"我呢？我来这里会不会连累你们呢？"

"行了，行了，没关系的。你坐一下，我们去煮点咖啡……"

"等等！我先去看一眼！"两人还来不及阻拦她，乐儿就已经奔到前门，推开一条缝，往外窥探。他们站在她身旁一起向外张望，只见远处有几道车头灯光漫过一座矮丘，随即隐没在一道山谷之中。"他们追来了。"乐儿低声说道，"他们可能会进来搜查！天哪！我该躲哪儿呢？"

玛莎和罗伯对望了一眼。

不，不！罗伯·韦伯想道，天哪，不可能！这事情巧得简直不可思议！他脑中突然闪过刚才那个荒诞不经、异想天开的念头，心里顿时爆发出一阵狂喜欢呼。可是他随即又想，不，这完全是无稽之谈！造物主啊，请你别再弄人了！你在我们周遭设下那些阴差阳错的巧合，请你把它们统统带走吧！乐儿，请你选另一个时间再来避祸吧：十年后也行，五年、一年、一个月、一个星期之后都可以，甚至明天过来也没问题，可是请你不要像现在这样来吓唬我们！就在半小时之前，我们刚刚见证了一件恐怖的怪事，惊魂尚未安定，你就突然像个笨小孩似的闯进来，带着鬼使神差般的巧合来考验我们的信仰。我毕竟不是查尔斯·狄更斯，不能眨一眨眼睛就当作这事情没发生过。

"怎么了？"乐儿问道。

"我……"罗伯欲言又止。

"没地方让我躲吗？"

"不，"他终于说道，"我们有一个地方。"

"噢？"

"跟我来。"他慢慢转身，神情动作都有点呆滞。

他们沿着走廊来到半掩的隔板间前面。

"就是这里?"乐儿说,"这是个密室吗?难道你们……"

"不,这不是我们建的,是很久以前这房子建造的时候就有了。"

暗门依然固定在铰链上。乐儿伸手摸着暗门,把它合上又打开。"这能行吗?会不会被他们发现呢?"

"不会,这暗门做得非常细致,关上之后你根本看不出来。"

在屋外冬夜的雪原里,车队越来越近,路上一道道强光闪耀,在老屋的窗户上划过。

乐儿向暗门中看去,仿佛凝视着一口孤独的深井。

几缕灰尘在她四周弥漫,小摇椅也在轻轻地颤抖。

乐儿默默地走进去,碰了碰那半截残烛。

"奇怪了,这蜡烛怎么还暖着呢?"

玛莎和罗伯没有回答,只是扶着暗门,任由一丝丝温暖的牛脂气味钻进鼻子里。

在这狭小空间里,乐儿必须弯腰低头才能避开头顶的木梁,她的身体有点僵硬了。

雪夜中传来汽车喇叭的嘟嘟声。乐儿深深吸了一口气,说道:"关门。"

于是他们把暗门关严实了,的确完全不露痕迹。然后他们吹熄油灯,站在冰冷的黑暗中忐忑地等待着。

追赶的车队沿着雪路飞驰而至,发出震天的声响,车头灯射出耀眼的黄光,映出纷纷飘落的雪花。大风把院子里一进一出的两串脚印吹散了[1],乐儿那辆车留在雪地上的痕迹也转眼间消失殆尽。

"感谢上帝。"玛莎低声说。

这时候,车队鸣着喇叭,甩尾拐过最后一道弯,下了山坡,然后停在路边。他们像是在等待什么,或者在窥探这栋古老的房子。过了许久,他们终于重新出发,在漫天风雪中驶向远山。

很快,车灯的亮光消失了,汽车的轰鸣声也随之而去。

"我们太走运了。"罗伯·韦伯说。

"可是她就没那么走运了。"

"哪个她?"

"就是从这里跑出去的那个女人。他们肯定会发现她的,肯定会有人发现她的。"

"你说的没错。天哪!"

"而且她没有证件,无法证明身份,甚至不知道自己身上发生了什么。要是她告诉他们她是谁,她从哪里来……"

"没错,没错。"

"愿上帝拯救她吧。"

两人凝视外面飘雪的夜色,却什么也看不见,似乎世间万物都凝结了。"你逃不掉,"她说,"无论怎么挣扎也没用,到头来一个人也逃不掉。"

他们从窗户旁走开,顺着走廊来到暗门前面,伸手触碰门板。

"乐儿。"他们叫道。

暗门纹丝不动,并没有打开。

---

[1]此处两串脚印属于逃出去的女人和跑进来的乐儿,作者似乎忽视了韦伯夫妇的脚印。

"乐儿,你可以出来了。"

没人回答,甚至连一丝呼吸或者低语也没有。

罗伯轻轻敲了一下门,说道:"里面的人听到了吗?"

"乐儿!"

他用力拍打隔板,很激动地叫道:"乐儿!"

"快把暗门打开!"玛莎对丈夫说。

"我正在开呢,你没看见吗?"

"乐儿,等一下,我们这就把你弄出来!现在已经安全了!"

他一边咒骂一边用两个拳头猛砸一通,然后说了一句"小心",后退一步,抬起腿狠狠地踹门。一脚、两脚、三脚……木屑纷飞,门板被他踹出几个洞来。罗伯随即把手伸进破洞里,用力一拉,硬是把整块门板扯了下来。

"乐儿!"

两人一起倾身探头,望向楼梯下的狭小空间。

只见小桌子上的蜡烛闪着摇曳的微光,那本《圣经》却不见了。小摇椅还在一前一后地快速摇摆,划出一道道弧线,然后逐渐停下来了。

"乐儿!"

小隔间里空空如也,两人只能出神地盯着摇曳的烛光。

"乐儿……"他们一起说。

"你不是说你不信……"

"我不知道,古老的房子都很……古老……很古老……"

"你觉得乐儿……她……?"

"我不知道,我不知道。"

"不过她至少已经安全了!感谢上帝,她终于安全了!"

"安全?你真的以为她安全了?你知道她去了哪里吗?她这样一个女人,锦衣华服,搽脂抹粉,文眉画鬓,短裙丝袜,香水钻戒,还踩着一双高跟鞋,她能安全吗?安全什么!"他一边说,一边死死地盯着暗门里面。

"当然安全了,她有什么危险?"

他深深地吸了一口气。

"这样一个女人,迷失在1680年的萨勒姆镇①,安全吗?"

他伸手把暗门重新关上。

两人就这样坐在暗门旁边守候着,在寒冷中度过这漫长的冬夜。

---

① 萨勒姆,位于美国马萨诸塞州东北部的小镇,1692年曾发生著名的审判女巫案。

拉斐特，永别了

收录于短篇集 *The Toynbee Convector*
1988 年
阿古 译

有人敲了一下门，而门铃并没有响，我知道是谁站在门外。敲门声之前总是一个星期响一次，但过去几个星期，隔一天就会响一次。我闭上双眼，默祷一声，打开了门。

比尔·韦斯特雷老头儿站在门外看着我，泪水顺着脸颊滚滚而落。"这是我家还是你家？"他问。

这句话已成了一个老笑话了。他每年总会迷路几回，这个八十九岁的老人刚走出几个街口就会迷路。他多年前就已不再开车，因为他会一口气开出三十英里，驶离我们住的市中心，开出洛杉矶。现在他最好的旅行就是走到我家门口，他和那位善解人意的温柔妻子就住在我隔壁。他敲门，进门，哭个不停。"这是你家还是我家？"他颠倒顺序又问了一遍。

"我家即你家。"我引用了一句西班牙谚语。

"谢天谢地！"

我在前面领路，走向放在客厅的雪利酒和玻璃酒杯，我倒了两杯，比尔在我对面的安乐椅上落座。他擦了擦眼睛，用一块大手绢擤了擤鼻涕，整齐地叠好，又塞回胸口衣袋里。

"敬你一杯，小鬼。"他举了举手中的雪利酒，"天空中到处都是飞机。我希望你能平安归来。要是回不来，我们会在你那破板条箱坠落的方向摆一个黑色花圈。"

我喝了一口酒，酒精让我暖和起来，我盯着比尔看了好一会儿。"飞行队又来嗡嗡嗡地烦你了？"我问。

"每个晚上刚过午夜就来，现在每天清晨也来。上个星期每天中午都来。我努力克制自己不要过来找你，我克制了三天。"

"我知道。我很想念你。"

"你这么说可真体贴，孩子，你有一副好心肠。但我清醒的时候很清楚自己是一个讨厌鬼。此刻我正清醒着，为你的友好和健康干杯。"

他喝完杯中酒，我又给他倒满。"你想谈谈吗？"

"你听着挺像我一个精神分析师朋友——不是说我特意去找他做精神分析，他只是一个朋友。来你这儿的好处是咨询免费，雪利酒管够。"他忧郁地看着杯中酒，"被鬼魂纠缠真可怕。"

"我们都摆脱不了鬼魂。这就是莎士比亚的明智之处。他教导了自己，教导了我们，教导了精神分析师。他说，勿作恶，否则鬼魂会逮到你。依稀的旧影和惊怪的念想都会吓得你节节退缩，会骇散午夜的恬梦。人们惊起大叫，哈姆雷特，记住我，麦克白，你被盯上了，麦克白夫人，你也是！理查三世，当心，我们掠过你那阴湿的营地，我们的裹尸布上凝满了血污。"

"上帝啊,你出口成章。"比尔摇了摇头,"能与一个作家比邻而居真美妙。当我需要一剂诗歌时,找你就立等可取。"

"我喜欢长篇大论,我的朋友们都深感困扰。"

"我不会,亲爱的小子,我不会。但你是对的,我是说,鬼魂的确能分辨善恶。"

他放下雪利酒,抓住安乐椅的两个扶手,仿佛这是飞机驾驶舱的边框。

"现在我无时无刻不在飞行。我仿佛远离1987年,又回到了1918年,仿佛身处法兰西,而不是美利坚。我在巴黎附近的一个基地,和拉斐特飞行队①在一起,和里肯巴克②在一起。就在那里,太阳落山之时红男爵③便要登场。我的一生倒也挺精彩的,对吧,山姆?"

听着他亲热地用六七个不同的名字称呼我,我倍感温馨,我爱这些五花八门的名字。我点点头。"有一天我会写下你的故事,"我说,"并不是每一个作家的邻居都参加过飞行队,都飞上蓝天与冯·里希特霍芬对战过。"

"你写不了,亲爱的拉尔夫,你没开过战斗机,没法下笔。"

"我会让你大吃一惊。"

"你也许真能行,上帝啊,也许真能行。我有没有给你看过那张照片,1918年夏天,我和整个飞行小分队排成一行站在那架破破烂烂的双翼飞机前面?"

"没有,"我撒了个谎,"让我瞧瞧。"

---

①拉斐特飞行队,第一次世界大战期间有数十位美国人活跃在法国空军中,组成了这支飞行分队。
②埃迪·里肯巴克,第一次世界大战期间美国王牌飞行员。
③红男爵,即下文的冯·里希特霍芬,第一次世界大战期间德国王牌飞行员。

他从钱包里抽出一张小照片，轻轻扔给我。我已经看了一百多遍，但那场面还是令我惊奇而振奋。

"站在中间偏左这个就是我，我旁边这个一脸傻笑的矮个子就是里肯巴克。"比尔伸过手指来指指点点。

我看着画面上这些人，他们绝大多数早已不在人间了。那时的比尔刚二十出头，快活得像只云雀，这些年轻光鲜的了不起的小伙子排成一排，伸手搂着彼此的肩膀或一手拎着头盔和目镜，身后是一架法国 7-1 双翼战斗机，远处是西部前线上某个空旷的飞机场。这张该死的照片里溢出螺旋桨的聒噪声，还有风声和鸟鸣，我拿着这张照片时，经常会这样。它就像一块迷你电视屏幕，仿佛下一秒飞行队就会突然行动起来，转身，奔跑，起飞冲入无边无垠的明媚天空。照片中的那时那刻，红男爵还活着，就潜藏在云层中，现在他永远留在了云中，再也不会降落，这样才对，这样才好，因为我们希望他永远待在那儿，男人们都这么想。

"上帝啊，我喜欢给你看东西，"比尔打破了沉默，"你是多么有鉴赏力啊，真希望我在米高梅拍电影时有你在身边。"

这是威廉（比尔）·韦斯特雷生活的另一部分。战时，他在深入西部前线半英里的空军基地驾驶战斗机的同时做战地摄影，战后，他回到美国，继续自己的事业和生活。他在纽约伊士曼实验室[①] 待了一阵，又去了芝加哥的一些电影工作室，捧过当红女演员格洛丽亚·斯旺森。之后他去了好莱坞，加入米高梅，又乘船去非洲采风，为米高梅大片《所罗门王的宝藏》拍摄外景：狮

[①]伊士曼实验室，胶卷制造商柯达公司的前身。

子和瓦图西牧场主。世界上的电影公司没有哪个是他不知道的,也没有哪个不知道他。他是将近两百部电影的主摄影师,在隔壁他家的壁炉架上摆着两座金灿灿的奥斯卡小金人。

"抱歉,我比你晚生那么多年,"我说,"那张你和里肯巴克的合影呢?那张冯·里希特霍芬的签名照呢?"

"你不会想看的,小子。"

"我不想看才怪!"

他打开钱包,轻轻抽出那张他和埃迪上校的合影,还有那张冯·里希特霍芬身穿制服的照片,照片底部有钢笔签名。

"大部分人都过世了,"比尔说,"还剩一两个活着,还有我。我的时间……"他迟疑了一下,"也不多了。"

突然,眼泪又一次从他眼中溢出,沿着鼻翼淌下来。我重新倒满他的酒杯。

他喝了一口,说道:"我并不害怕死亡,我只是害怕死后下地狱!"

"你不会下地狱的,比尔。"我说。

"我会的!"他大喊,怒气冲冲两眼放光,滚滚泪水绕过洞开的嘴巴淌下。"我做的那些恶,永远也不会被饶恕!"

我等了一会儿,平静地问:"你到底做了什么恶,比尔?"

"我杀死了那些年轻男孩,我摧毁了那些年轻男人,我谋杀了那些美丽的人。"

"你从没干过这些,比尔。"我说。

"我干过!我干了!在天空之上,见鬼,许多年前,在法国的天空上,在德国的天空上,但是耶稣啊,现在他们每晚都出现。他们又活了过来,飞舞着,挥着手,大喊着,大笑着,像一群生气勃勃的孩子,直到我螺旋桨中间的机关枪开火,他们的飞机双翼燃烧起来,打着旋儿坠落。坠落时,有时候他们会向我挥手,大喊'棒极了',有时候会大声咒骂。但是,耶稣啊,自从上个月以来,每一个晚上,每一个早晨,他们一直都不肯离开。噢,那些漂亮的男孩子,那些可爱的年轻人,那些美丽的脸庞,那些目光炯炯的可爱大眼睛,就这么坠落了。是我干的。因为这罪恶,我将下地狱受烈火煎熬!"

"我再说一遍,你不会在地狱里受煎熬。"我说。

"再给我倒一杯,别多嘴。"比尔说,"你怎么知道谁会受煎熬,谁不会?你是天主教徒吗?不是。你是浸礼会教徒吗?浸礼会教徒受的煎熬更漫长。倒满,谢谢。"

我给他倒满酒。他啜了一小口,嘴边的眼泪沾湿了杯沿。"威廉,"我坐下倒满自己的酒杯,"没有人会因为战争中的所作所为而在地狱里受煎熬。战争就是那么回事儿。"

"我们都会受煎熬。"比尔说。

"比尔,就在此时此刻的德国,有个和你一样年纪的人,也在被相同的梦境困扰,也正捧着啤酒杯号啕大哭,他回忆得太多了。"

"他们当然应该哭个够!他们会受煎熬,他也会,想想我的那些朋友吧,那些可爱的男孩,他们的螺旋桨倒栽进地面,他们的身体被绞进大地。你难道还不明白吗?他们不知道,我也不知道。没有人告诉他们,没有人告诉我们!"

"告诉你们什么?"

"战争的真相。上帝啊,我们不知道战争会在事后继续跟着我们,找到我们。我们以为战争已经结束了,我们会想办法忘记、摆脱、埋葬战争。我们的长官没有说出真相，也许他们自己也不知道，我们全都不知道。没有人能猜到，有那么一天，等我们老了，坟墓会豁然大开，那些可爱的脸庞会飘然而出，把整场战争又带了回来！我们怎么可能料到？我们怎么可能知道？但现在时候到了，天空满了，船只不会下沉，除非它们起火燃烧。那些年轻人在凌晨三点不停冲我挥手，除非我再次把他们杀害。上帝啊，这太可怕了，这太悲哀了。我怎么才能拯救他们？我怎么才能回到过去，说一声，上帝，我错了？这一切根本就不应该发生，应该有人在我们得意忘形之时警告我们：战争并不只是死亡，战争是铭记，铭记现在，也铭记过去。我希望他们能安息。下一步该怎么办？"

"没有什么下一步，"我平静地说，"和我这个朋友坐在这儿，再喝一杯。我想不出有什么下一步，我希望我能……"

比尔一圈又一圈地转着手中的酒杯。"那么，让我来告诉你，"他小声说，"今晚，也许明晚，将是你最后一次见到我。仔细听我说。"

他倾身向前，抬头注视着高高的天花板，接着望向窗外。窗外狂风席卷，暴风雨云正在聚拢。

"过去几个晚上，他们就在咱们的后院降落。你听不到，降落伞的声音就像风筝，轻得像一声耳语。降落伞落在我们屋后的草地上。另一些夜晚，没有降落伞，落下的只是尸体。较好的夜晚，你只能听到丝布和伞绳在云层中轻飘；糟糕的夜晚，你能听到一百八十斤重的飞行员砸在草地上。接着你就睡不着了。昨晚，有东西砸在我卧室窗边的灌木丛里，噗噗噗十几下。今晚我抬头看夜空里的云，云层里全是飞机和烟雾。你能让他们停下吗？你相信我吗？"

"不管怎么说，我相信你。"

他叹了口气，一声长叹，舒缓了整个灵魂。"感谢上帝！下一步我该怎么办？"

我问："你有没有试着和他们说说话？我是说，你有没有请求过他们的宽恕？"

"他们会听吗？他们会宽恕吗？上帝啊。"他说。

"当然会，为什么不呢？要不要和我一起去你家后院看看。那儿没有树，不会挂住他们的降落伞，或者就去你家门廊……"

"去门廊吧。"

我打开起居室的门，走了出去。夜色静谧，只有几缕微风轻轻吹拂树叶，夜空流云不断变幻。

比尔跟在我身后，脚步有点迟疑，脸上露出一个充满希望的笑，又带点恐惧。我看着夜空那初升的月亮。

"天上什么都没有。"我说。

"噢，上帝，有的，就在那儿，仔细看，"他说，"不，等等，仔细听。"

我站在那儿，突然全身一寒，纳闷我站在这儿到底要听什么。

"我们要不要站在你的庭院中央，这样他们好看得见我们？要是你不愿意就不用去。"

"见鬼，"我撒了个谎，"我才不怕呢。"我举起酒杯。"敬拉斐特飞行队一杯？"我提议道。

"不，不！"他警觉地大喊，"不能在今晚敬，不能让他们听到这个。得敬他们，道格，敬他们。"他朝天空晃着酒杯，云朵像一批批飞行中队飞过，月亮苍白得像一块墓地。

"敬冯·里希特霍芬，敬那些漂亮的年轻人。"比尔说道。

我小声重复了一遍祝酒词。

我们喝完杯中酒，举高酒杯，好让云朵、月亮和寂静天空看得见。

"我准备好了，"比尔说，"要是他们现在就来抓我的话。我宁愿此刻就死在这儿，也好过进屋去听他们每晚穿着降落伞飘落。我整晚睡不着，直到黎明，直到最后一张丝布降落伞飘落在草地上，直到酒瓶倒空。站在那儿别动，孩子，就站那儿。躲到阴影边上去，快。"

我后退几步，等待着。

"我应该对他们说什么？"他问道。

"上帝啊，比尔，"我说，"我可不知道，他们又不是我的朋友。"

"他们也不是我的朋友。太悲哀了。我想他们曾经是我的敌人。上帝啊，敌人可真是个愚蠢透顶的字眼。敌人，仿佛世界上真有什么敌人存在。没错，也许那些在学校操场上追赶你、把你揍翻的恶棍，也许那个抢了你的女孩还嘲笑你的家伙，他们算是敌人。可他们，那些美丽的年轻人，自由自在飞翔在夏日和秋天午后的云彩里，他们不是敌人，不是！"

他在门廊上又往外走了几步。"好了，"他小声说，"我来了。"他身体前倾，张开双臂，仿佛要拥抱夜空。"来吧！让你们久等了！"

他闭上双眼大喊："轮到你们来复仇了。我的上帝，你们必须听见我的呼唤，你们必须出现，你们这些漂亮的浑蛋，来啊!"他向后仰头,仿佛在迎接一场黑暗暴雨。

"他们来了吗?"他小声问了一句,双眼紧闭。

"没有。"

比尔抬起苍老的脸庞望向夜空,仿佛希望云朵瞬间翻覆变化,变成别的什么。

"见鬼!"他忍不住大喊,"是我杀光了你们。宽恕我吧,来杀我吧!"最后一声是愤怒的咆哮。"宽恕我,我错了!"

他的咆哮令我心惊,我退回阴影里。也许是我的离场起了作用,也许是比尔本人的力量,他像一座小雕塑般矗立在庭院中央,风向变了,北风变成了南风。我俩都听到了,远处的天际传来一声绵长的低语。

"这就对了!"比尔大喊,他紧闭双眼,牙关紧咬,对我吼了一句,"你听到了吗?"

我们又听到一个声音,现在离得更近了,像是一大丛花朵被风从春天的枝头刮落,席卷向天空。

"来了。"比尔小声说。

流云伸延成了巨大轻薄的一大片,覆盖在大地之上,夜色愈发庄严寂静。云朵投下的阴影横覆整座小镇,遮掩了许多屋子,最终抵达我的庭院。阴影遮掩了草地,遮挡住了月光,把比尔从我的视野中藏匿掉。

"好啊!他们来了,"比尔大喊,"感觉到了吗?一个,两个,整整一打!噢,上帝,这就对了。"

黑暗中,我仿佛听到苹果、李子、桃子从四周看不见的树上纷纷掉落;无数靴子踩落在草地上,无数枕头噗噗砸落在青草上,仿佛身体在撞击;狂风中飘荡过一丛丛白色丝绸挂毯或是一团团白色烟雾。

"比尔!"

"别过来,"他大喊,"我很好!他们就在周围。回去!这样挺好!"

庭院中一阵喧动,旋风摇撼树篱,青草倒伏,一个锡水壶滚过院子,鸟群从树上惊飞,周围的狗全都吠叫起来。另一场战争里的汽笛声在十英里之外鸣响了。暴风雨来了,那闪耀的到底是闪电还是战地炮?

最后一次,我听到比尔平静地嘟哝:"我不知道,哦,上帝,我不知道自己在干什么。"最后是模糊的一声,"来吧。"

雨点飘落,和他脸上的泪水混在一起。

接着,雨停风止。

"好吧。"他抹抹眼睛,掏出大手绢擤了擤鼻涕,然后摊开手绢看着,仿佛是在查阅法国地图。"是时候离开了。你觉得我会再次迷路吗?"

"要是迷路,就回这儿来。"

"一定,"他横穿过草地,双眼明亮清澈,"我欠你几次情了,西格蒙德?"

"就这一次。"我说。

我拥抱了他。他走到街上,我跟上去观察。

他走到街角时又困惑了,转向右边,又转向左边。我等了一会儿,轻轻喊了一句:"向左转,比尔。"

"上帝保佑你,孩子!"他说着挥了挥手,转身走进了屋子里。

一个月后,他被人发现在离家两英里外的地方徘徊。又过了一个月，他住进了医院。从那时起，他所有的时间都身处法国，里肯巴克躺在他右边的床上，冯·里希特霍芬则躺在他左边的小床上。

葬礼后的第二天，他的妻子拿来两座奥斯卡小金人摆放在我的壁炉架上，还有一朵玫瑰、一张冯·里希特霍芬的照片、一张飞行队在1918年夏天的集体照。风从照片中吹出来，飞机螺旋桨嗡嗡作响。年轻的人们爽朗大笑，仿佛他们会一直这样自由自在。

有时候我睡不着，就在凌晨三点下床，走到壁炉前，看看比尔和他的朋友们。多愁善感的我会端起雪利酒。

"永别了，拉斐特，"我喃喃低语，"拉斐特，永别了。"

他们全都大笑起来，仿佛这是他们听过最好笑的笑话。

死 人

刊于《怪谭》(Weird Tales)
1945 年 7 月
吕诗苑 译

"就是那人,就在那儿。"街的另一边,里摩尔夫人点着头说,"看见没,坐在沥青桶上,詹金斯先生前面的就是怪人马汀。"

怪人马汀。

"就是那个说自己死了的男人?"亚瑟喊起来。

里摩尔夫人点点头。"跟钻进烟囱的黄鼠狼一样,疯了。到处跟人说他怎么在洪水后死了,没人理他。"

"我见他每天都坐在那儿。"亚瑟大声说。

"哦,是的,他坐在那儿,没错。就坐在那儿,眼神放空。要我说,他们居然没把他扔进监狱,真是不像话。"

亚瑟冲那男人做了个鬼脸。"唷!"

"没事,他不会注意到你的。他是我见过的最没教养的人。

就没有什么能引起他的兴趣。"她拽过亚瑟的手臂,"走吧,亲爱的,我们还得去买东西呢。"

他们沿着街道继续走,经过了理发店。他们路过后,窗户里头的辛普森先生站了起来,手上"咔嚓"着他的蓝色大剪刀,嘴里嚼着已经没有味道的口香糖。他眯着眼,若有所思地透过污渍斑斑的窗户往外看,看着那个坐在沥青桶上的男人。"我想,对马汀来说,没有比结婚更好的事情了。"他琢磨着,眼睛里闪现一丝诡秘的光芒。他回过头,看着店里的美甲师威尔顿小姐。威尔顿小姐正忙着给一位叫吉派崔克的农民打磨凹凸不平的指甲。听见这句话,威尔顿小姐没有抬头。这种话她听多了。他们老是拿怪人马汀跟她开玩笑。

辛普森先生走回原位,继续打理吉派崔克灰蒙蒙的头发。吉派崔克轻笑起来。"什么样的女人会嫁给怪人?有时候我都差点儿相信他是死人。他身上有股可怕的味道。"

威尔顿小姐抬起头看着吉派崔克的脸,小心翼翼地用修甲刀在他的手指上割了一下。"该死的!小心点儿,女人!"

威尔顿小姐用白净小脸上的那双蓝色小眼睛冷静地看着他。她的头发是灰褐色的,没有化妆,大多数时候不出声说话。

辛普森先生不雅地大笑起来,"咔嚓"了一下他的蓝色钢剪。"吼吼,吼吼,吼吼!"他的笑声就像这样。"威尔顿小姐知道自己在做什么,吉派崔克。是你得小心。去年圣诞节,威尔顿小姐送了一瓶古龙水给怪人马汀,用来掩盖他身上的气味。"

威尔顿小姐放下工具。

"对不起,威尔顿小姐,"辛普森先生跟她道歉,"我不说了。"
她不太情愿地重新拿起工具。

"嘿，他又那样了！"另有四个男人在店里等着理发，其中一个叫起来。辛普森先生一下子转过去，差点把吉派崔克的粉色耳朵给剪了下来。"快来看，伙计们！"

街道另一头，警长刚好从办公室出来，也看见了。他看见怪人马汀正在做的事情。

人们从各个小店里跑了出来。

警长到达现场，低头看着排水沟。

"拜托，怪人马汀，拜托。"他叫道，用锃亮的黑色靴尖戳进排水沟。"拜托，起来。你又没死。你和我一样好好的。你现在这样才会感冒，才会病死，这里有一大堆口香糖包装纸和烟蒂！拜托，起来！"

辛普森先生走了过来，看着怪人马汀躺在那里。"他看起来像一盒牛奶。"

"他霸占了宝贵的停车位，这可是星期五早上，"警长抱怨道，"一堆人等着这个车位呢。结果现在呢，被怪人占了。好吧，帮个忙，小伙子们。"

他们把怪人抬到人行道上。

"让他待在这儿。"警长一边说，一边来回走动，推搡周围的人群。"让他躺够为止。这种事他已经干过上万回了，他就是爱哗众取宠。走开，你们这群孩子！"

他鼓着常年嚼烟草的腮帮子把一群孩子轰走。

回到理发店，辛普森四周看了看。"威尔顿小姐呢？嗯。"他望向窗外，"她在那儿，又是趁他躺着的时候给他清理。整理外套，把扣子扣好。她回来了。谁也不准开她玩笑，她最讨厌那样了。"

理发店里的钟敲过十二点,然后是一点、两点、三点。辛普森先生一直在留意时间。"我跟你们打赌,怪人马汀不到四点不会起来的。"

另外一个人说:"我赌得四点半。"

"上一回,"他动了一下大剪刀,"他躺了四个小时。今天天气很好,很暖和,他也许会睡到五点。我赌五点。先生们,拿钱出来吧,晚点也行。"

他们把钱集中起来,放到护发膏旁边的架子上。

一个年轻些的男人拿出随身小刀,开始削一根棍子。"我们这样拿怪人开玩笑还挺可笑的。我们内心其实害怕他。我是说,我们不会让自己相信他真的已经死了。我们不敢去相信这件事。如果我们知道了,将永远无法释怀。所以我们把他当成一个笑话。我们任由他到处乱躺。他不会伤人,他只是躺在那儿。但我注意到,哈德森医生从来没有认真用听诊器听过怪人的心跳。他担心自己会发现些什么,我猜。"

"担心自己会发现些什么!"一阵笑声。辛普森一边大笑一边挥舞着剪刀。两个胡子结成块的人笑了起来,有点儿太大声了。笑声没有持续很久。"真会讲笑话呀,你!"他们拍着瘦削的膝盖,都这么说。

至于威尔顿小姐,她则继续给客人修指甲。

"他要起来啦!"

一群人凑到平板玻璃窗前看着怪人马汀站起来。"他一只脚站起来了。现在另一只脚也起来了。有人给他递了把手。"

"是威尔顿小姐。她肯定是冲过去的。"

"现在几点?"

"五点。给钱吧,伙计们!"

"那个威尔顿小姐啊,她自己就是个怪胎。竟然会关心像怪人那样的人。"

辛普森动了动剪刀。"她是个孤儿,喜欢安安静静的,喜欢话不多的男人。怪人几乎就不说话,正好和我们这些粗鲁人相反,是吧,伙计们?我们话太多了,威尔顿小姐不喜欢我们说话的方式。"

"他们走开了,他们两个,威尔顿小姐和怪人马汀。"

"我说,你说话的时候离我耳朵远一点,好吗,辛普森?"

查理·贝洛斯在街上蹦蹦跳跳地过来了,手里拍着一个红色橡皮球,金色的刘海在蓝眼睛上方跳动着。他心不在焉地拍着球,吐着舌头,球掉到怪人马汀脚下,马汀这时已经又坐回沥青桶上了。杂货店里,威尔顿小姐正在采购晚餐食材,把一些汤罐头和蔬菜罐头放进篮子里。

"我能拿回我的球吗?"查理·贝洛斯在六英尺二英寸高的怪人马汀面前仰起头问。周围没人听见。

"你能拿回你的球吗?"怪人马汀结结巴巴地说。他像是正在反复思考这句话。在他那双灰蒙蒙的眼睛里,查理就像一团黏土捏成的小球。"你可以拿回你的球。是的,拿吧。"

查理慢慢弯下腰,捡起鲜红色的橡皮球,慢慢起身,眼里有种神神秘秘的意味。他左看看右看看,然后向上看着怪人瘦骨嶙峋的暗淡棕色脸庞。"我知道一件事。"

怪人马汀低头看着他。"你知道一件事?"

查理前倾着身子。"你已经死了。"

怪人马汀坐着不动。

"你真的已经死了。"小查理·贝洛斯说,"但我是唯一知道真相的。我信你,怪人先生。我亲身试验过一次。死亡,我是说。很艰难,很费劲。我在地板上躺了一个小时,但我眨眼了,肚子痒了,所以我去挠它。然后——我放弃了,你知道为什么吗?"他看着自己的鞋子,"因为我得去上厕所。"

一丝理解的微笑慢慢浮现在怪人马汀瘦骨嶙峋的苍白长脸上。"是很费劲。不容易。"

"有时候我会想到你,"查理说,"我看见你深夜路过我家。有时候是凌晨两点,有时候是四点。我醒来,知道你在周围走动。我知道我该看看外面,我也确实那样做了,然后,呀,你就在外面,一直走一直走。漫无目地走。"

"因为无处可去。"怪人坐在那儿,一双长满老茧的大手搁在膝盖上。"我试图想出一个——目的——地,"他慢慢地说,像马被拉停时的嘶鸣,"——但太难了。我试了一遍又一遍。有时候我几乎就要想出该做什么、去哪里了,但紧接着我就忘了。有一回,我想到要去看医生,让他宣布我已经死了,但不知道怎么的——"他用缓慢沙哑低沉的声音说,"——我一直没去成。"

查理直直看着他。"如果你想去,我可以带你去。"

怪人马汀闲适地看着太阳下山。"不。我厌了、累了,但我可以等。我已经走了那么远,我很好奇接下来会发生什么。洪水把我的农田、家畜都冲走了,又让我沉在水底,就像鸡被关进鸡笼里一样。我肚子里灌满了水,就像把水灌进热水壶一样。但不知道怎么的,我从洪水中走了出来。可我知道,我已经死了。多少个深夜,我躺在房间里听,却听不见心跳声。耳朵里没有,胸膛里没有,手腕上也没有,我就像死去的蟋蟀般一动也不动地躺着。我内心空无一物,除了黑暗、放松和理解。但是,我还能行走,这一定是有原因的。也许是因为我死的时候太年轻,只有二十八岁,还没结婚。我一直想结婚,却一直没时间考虑。看我现在,在镇上到处做奇怪的事情。我把钱存起来,因为我从不吃东西,见鬼,是不能吃。有时候我会变得非常沮丧,完全不知所措,只好躺到排水沟里,希望他们把我带走,把我塞进棺材里,永远埋葬。但同时,我又不希望那样。我还有一些愿望。不管威尔顿小姐什么时候过来,我都知道。我看见风把她的头发吹起,像吹着一根小小的棕色羽毛……"他叹了口气,重归沉默。

查理·贝洛斯礼貌地等了一分钟,然后清了一下喉咙,拍着球飞快地离去。"再见!"

怪人盯看查理刚才站的位置。五分钟后,他眨眨眼睛。"呃?有人来过?有人说话了?"

威尔顿小姐拿着满满一篮子食物走出杂货店。"你能送我回家吗,怪人?"

他们一路安静地走着,她小心翼翼地不走太快,因为他每一步都走得很小心。风吹过路边的香柏、榆树、枫树,一路沙沙作响。好几次,他双唇张开,眼睛瞥向旁边的她,但接着便紧闭双唇,直盯着前方,好像在看一百万英里之外的什么东西。

终于,他开口了。"威尔顿小姐?"

"怎么了,怪人?"

"我一直在存钱,已经存了不小的一笔。我没什么要花钱的地方，你可能会惊讶，"他诚恳地说道，"我大概有一千块钱，可能还不止。有几次我数了数，但累了，没数完。而且——"他突然变得有点困惑，好像有点生她的气。"你为什么喜欢我，威尔顿小姐？"他问。

她似乎有点惊讶，接着冲他微笑。她给了他一个孩子般的、表示喜爱的表情。"因为你很安静；因为你不像理发店那些男人那么吵、那么粗鄙；因为我很寂寞，而你一直很友好；因为你是第一个喜欢我的人。其他人甚至不曾看我一眼。他们说我不会思考，说我是个低能儿，因为我没读完六年级。但我真的太寂寞了。怪人，和你聊天对我来说意义重大。"

他紧紧地握住她白皙的小手。

她舔了舔双唇。"人们那样子说你，我希望我们能做点什么。我没有恶意，但你不能再跟他们说你已经死了，怪人。"

他停下脚步。"所以你也不信我。"他冷淡地说。

"你'死了'是因为没有好女人给你做饭，没有爱，因为你活得不好，怪人。这就是你说自己死了的原因，没别的！"

他的灰眼睛变得深邃迷惘。"我是那个意思吗？"他看见她那张充满神采的热切脸庞。"是的，我就是那个意思。你说得没错，我就是那个意思。"

他们二人孤独地走在一起，在风中漂泊，似空中飘零的叶子。夜色更深，更柔和，星星出来了。

那天晚上大约九点，两个男孩和两个女孩站在一盏街灯下。远远的另一头，有人缓慢、安静地沿着街道独自走着。

"他来了。"其中一个男孩说，"你去问他，汤姆。"

汤姆艰难地皱起眉头。女孩们笑话起他来。汤姆说:"哦,好吧,但你们得一起过来。"

风把树吹得东倒西歪,把一片片、一簇簇叶子吹下来。怪人马汀靠近时,叶子擦过他的头发落下。

"怪人先生?嘿,怪人先生?"

"嗯?哦,你好。"

"我们,呃,那个……"汤姆艰难地开口,左右看看,希望有人帮他一把。"我们想问,如果……好吧,我们想邀请你参加我们的派对!"

怪人马汀看着汤姆那干净的带着香皂气息的脸庞,看着他那十六岁女伴身上穿的漂亮蓝外套。过了一分钟,他回答:"谢谢。但我不确定,我可能会忘记过去。"

"不,你不会忘记的,"汤姆坚持说,"你会记得的,因为那天是万圣节!"

一个女孩拉了一把汤姆的手臂,小声说:"别,汤姆。别叫他了,拜托了。他不行,汤姆,他不够吓人。"

汤姆甩开她的手。"让我来处理。"

那女孩请求他:"拜托,别这样,他就是个脏兮兮的老人。比尔可以在手指上滴蜡,可以在嘴里装上可怕的假牙,用绿粉笔在眼睛下画几笔,这样就能吓死人。我们不需要他吧?"她抗议地冲怪人仰起下巴。

怪人马汀站在那里。他听着风穿过高高的树顶的声音。足足过了十分钟,他才发现那四个年轻人已经走了。从他嘴里传出石砾般干巴巴的低笑。孩子们。万圣节。不够吓人。比尔能做得更好。就是个老人。他品尝着自己的笑声,发现它如此古怪苦涩。

第二天早上，小查理·贝洛斯把球砸到店门上，收回来，又砸过去。听见背后有人在哼哼，他转过头。"噢，你好，怪人先生！"

怪人马汀一边走，一边拿着绿色的纸币在数。他突然停下来，眼神空洞。

"查理，"他叫道，"查理！"双手摸索着。

"是我，怪人先生！"

"查理，我要去哪儿？我要去哪儿？我要去给威尔顿小姐买点东西！来，查理，帮帮我！"

"好的，怪人先生。"查理跑过去，站在他的影子里。

一只手递下来，握着钱，七十块。"查理，跑去给威尔顿小姐买条裙子……"他的脑子在与健忘症做抗争，他在挣扎，拼命攫取，试图握住些什么。"我想不起地点，噢，天啊，帮我想起来。一条裙子、一件外套，给威尔顿小姐的，在……在……"

"克劳斯梅耶百货商店？"查理问，希望能帮他想起来。

"不！"

"菲尔斯德的店？"

"不！"

"李伯曼先生的店？"

"李伯曼！就是那儿！李伯曼，李伯曼！来，来，查理，快去那家——"

"李伯曼！"

"给威尔顿小姐买一条绿色新连衣裙，上面画着黄色玫瑰的绿色新裙子，还有一件外套。买好后拿来这里给我。哦，查理，等等。"

"怎么了,怪人先生?"

"查理……你觉得,我能在你家收拾一下吗?"怪人轻轻问道,"我需要洗个澡。"

"呀,我不知道,怪人先生。我家人不太好说话。我不知道。"

"没关系,查理。我理解。快去吧!"

查理快步跑开,手里攥着钱。他经过理发店,伸头进去,辛普森先生停下给特兰伯尔先生剪头发的动作,瞪着他。"嘿!"查理叫,"怪人马汀在哼歌!"

"什么歌?"辛普森先生问。

"像这样。"查理说着,哼出那首曲子。

"我的神!"辛普森吼道,"难怪威尔顿小姐今早没来给人修指甲!那是《婚礼进行曲》!"

查理继续奔跑开。大爆炸新闻!

喊叫声、大笑声,一片声浪撞击拍打着。理发店后头蒸汽袅袅。他们一个个轮着来。首先,辛普森先生拿来一桶热水,兜头淋在怪人马汀身上。马汀坐在浴缸里,什么也没说,只是坐着。接着,特兰伯尔先生拿起一把大刷子和大量牛奶皂,给怪人刷起苍白的背部。肖蒂·菲利普斯拿着一瓶古龙水,每隔一会儿就给怪人喷一下。他们在蒸汽中笑着,跑来跑去。"要结婚了,嗯,怪人?恭喜啊,小伙子!"又倒上一桶水。"我一直就说你需要的是婚姻嘛。"辛普森先生大笑着,这回冲怪人胸膛倒的是冷水。怪人假装压根儿没注意到是冷水。"你现在闻起来好多了!"

怪人在那儿坐着。"谢谢。谢谢你们所做的一切,谢谢这么帮我。谢谢这样给我洗澡,我很需要。"

辛普森偷笑。"当然咯,为了你,我们做什么都行,怪人。"

雾气缭绕中,某人低声说道:"想象他们俩结婚?就是白痴嫁给怪胎!"

辛普森皱起眉。"后面的人闭嘴!"

查理冲进来。"绿裙子来了,怪人先生!"

一个小时后,他们让怪人坐在理发椅上。有人借给他一双新鞋子。特兰伯尔先生正鼓着劲儿擦亮它们,冲大家眨眨眼。辛普森给怪人理发,不肯收钱。"不,不,怪人,就当作我送给你们的新婚礼物吧。好了,先生。"说得口沫横飞。接着,他在怪人的深色头发上洒遍玫瑰水。"好了,月光与玫瑰!"

马汀转过头。"我们结婚的事,别告诉任何人。"他请求道,"明天之前别说,好吗?我和威尔顿小姐不太想让我们的婚姻成为镇上人的笑话。你们理解吗?"

"当然,当然,怪人。"辛普森说,把活儿搞定。"我们不会说出去的。你们以后要住在哪里?你买了新农场?"

"农场?"怪人马汀从椅子上下来。有人递给他一件崭新的外套,另一个人帮他把裤子熨好了。他看起来真不错。"对,接下来我得买地。额外的支出,但值得。额外的。跟我来,查理·贝洛斯。"他走到门口。"我在镇子边上买了座房子,现在得去付钱了。来,查理。"

辛普森拦住他。"是什么样的房子?你钱可不多,你买不起太贵的房子。"

"是的,"怪人说,"你说得没错。是座小房子,不过足够了。那是前一阵子建的,后来房子主人搬去了东边某处,只卖五百,所以我买了。威尔顿小姐和我今晚就搬过去,就在成婚之后。但别告诉任何人,拜托了,明天之前别说。"

"当然了,怪人。当然不会说。"

怪人走出门,下午四点的天还亮着,查理走在他身旁。理发店里的人散了,有的坐下,大笑着。

店外的风发出一声叹息,太阳渐渐西沉,理发的剪刀继续响着,男人们闲坐着,笑着,聊着……

第二天早餐时间,小查理·贝洛斯若有所思地拿着汤匙搅拌麦片。餐桌另一头,他父亲把报纸折起来,看着妻子。"镇上的人都在说怪人马汀和威尔顿小姐私奔了,"父亲说,"有人去找了,找不到他们。"

"这个嘛,"母亲说,"我听说他给她买了座房子。"

"我也听说了,"父亲说,"我今天早上给卡尔·罗杰斯打了电话。他说他没卖房子给怪人。但卡尔是镇上唯一的地产商。"

查理·贝洛斯吞下点麦片,看着他父亲。"噢,不,他不是镇上唯一的地产商吧?"

"什么意思?"父亲问。

"没什么,只是我半夜往窗外看时,看到了一件事情。"

"你看到了什么?"

"当时月光很亮。您知道我看到什么了吗?那个,我看见两个人在埃尔姆格雷德路上走着,一男一女。男的穿着深色新外套,女的穿着一条绿色连衣裙。他们走得非常慢,还手牵着手。"查理深吸一口气。"那两个人就是怪人先生和威尔顿小姐。他们走出埃尔姆格雷德路,那个方向根本就没有房子,只有特里尼公园墓地。而镇上的古斯塔夫松先生，卖的是特里尼公园的墓地。他在镇里有间办公室。像我说的，卡尔·罗杰斯先生不是镇上唯一的地产商。所以——"

"哼，"父亲轻蔑而不悦地说，"你那是做梦梦见的吧！"

查理埋着头，像在吃麦片，余光从眼角看出去。

"是的，爸爸。"最后，他叹了一口气，"我只是在做梦。"

草坪上的女人

刊于《科幻奇幻杂志》(*Magazine of Fantasy & Science Fiction*)
1996 年 8 月
阿古 译

    深夜，他听到屋前草坪上有哭泣声。那是一个女人。听声音，他知道不是个小女孩，也不是个成熟女人，而是个十八九岁的姑娘。哭声持续了一会儿，接着变小，停止，又重新开始，在夏夜风中飘荡。

    他躺在床上倾听哭声，直到自己眼中也噙满泪水。他翻了个身，闭上眼睛，让眼泪滑落，但哭声依然不绝于耳。为什么一个姑娘会在午夜的草坪上哭那么久呢？他起身，哭声停止了。

    站在床边，他向楼下望。草坪上空空荡荡，草叶上凝着露水。有一行足印直通到草坪中央，曾有人在那里徘徊过，另一行足印延伸向屋后庭院。

    夜空中一轮满月，清辉洒满草坪，刚才的忧伤已消散，只留下两行足印。

他从窗边退开,突然感到很冷,赶紧坐下来泡了一杯热巧克力喝。

他不再去想那哭声。到了第二天清晨,他觉得一定是个住在附近的女人,日子过得不快乐,也许是被锁在了门外,需要有个地方宣泄忧伤。

暮色降临,他匆忙走下公共汽车,脚步坚定迅捷,急着往家里赶。意识到这一点,他不禁有些吃惊,为什么,为什么自己这么脚步匆匆?

傻瓜,他暗骂自己,一个从未见过的女人在你窗下哭泣,第二天一到日落,你就急匆匆地往家里跑。

真是傻瓜,他暗想,可是她的声音!是很甜美动听吗?

不,只是听着有些耳熟。

他以前在哪儿听过这样的声音,也是这样一言不发的哭泣?

可他又能去问谁?他独自住在这栋空荡荡的屋子里,双亲已经去世很久了。

他转弯走向屋前的草坪,站定,眼睛黯淡下来。

他在期待什么?指望那个谁正等在这儿?他真有那么孤独?午夜过后的一个声音,就能撩起他所有的感觉?

不。总而言之:他必须知道这个哭泣的女人是谁。他确信今晚在他睡着之后,她会再来。

他十一点上床睡觉,在三点惊醒,唯恐自己错过了一个奇迹。闪电摧毁了附近的小镇,一场地震使半个世界沦陷为尘土,而他居然睡过了头!

傻瓜!他暗骂自己,一把揭开床单,走到窗户边,发现自己真的睡过头了。

草坪上有两串新的足印。而他根本没听到哭声。他真想走出去跪在草坪上,但这时一辆警车慢慢开了过来,漫无目的地巡逻。

要是警车再次转回来,他怎么能趴在草坪上摸索翻找呢?他在干什么?摘苜蓿花,拔蒲公英?怎么解释?

他的骨头咯咯一阵轻响,下不了决心。他到底要不要下楼?

关于那哭声的记忆消散得越多,他越想下去打探个清楚。要是再错过一晚,记忆也许会彻底消失。

闹钟在他身后响了起来。见鬼!他暗骂,我怎么设了这个钟点?

他关掉闹钟,坐在床上轻轻摇晃身体,等待着,闭眼聆听着。风声倏忽,窗外的树木萧瑟低语。

他睁开眼睛,身体前倾。由远及近,现在就在楼下,正是那个女人的哭泣声。

她回到了他的草坪上,并没有永远消失。

我得静悄悄的,他暗想。

她的哭泣随着风,随着飘荡的窗帘,吹进他的屋子。

现在得小心点儿,但动作得快。

他走到窗边,往下望去。

她正站在草坪中央,黑色长发披散在肩头,泪水在脸上闪光。她浑身颤抖,双手垂在身旁,风轻轻吹动她的长发。眼前这一幕差点儿把他惊倒在地。他认识她,似曾相识,但又从未谋面。

把脸转过来吧,姑娘,他暗想。

仿佛听到了他的召唤,那姑娘屈膝半跪在草坪上,让风吹拂长发。她低下头,哭得那么用力,那么悲苦。他真想大声呼喊:噢,别哭了!我的心都要碎了!

仿佛听到了他的呼喊,她突然抬头仰望月亮,哭声渐消。这时他看清了她的脸庞。

这张脸他确实在哪里见过,可到底是在哪儿?

一滴眼泪滑落,她眨了眨眼。仿佛是照相机一闪光,拍下了一张照片。

"上帝拯救我!"他轻呼一声,"这不可能!"

他猛地转身,跌跌撞撞冲向橱柜,抓下一大堆盒子和相册。他在黑暗中摸索,拉亮了橱柜的灯,把六本相册丢在一旁,拽出最后一本。他慌乱翻动着册页,然后惊叫一声停住了。他把一张照片拿近眼前看了看,转过身,失魂落魄地走向窗前。

他低头望向草坪,接着又看向那张老旧发黄的照片。没错,没错,同一个人!照片令他心惊胆战,他浑身发抖,猛地一挺身,伸手把相册压在窗框上,几乎大喊起来:

你!你怎么敢回来!你怎么敢这么年轻!你怎么敢变成这样?一个不可触碰的女人,深夜在我的草坪上徘徊!?你从来不曾那么年轻!从来不曾!见鬼,噢,我诅咒你温热的血,诅咒你狂野的灵魂!

他并没有喊叫出声。

他眼中定然有什么神情像灯塔般闪烁了一下。

草坪上年轻女人的哭声停止了。她抬头望了过来。

这一刻,相册从他指间滑落,穿过打开的窗户,像一只黑鸟,扑腾着掉落在地上。

那姑娘发出一声低呼,转过身就跑。

"不,不!"他大喊,"我不是要……回来!"

几秒之内,他走下楼梯,冲出了门廊。门在他身后砰的关上,仿佛一声枪击。巨响让他一惊,僵立在当场,他正往草坪中央走去,这儿什么都没有,只有足印。草坪两旁是空荡荡的人行道和树木的阴影。树后一栋房子的楼上,一台收音机正播放音乐。一辆汽车驶过远处的一个十字路口。

"等等,"他小声喊,"回来,我不应该那么说……"

他停了下来。他什么都没说,只是那样想了想而已。但他的愤怒,他的妒忌呢?她已经感觉到了,她不知怎的已经听到了。那么现在……

她不会再回来了,他想。噢,上帝!

他在门廊的台阶上坐了一会儿,无声地啃咬自己的指关节。

凌晨三点,他躺在床上,觉得自己听到了一声叹息。草坪上响起柔软的脚步声,他等待着。相册就搁在地板上,合上了,尽管合着,他仿佛仍然能看到她的脸。而这是绝对不可能的,这是绝对的疯狂。

沉睡之前他的最后一缕思绪:鬼魂。最奇怪的游魂。

某个死者的鬼魂。

那个人去世时已十分苍老,但回来的鬼魂却不是年老时的那个她,而是年轻时的那个她。

鬼魂回来时,难道不应该和他们去世时一样年纪吗?

不。

至少这个不是。

"为什么……?"他小声嘀咕。

梦遮掩过来,抹去了他的絮语。

一个晚上过去了,然后是第二个,第三个。草坪上什么事情也没发生,只有月光,月亮变换脸庞,从怒目圆瞪,到愁眉半展。

他等待着。

第一个晚上,一只再普通不过的猫在午夜两点穿过院子。

第二天晚上,一只狗摇摇晃晃走过,耷拉着半截舌头,像一个打得松松垮垮的红领结,对着树微笑。

第三个晚上,从十二点二十五直到凌晨四点,一只蜘蛛在草坪和树丛的上空结了一张大网,像精巧的巴洛克钟面。清晨一只鸟飞过,撞破了网。

星期天,他几乎昏睡了一整天,黄昏醒来时浑身燥热,幸好未发病。

第五天黄昏时,天空的颜色似乎承诺她会回来。还有风吹树丛的姿态,姗姗来迟的月亮的表情,正是这种氛围。

"好吧,"他说,稍稍提高了声调,"就是今夜。"

到了午夜,什么都没发生。

"拜托了。"他小声说。

一点钟,依然平静。

你必须来,他暗想,不,你应该来。

他睡了十分钟,在两点十分突然醒了过来。他走到窗户边,他知道她会来的。

她果然就在那儿。

一开始他没看见她,于是嘟哝起来,接着,在草坪边缘高大橡树的阴影里,他看到有什么东西在动。一只脚伸了出来,她踏出一步，定定地站在那里。

他屏住呼吸，平缓心跳，让自己转身走起来。他坚定地走下每一步，一步接一步数着阶梯，十五、十四、十三。他在黑暗中移动，稳稳当当，六、五、四，最后一步。他打开前门，门轻轻吱嘎了一声，他站在门廊上，鼓励自己不要害怕草坪对面等待着他的东西。

他悄悄走下门廊台阶，走到草坪边上，像是站在一个池塘边缘。池塘中央站着那个姑娘，仿佛正踏在一片薄冰上，冰面随时都会碎裂开，把她卷入水下。

她一开始并没有看到他。接着……

她似乎做了一个手势。今晚她的头发扎成了一个髻。她抬起白皙的胳膊，手指一碰脑后，仿佛雪花轻轻一触，头发便披散开来。

发丝像一面拂动的黑色旌旗，飘荡在肩膀之上，她的肩膀颤抖不已，影子也随之晃动。

夜风激荡她的黑发，在脸庞和举起的双手四周飞舞。每棵树下的月影都在晃动，仿佛受到了发丝的召唤。

整个世界都在睡梦中辗转。

风继续吹，姑娘等待着。

人行道上没有脚步声，整条街道上都没有一扇前门被打开，没有一扇窗户被推开。

在午夜的小块草坪上，他又踏出一步。

"你是谁？"她惊呼，退后一步。

"不，别怕，"他轻柔地说，"没事儿的。"

她的身体又是一阵颤抖。之前还有些许希望与期待，现在全变成了恐惧。她一只手抚住乱飘的头发，另一只手捂住脸。

"我就站在这儿不动，"他说，"相信我。"

她盯着他看了好一会儿，最后，她的肩膀放松下来，嘴巴四周抿紧的皱纹消失了，似乎整个身体都感受到了他话语中的真诚。

"我不明白。"她说。

"我也不明白。"

"你在这里干什么？"

"我不知道。"

"我到底在这里干什么？"

"你来这儿是要和某个人碰面。"他说。

"是吗？"

远处传来三声钟响。听着钟声，她的脸庞黯淡下来。

"这会儿太晚了。夜这么深了，人不应该在草坪上徘徊！"

"要是不得已，他们就必须徘徊。"他说。

"有什么不得已的呢？"

"如果我们好好谈一谈，也许我们能找到原因。"

"谈什么，什么？！"

"谈谈为什么你会在这儿。要是谈得足够多，我们也许能搞明白。当然了，我知道自己为什么会在这儿——我听到你在哭。"

"噢，我真惭愧。"

"不用惭愧。为什么要为落泪而惭愧呢？我就经常哭，哭完我会大笑，但哭总在笑之前。你说说吧。"

"你真是个奇怪的男人。"

她抚住头发的手放了下来，另一只手也放下了，她的脸庞被渐渐增长的好奇心点亮了。

"我觉得我是唯一懂得哭泣的人。"她说。

"每个人都这么想。这是我们从来不向别人吐露的小秘密之一。你继续说。"

"我觉得我已经完了。"她说。

"任何时候都能重新开始。"

她突然爆发出一声轻笑。"噢,你真奇怪。你是谁?"

"一会儿我们就会聊到这个问题。"

她的视线越过草坪,看向他的双手、脸庞、嘴巴,然后是他的眼睛。

"噢,我认识你,但在哪儿认识的呢?"

"答案不能提前透露,而且无论如何你都不会相信的。"

"我会相信的!"

这回轮到他轻笑一声。"你非常年轻。"

"不年轻了,已经十九岁了!老了!"

"女孩子从十二岁长到十九岁,确实经历了很多年的变化。我不太清楚,但我觉得一定是这样的。现在,请问,你为什么午夜在这里徘徊?"

"我……"她闭上眼睛想了一会儿,"我在等待。"

"嗯?"

"我很伤心。"

"是等待让你悲伤吗,是这样吗?"

"我想……不是。是的。也不是。"

"你并不知道自己在等待什么?"

"哦,我希望自己知道。我全心全意地等待着。我不知道,完全不知道。我不明白，我完全不可能明白。"

"不，你只是和其他人一样，成长得太快，想要的太多。我觉得像你这样的女孩子，从时间伊始就会在深夜溜出门。即使不是在这座青城镇，也会是在开罗、亚历山大港、罗马和巴黎，任何地方，只要隐秘无人，夜深人静，她们就会坐起来，跑出去，仿佛有人呼唤了她们的名字……"

"是有人呼唤我，没错！正是如此！有人呼唤了我的名字！这是真的。你是怎么知道的？是你在呼唤我吗？"

"不是我，而是某个我们俩都认识的人。等你今晚回去睡觉时，你就会知道他的名字，无论你回的是哪儿。"

"这话说得，当然是回你身后那栋房子，"她说，"这儿就是我的家，我就出生在这栋房子里。"

"是吗？"他大笑，"我也出生在这里。"

"你？这怎么可能？你确定吗？"

"肯定没错。总之，你听到有人在呼唤，你不得不走出来……"

"我确实走了出来，已经出来好多次了。但这里总是没人。他们肯定在，不然我怎么能听到他们的呼唤？"

"总有一天，会有一个人的声音与这呼唤声相同。"

"噢，别和我开玩笑！"

"我没开玩笑，相信我。将来会有这么一个人的。这就是所有女人在其他年月、其他地方听到的呼唤声，无论仲夏还是严冬。她们会出门，冒着严寒，在白雪皑皑的河岸边伫立，在午夜的雪地里聆听，寻找奇怪的脚印，却只见一条老狗咧嘴笑着，摇摇晃晃走过。见鬼，见鬼。"

"哦，没错，见鬼，真见鬼。"她的微笑只停留了片刻，仿佛月亮从云中露出又隐入,"这是不是挺傻的?"

"不,男人也会这么干。十六七岁时,他们会散步到很远的地方去。他们不会站在草坪上等待,不会。但是,我的上帝啊,瞧瞧他们走的路!几英里几英里地走,从午夜一直走到清晨,回到家时精疲力竭气喘吁吁,瘫倒在床上。"

"真可气,那些站着等待的和那些整夜行走的,居然不能……"

"相遇?"

"是啊,你不觉得这很可惜吗?"

"最终,他们会相遇的。"

"哦,不,我就从来没遇见过。我又老又丑,脾气又坏,我都数不清到底有多少个夜晚,我听到了叫我到这里来的呼唤声,等我来了这里却什么都没有,我真想死了算了。"

"哦,可爱的年轻姑娘。"他轻柔地说道,"别死。骑士已经上路了,他会拯救你的。"

她正低头看自己的双手,看捧在手中的自己的灵魂,听到他的口气是那么肯定,她不禁抬起头。

"你知道这是怎么回事,是吗?"她问。

"没错。"

"你真的知道?没说假话?"

"向上帝发誓,向世间所有的造物发誓。"

"那就都告诉我!"

"已经没有什么可说的了。"

"告诉我!"

"你的一切都会好的。很快,在某个晚上或某个白天,有人会呼唤你,并且当你去寻找时,他会真的出现。这个游戏会从此结束。"

"难道是捉迷藏吗?但这个游戏已经持续得太久了!"

"就快结束了,玛丽。"

"你知道我的名字!"

他停了一下,有些困惑。他并不想说出她的名字。

"你是怎么知道的,你是谁?"她追问。

"今晚,当你回去睡觉时,你会知道真相的。要是我们说得太多,你会消失,或者我会消失。我不太确定我们两个到底谁是真实的,谁是鬼魂。"

"不是我!噢,鬼魂肯定不是我。我能感觉到自己,我就在这儿。不信你瞧!"她伸手抹了一把眼睑上的泪,把手掌伸给他看。

"噢,没错,泪水是真的。那么,亲爱的姑娘,我肯定是那个访客了。我是来告诉你,一切都会好起来的。你相信有特殊鬼魂的存在吗?"

"你特殊吗?"

"我们两个其中之一很特殊,或者我们都很特殊。一个深陷情网的爱人的鬼魂,或者一个未出生的胎儿的鬼魂。"

"我和你真是那样的鬼魂吗?"

"悖论不是那么容易解释得清的。"

"那么,根据你的分析,你是不可能存在的,我也是不可能存在的。"

"把事情想得简单点吧,假设此刻我并不真的存在于此。你相信世上有鬼魂吗?"

"我想我相信。"

"我想象,世界上有特殊鬼魂的存在。他们并不是死者的鬼魂,而是缺憾和欲求的鬼魂。或者说是欲望化成的鬼魂。"

"我不明白。"

"那么,你有没有过这样的体验?在午后或者深夜,你躺在床上,在梦中渴求着什么,突然惊醒时,你发现自己的灵魂已跳出了身体,仿佛一条长长的白床单从窗户直冲了出去?你那么渴求某样东西,你的灵魂就会跳出身体,追随而去。"

"这……没错,没错!"

"男孩们会这样干,男人们也会这么干。十二岁时,我读过巴勒斯的火星故事。约翰·卡特曾经站在群星之下,向火星伸出双臂,请求它把自己带走。于是火星抓住他的灵魂,像拔一颗坏牙一样把他拽过太空,丢在火星死海之中。那就是男孩和男人们的体验。"

"那么女孩和女人们呢?"

"她们会梦想,没错。她们的灵魂会跑出身体。活着的灵魂,活着的渴望,活着的欲求。"

"然后跑来站在冬天寒夜的草坪上?"

"有时候会这样。"

"这么说,我是一个鬼魂喽?"

"对,你的欲望如此热烈,让你痛不欲生,让你几近崩溃,于是这渴望之情就凝结成了鬼魂。"

"你呢?"

"我一定是那个答话的鬼魂。"

"答话鬼魂。这名字可真滑稽!"

"是很滑稽。但你问出的问题,我知道答案。"

"快告诉我!"

"好吧,姑娘,答案是这样的:等待的时刻快要结束了,失望的日子即将终结。现在,很快会有一个声音呼唤你,等你走出来时,你的渴望之魂会和你的身体一起走出来,看到一个用这声音呼唤你的男人。"

"噢,拜托,如果这不是实话,就干脆不要说!"她的声音颤抖,眼泪重又从眼中闪现。她双臂交叠放在胸前,做出防御的姿态。

"我连做梦都不会想要伤害你。我只是过来告诉你真话。"钟又敲响了,已经是清晨了。

"太晚了。"她说。

"非常晚了。回去吧,现在。"

"这就是你要说的全部真话吗?"

"你并不需要知道更多。"

钟声的回响消逝了。

"多么奇怪,"她喃喃说道,"一个提问的鬼魂,一个会答话的鬼魂。"

"还能有什么更好的鬼魂呢?"

"我从来没听说过有。我们就像双胞胎。"

"我们俩比你想得更亲近。"

她走了一步,低头向下看,高兴得深吸一口气。"瞧,哦,瞧,我能移动!"

"没错。"

"你刚刚怎么说来着,男孩们整夜散步,走个不停?"

"是的。"

"我会回去,可我现在还睡不着。我也得走一走。"

"那就走一走吧。"他轻声说。

"但我要走到哪儿去呢?"

"这……"他说着,答案突然浮出脑海。他知道应该指点她去哪儿,他突然感到恼怒,恨自己知道答案,恨她问这个问题。一股嫉妒之情从心底涌出。他想跑到街上,跑到那栋屋子前,找到那个生活在另一个时空里的年轻男人,打碎他的窗户,烧掉他的屋顶。但是,哦,但是自己真能那么干吗?

"你说什么?"她问,他让她等得心焦。

现在,他想,你必须告诉他,没有退路。

如果你不告诉她,愤怒的傻瓜,你自己将永远也不会降生。

他突然发出一声大笑,他已经接受了这疯狂的夜晚、错乱的时间和自己所有的疯癫想法。

"你想知道自己应该上哪儿去?"他问道。

"哦,是的!"

他点了点头。"往前走到街角,向右转走四个街区,向左转再走一个街区。"

她快速重复了一遍。"门牌号是什么?!"

"格林公园十一号。"

"哦,谢谢你,谢谢你!"她跑了几步,停了下来,满脸惊奇。她的双手无助地捂在喉咙上,嘴唇在颤抖。"真傻,我不想离开。"

"为什么?"

"为什么,因为……我害怕再也见不到你了!"

"你会见到的,三年之后。"

"真的吗?"

"我看上去会和现在不太一样,但那就是我。你会永远都记得我的。"

"哦,要真能这样我会很高兴的。你的脸很熟悉,我好像认识你。"

她开始慢慢往前走,而他站在屋子的门廊前。她回头看了他一眼。"谢谢你,"

她说,"你拯救了我的生活。"

"也顺带拯救了我自己。"

树影遮在她脸上,触摸她的脸颊,掠过她的双眼。

"噢,上帝!女孩们躺在床上,聆听着未来孩子的名字。希里、乔、约翰、克里斯多夫、塞缪尔、史蒂芬。现在,我想到的是威尔。"她轻轻抚摸自己微微隆起的腹部,抬起手,指向站在黑夜中的他。"你的名字是叫威尔吗?"

"是的。"

眼泪突然从她眼中迸出。他和她一起哭了起来。

"哦,很好,这很好。"她说,"我现在可以走了。我不会半夜来草坪徘徊了。感谢上帝,感谢你。晚安。"

她走进树影里,穿过草坪,沿着人行道离开。他看到她在远处街角转身,挥了挥手,走远了。

"晚安。"他轻轻说了一句。

我还没出生,他想,或者她已经死了很多年。哪一个是真实的现在?哪一个?

阴云遮住了月亮。

他挪步,走上门廊的阶梯,等待片刻,抬头看了一眼草坪,进门，关门。

一阵风吹过树丛。

月亮再一次露出来，俯瞰那片草坪。露水中有两行方向相反的足印。夜色荏苒，缓缓地，慢慢地，足印消失了。

当月亮落下天幕，空荡荡的草坪上已没有了任何印记，只有寒露满地。

巨大的时钟敲了六下，东方亮起一道曙光。一只公鸡啼叫了起来。

奥康奈尔桥上的乞丐

刊于《周六晚间邮报》(Saturday Evening Post)
1960 年 6 月 14 日
李懿 译

"傻瓜。"我说,"我真是傻瓜。"

"怎么了?"妻子问,"为什么这么说?"

我站在酒店三楼的窗边沉思。下方,都柏林的街道上,一个男子走过,他的脸被路灯照亮。

"就是他。"我喃喃道,"两天前……"

两天前,我快要走回酒店的时候,侧路小巷里有人压低了嗓子喊我。"先生,我有要事相求!先生!"

我转身走进背阴的巷子。面前的矮个儿男人用极为困窘的语气说道:"我在贝尔法斯特找了份工作,就差一英镑赶火车了!"

我有些犹豫。

"那是很重要的工作!"他快速地往下说,"工资很高的!我会——我会把钱给您寄回来!只要您留下名字和酒店地址就成。"

他知道我是游客。现在后悔也来不及了,当时的我已被他还钱的允诺打动,便拿出身上的现金,从中抽出一英镑,钞票发出嚓嚓的脆响。

那人的眼睛灵活地转动着,好似锐利的鹰目。

"要是有两英镑的话,啊呀,路上就不会挨饿了。"

我捻开两张纸币。

"三镑的话,就能带上老婆,不留她一个人在这儿。"

我取出第三张。

"啊,该死!"那人叫道,"五镑,只要区区五镑,就可以让我们在那个野蛮的城市找家旅馆住,也肯定更方便打工了!"

他简直是舞者与辩士的完美结合,足尖点地,轻盈地往来穿梭,手指敲打着节奏,眼神忽闪,双唇微笑,巧舌如簧。

"感谢您,愿主保佑您,先生!"

他揣着我的五英镑跑开了。

一只脚踏进酒店的时候,我才反应过来,信誓旦旦的他并未记下我的名字。

"该死!"我登时大叫一声。

"该死!"此时我不禁再次大叫,当着身后妻子的面,她与我一道站在窗边。

因为,现时正从楼下走过的那人,前天晚上就应该到贝尔法斯特了。

"哦,我认得他。"妻子说,"今天中午还拦我来着,问我要钱买火车票去戈尔韦。"

"你给了吗?"

"没。"妻子的回答很简洁。

然后，最糟糕的事情发生了。远远走在下方人行道上的那个魔鬼突然抬头，看见了我们。该死，他招手干什么！

我尽力克制自己才没有回应他的招手。一丝苍白的苦笑浮到我的唇边。

"像这种情况，我都讨厌出门了。"我说。

"外面很冷，没错。"妻子穿上大衣。

"不，"我说，"不是因为冷，是因为他们。"

于是我们再次看着窗外。

这是都柏林一条鹅卵石铺就的街道，夜风挟卷着黑沉沉的霾粒，沿途吹向这头的三一学院和那头的圣史蒂芬斯公园。两个男人如木乃伊般呆站在街对面糖果店的阴影里，另有一人独自窝在街角，手深深插进口袋，摸索他已经半截入土的老骨头。他脸上的胡须纠缠黏结，像个冰凌锥。更远处的门口躺着一沓旧报纸，会随你生风的步伐而扑棱棱翻动，祝你傍晚愉快，活像里头藏了一群老鼠。下方，酒店门口站着一个女人，额脸通红，像暖房里的玫瑰，怀里抱着神秘的布捆。

"啊，净是讨饭的。"妻子说。

"不，不是'啊，净是讨饭的'那么简单，"我说，"而是'啊，街上那些人，不知怎么的讨起饭来了'。"

"感觉像电影似的，他们全在黑暗里待着，等待英雄出现。"

"所谓英雄，"我说，"就是我，真见鬼。"

妻子凝视着我。"你不是怕他们吧？"

"怕，也不怕。该死，那个抱着襁褓的女人最难缠了。简直像自然灾害，像不可抗力，贫穷就是她的武器。至于其他人——嗯，现在他们对我来说就是一盘精密的棋局。咱们来都柏林多久了,八周了吧?八个星期,我就坐在这儿,打字机摆在手边,时不时观察他们。他们的茶歇时间一到,我也赶紧歇歇,跑去糖果铺、书店、奥林匹亚剧院。假如掐准了时间,就不会有人朝我伸手,我也不会为了甩掉他们朝理发店或厨房疯跑。酒店里所有暗门都让我发现了。"

"天哪。"妻子说,"听起来,你真是被逼无奈。"

"没错,逼我最狠的,要数奥康奈尔桥上那个乞丐!"

"哪一个?"

"问得好。他简直是奇迹,是恐怖的源头。我恨他,我也爱他。百闻不如一见,见了也不敢相信。跟我来。"

轿厢已经在这脏乱的电梯井里出没了百来年了,它颤巍巍地升了上来,拖着令人不忍直视的绞索和提心吊胆的乘客。门打开了,犹如出气一般,轿厢吱吱嘎嘎,活像被我们踩到了肚子。这只幽灵载上我们,要死不活地沉向地面。

乘梯途中,妻子对我说:"只要你脸上不露破绽,那些乞丐就不会来烦你。"

"我的脸就这样。"我耐着性子解释道,"它简直是威斯康星的苹果布丁,是缅因的洋菝契啤酒,'善待生命'就写在我的眉毛上,任谁都看得见。愿街上空无一人,愿我踏出门时,那些寄生虫已争先恐后地离开藏身之处,在方圆几英里的地方罢工游行。"

"或者,"妻子继续道,"你可以试着不看他们,或者视而不见,甚至与之对视,用眼神震慑他们。"她略一沉吟,"要看看我是怎么对付这些人的吗?"

"好,让我看看吧!咱们到了!"

我一把拉开电梯栅门，我们俩大步走过皇家爱尔兰酒店的大堂，眯眼望向外面漆黑的夜。

"耶稣，快来救我。"我嗫嚅道，"他们都在，昂首挺胸，眼神炽烈，他们已经闻到苹果派的味儿了。"

"两分钟后和我在书店会合。"妻子说，"看我的。"

"等等！"我大叫。

可她已经出了门，走下台阶，踏上人行道。

我凝神观望，鼻子贴上了玻璃门。

乞丐们纷纷朝我妻子的方向探过身来，酒店门口左角的、右角的、对面的、正中间的。他们双眼放光。

妻子冷静地看了他们很久。

乞丐们迟疑了，我敢肯定，他们的脚正在鞋里骚动。之后，他们放松了身子骨，耷拉下嘴角，眼神暗淡，脑袋低垂。

晚风阵阵。

妻子的鞋底敲打着地面，脚步声如小鼓，轻快地远去，渐不可闻。

下方的膳房里传来音乐与笑声。我该先跑下去，我想，猛灌几口酒，然后焕发勇气……

该死，我想着，猛拉开门。

其效果堪比敲了一记蒙古青铜大锣。

我想，我听到了一声响亮的吸气声。

然后是皮鞋敲击鹅卵石地面的铿锵声音，仿佛迸溅出火星。四面八方的乞丐朝我跑来，鞋钉所及之处，街面的砖块周围有如萤光明灭。我看见丛丛手臂挥舞，看见微笑的唇齿，黑白相间，好似撑开的旧钢琴。

远远的街道那头,妻子正在书店等我。她背朝我的方向,但后脑勺上的第三只眼肯定全都看得一清二楚:哥伦布受到印第安人热情地问候,圣方济各扛着一袋坚果,被他的松鼠朋友簇拥在中间。这个困窘的时刻,我感觉自己就像圣彼得教堂阳台上的教皇,正面临着下方的一场骚乱。

我走下台阶。还没走到一半,一个女人就冲上前来,将扯得半开的襁褓朝我面前一送。

"啊,瞧瞧这可怜的孩子!"她哀声大呼。

我盯着那个婴孩。

婴孩也盯着我。

天上的神啊,这狡猾的小东西是不是朝我眨巴了一下眼睛?

我想我是神智错乱了,孩子的眼睛紧闭着。她早给他喂饱了啤酒,既可保持暖和,又便于做戏。

我伸出双手,将硬币递到他们中间。眼前的一切模糊了。

"万分感激您!"

"容我代孩子感谢您,先生!"

"啊,谢谢,我们没剩几个人了!"

我冲出他们的包围,跑了很远仍没停下,挫败感顿生。信誓旦旦的决心那么轻易动摇,或许拖着步子慢慢走完余下的路才符合这场内心戏,可我到底没有,而是继续跑着,一路回想,那婴孩是真的,对吧?不是道具吧?不是。我常常听到他哭。那当妈的真该死,我想,只要面前来了个冤大头,就狠掐孩子一把。你总把别人想得那么自私,我默默朝自己喊,又自我纠正道,不——你是个懦夫。

妻子没有转身,她朝我映在书店橱窗上的影子点了点头。

我站在橱窗前凝视自己,一边平复呼吸,一边暗自思忖:看你这柔善的眼睛,热心的口唇,毫无招架之力。

"好吧,你骂我吧。"我叹了口气,"我脸皮就是这么薄。"

"我就喜欢你的薄脸皮。"她挽上我的手臂,"要是我也像你这样就好了。"

我回头望去,只见一个乞丐怀揣着我给的先令,在习习夜风中缓步离去。

"我们没剩几个人了。"我念出声,"他说这句话,是什么意思?"

"我们没剩几个人了。"妻子凝视着黑暗,"他是这么说的?"

"这话挺值得玩味。'我们'是什么人?哪儿的人?"

此时街道空空荡荡,天上开始下雨。

"嗯,"最后,我说,"让我带你去看一个比这更深的奥秘,有一个人,总是无端挑起我狂躁的怒火,又让我归于平静与愉悦。只要把他弄明白,古往今来所有的乞丐也就都不神秘了。"

"在奥康奈尔桥上?"妻子问。

"在奥康奈尔桥上。"我说。

于是我们往大桥走去,雨雾迷蒙,轻盈洒落。

行到半路,我们被一个橱窗里精致的爱尔兰水晶吸引,正仔细端详的时候,一个披肩裹头的妇女戳了戳我的手肘。

"完了!"妇人嘤嘤抽泣,"我可怜的姐姐,癌症,医生说,只有一个月的命了!可我还有好几口人要养活!啊,上帝呀,如果您能给哪怕一便士!"

我感觉妻子挽着我的手臂往里收了一下。

我看着妇人,脑子里分成两派掐架。一派说:"她只要一便士而已嘛!"另一派却质疑:"耍小聪明,她知道少要点儿你反而会多给!"我讨厌自己总是这样拿不定主意。

突然我倒吸一口气。"你就是……"

"我是什么,先生?"

哎呀,我想,你不就是刚刚在酒店门口,抱着褴褛的那个女人吗!

"我是哭丧鬼!"她躲到阴影里,"姐姐半死不活,我当然会变成哭丧鬼了!"

你肯定把孩子藏在了哪里,我想,然后把灰披肩换成绿披肩,大老远跑到这里来拦我们。

"癌症……"疾苦有如洪钟,在她的敲击下雄浑嘹亮,"癌症……"

妻子走到她面前。"不好意思,我们刚刚在酒店门口见到的那个女人,不就是你吗?"

如此蔑视演员权威,把那女人和我都惊了一下。她还没演完呢!

女人的脸皱成一团。我仔细端详,是啊,苍天在上,这张脸看起来真是大不一样,令我不得不佩服。她的所知、所感、所学,完全是一个演员所应该了解、感知和把握的东西:在前一刻,手一送,嘴一嚷,火红嘴唇吐露的自傲,塑造出一个鲜明的角色;在此时,塌腰垂肩,示弱人前,嘴唇与双眼蹙成一团,我见犹怜的沮丧失意,又进入另一个角色。同一个女人,没错,但还是先前的脸和形象吗?很明显不是。

她朝我使出最后一击。"癌症。"

我败下阵来。

随后是短暂的肉体上的挣扎，活像是要离开一个女人，扑向另一个女人的怀抱。妻子终于放开我的手臂，妇人得到了我的金钱。她像脚蹬旱冰鞋一般轻盈地转过街角，破涕为笑。

"主啊！"我望着她的背影，深深地为之折服，"她一定研读过斯坦尼斯拉夫斯基的著作。这位俄国戏剧家在一本书里谈到，眯一只眼，单唇朝一边抽动，就能完全变一个人。不知道等我们回酒店的时候她还敢不敢再来？"

"而我想知道，"妻子说，"我的丈夫什么时候才会停止钦佩如此浮夸的演技，开始学着批评。"

"可是，她说的一切万一都是真的呢？她过了这么久的凄惨生活，早已哭不出来，为了活命只好真戏假做，万一是这样呢？"

"那些话不可能是真的。"妻子慢条斯理地说，"反正我就是不信。"

可是，那口疾苦之钟仍在黑如烟熏的暗夜某处敲响。

"现在，"妻子说，"从这里拐弯就能到奥康奈尔桥，对吧？"

"对。"

我们离去之后，大概许久都不会有人来这雨中的街角了。

利菲河翻滚着冰冷的苍灰色波涛，灰岩砌成的大桥承载着奥康奈尔的盛名跨立其上。远在一个街区之外我就听到了隐约的歌声，思绪猛地一跃，飞回到十二月。

"圣诞节，"我喃喃道，"是都柏林最美好的时节。"

我本意是想说，行乞最好的时节，可到底没讲出来。

因为，在圣诞节前的一周，都柏林街上挤满了孩子，他们由校长或修女带队,像一群群乌鸦,在家家户户的门口聚集,从剧院厅堂向外张望,在巷子里打闹,嘴上唱着《天赐欢乐》,眼里闪着《缅想当年时方夜半》,手握铃鼓,雪花在他们柔嫩的脖颈上积成典雅的衣领。这样的夜里,都柏林歌声萦绕,遍地唱响,我和妻子走过格拉夫顿街,没有哪晚不听到他们对着电影院外的长队高唱《马槽圣婴》,在四省酒吧门前欢歌《闪亮的圣诞节》。整个圣诞季,每晚总计有五十拨修道院学校的女生和公学的男生在寒冷的空气中踏歌穿行,从南往北,自西至东,让颂歌全方位遍布都柏林,从这头蔓延到那头。你不可能走在雪中而不沾一片雪花,对他们也是一样:我称之为"要糖的小叫花子",你一路走,一路施以爱心,他们即以歌声作为回报。

既然有这样的榜样,在都柏林,就连最褴褛的乞丐也洗净双手,修补好破碎的微笑,借来班卓琴,或买把小提琴,专心表演,甚至合作献上四部和声。当这世上一半的人都在唱歌,而另一半的人信步在歌声悠扬的河上,愉快地为一支支合唱慷慨解囊之时,他们还怎能不有所行动呢?

所以,圣诞节是最美好的时节;乞丐们也辛勤工作起来——尽管确实有些跑调,但至少一年之中有这么一次忙碌。

而今,圣诞节早已远去,穿红戴绿的孩子们回到学校的牢笼,城里的乞丐为归复宁静而高兴,纷纷闭上嘴,回到不劳而获的状态——所有乞丐,只除了奥康奈尔桥上那些,他们大多一年到头都在尽力取悦路人。

"他们从不盲目跟风。"我领着妻子往前走,一面解释道,"我很高兴看到,这边第一个弹吉他,下一个拉小提琴。那边,哎呀,苍天在上,快看桥的正中间!"

"那就是我们要找的人吗?"

"就是他,拉六角手风琴那个。直视他也没关系的,至少我这么觉得。"

"你这话什么意思,'至少你这么觉得'?他是盲人,对吧?"

如此直白的词语令我无比震惊,好像妻子的话多么不堪入耳似的。

细雨温柔洒落,绵绵地浸润都柏林的灰岩街面、灰岩河堤、熔岩般凝重的苍灰色河水。

"问题就在于,"我终于答道,"看不出来。"

随后,我们走过奥康奈尔桥,直视着站在大桥正中间的那人。

他个头不高,略有些驼背,仿佛从某座乡下花园里偷溜出来的精灵雕塑。他的衣服和多数爱尔兰人的服饰一样。经历过风雨的频繁洗礼,他的头发总是沾染了空气中的灰色烟尘,脸上冒着黑黑的胡碴,两只招风耳里各探出一绺别扭的耳发。他颊腮发红,就像在冷风中冻得太久,去酒馆暖身却又喝多了,只好继续站到冷风中久久挨冻。墨镜挡着他的眼睛,无从得知后面藏着什么。几周之前我便已开始思忖,究竟是他的盲眼如潜影随行,谴责我快步离去的罪疚,还是他的耳朵揪住了我不停自责的良心。每次经过,我心里总有难以抑止的感受,怕自己会冲上前去扯下他鼻梁上的墨镜。而更让我不敢想象的是,万一扯下之后直面空洞的深渊,我所有理智恐怕会被其吞噬,伴着恐怖的尖啸翻滚坠落。那灰蒙蒙的镜片背后到底是灵猫般的明眸还是黑洞洞的星际空间,终归是不去求证的为妙。

然而,除此之外还有一个特别的理由,让我无法对他视而不见。

风吹雨打,霜雪交加,整整两个月,我每天见他光着头站在这里,没戴过一顶帽子。

整个都柏林唯有他一个人冒雨坚守。不论大雨滂沱还是细雨绵绵,他都独自站在桥上,任由雨水滴下耳朵,渗进灰红的头发,令发缕贴上他的脑袋,又聚成小股流过他的眉毛,如水帘覆盖状如昆虫眼的漆黑墨镜,然后挂到下方的鼻尖上。

雨水流过他枯槁的面容、嘴边的皱纹,流过他的下颌,犹如暴风雨戏弄岿然不动的滴水兽。汩汩的水流沿他的尖下巴落入半空,淌在他的花呢围巾和黑得像火车头的外套上。

"他怎么不戴帽子?"我突然发问。

"怎么了?"妻子说,"可能是没有帽子吧。"

"他肯定有。"我说。

"声音小点儿。"

"他肯定有的。"我说道,声音小多了。

"也许他买不起。"

"不会有那么穷的,即使在都柏林也不会。谁都至少有一顶帽子吧!"

"嗯,可能他日常开支太大,家里有人病了。"

"可是,一直在雨里站着,接连几周、几月,不哆嗦一下,也不转一下头,就当天上没下雨似的,简直不能理解。"我摇摇头,"我只能认为这是苦肉计。一定是。就跟其他人一样,这是他博取同情的计谋,让你走过的时候对他的寒冷与凄苦感同身受,就会多施舍一点。"

"我敢打赌,你心里已经在为这番话而自责了。"妻子说。

"没错,没错。"因为,雨水已经浸透我的帽子,正沿着鼻梁往下流,"天上仁慈的上帝啊,答案到底是什么?"

"你不如直接问问他?"

"不。"这个念头甚至更让我害怕。

随后,高潮出现了,将他光着头站在冷雨之中的行为推向顶峰。

先前我们远远站在一边议论他的时候,他一直沉默不语,而此时,雨水仿佛焕发了他的活力,他猛地一压六角手风琴,蛇皮风箱一叠一舒,奏出一系列干瘪的音符,呼呼地漏着音,完全匹配不上后续的表演。

只见他启唇发齿,开始放歌。

醇厚而清朗的男中音响彻奥康奈尔桥,稳健有力,美妙的发声张弛有度,从头到尾没有一处走调。那人只是张开嘴,全身上下所有的玄机秘门便随即打开。他歌唱,并非那种灵魂出窍式的扯嗓。

"啊。"妻子说,"真好听。"

"好听。"我点头。

我们听他在冬季月均降雨十二英寸的地方唱完整首讽刺的《美丽城市都柏林》,紧随其后的是《我钟情的凯瑟琳》和《马卡什拉》,皆如白葡萄酒一般澄澈。歌中所有历世弥久的"小子""妞""海子""山包",过去的辉煌,当今的困苦,全都莫名地鲜活了起来,以年轻的步履在如画的歌声中游走,而那冷雨也顿时剥掉了冬天的寒意,勃发出春天的气息。他肯定是将呼吸交由了耳朵接管,因为那声线如此平滑,一个接一个珠圆玉润的词语平稳地从嘴里吐出。

"哎呀，"妻子说，"他都够格上台表演啦。"

"说不定以前就是。"

"啊，唱得太好了，他不该埋没在这儿。"

"我经常这么想。"

妻子摸索着钱包。我扭头看着盲眼的歌者，雨点落在他毫无防护的脑袋上，流过他一绺一绺的头发，在他耳垂上颤动。妻子打开了钱夹。

随后，一股奇怪的倔劲涌上心头。妻子还没朝他迈开腿，我已一把拽住她的手肘，拉着她走向桥的另一端。她挣脱我的手，盯着我看了一阵，又跟了上来。

我们沿着利菲河堤岸离开，他又新唱起一首在爱尔兰时常听到的歌谣。我回望身后，看见他骄傲地昂着头，墨镜迎着倾盆的雨点，张嘴唱出美妙而清晰的歌声：

  待你死了躺冷墓

  我且开心做寡妇

  老死鬼

  待你死了躺冷墓

  我且开心做寡妇

  老死鬼

  待你死了花满坟

  我自开心守空门

  觅得良人二度春……

只有到了后来，回忆往事之时，你才会发现，这辈子不论你在做什么：待在历经风雨的酒店里写一篇关于爱尔兰某地的文章、带妻子去吃饭、漫步在博物馆，你的一只眼睛都时时不忘去关注街上那些自生自灭、站等施舍的人。

都柏林的乞丐，谁会费心去了解他们，去看、去观察、去认识、去理解他们？然而，外在的肉眼始终看见，内在的心灵始终记得，而你的自我夹在中间，即使内外两者偶尔合为强烈的感知，也无暇顾及其意蕴。

所以，我对那些乞丐时而关心，时而漠然。所以，我忽而逃离他们，忽而主动迎上跟前。所以，我听而不闻，思而不虑：

"我们没剩几个人了！"

对于那个每天在奥康奈尔桥上边淋雨边唱爱尔兰歌谣的滴水兽石雕男，我今天信誓旦旦说他不是盲人，明天又觉得他的脑海里只有漆黑一片。

一天下午，我来到奥康奈尔桥边的一家帽店门口，不由自主地逗留了几步，望向橱窗里面，望见一摞摞精美而厚实的帽子。其实我不需要再买帽子，手提箱里装的帽子已经够戴一辈子了，但我还是走进去，付钱买了一顶暖和的棕色软呢帽，拿在手里翻来转去地看，莫名地看入了神。

"先生，"店员说，"那顶帽子是七码的。我看您的脑袋，先生，应该要戴七码半。"

"我戴合适。我戴合适。"我将帽子塞进口袋。

"我给您拿个袋子装一下，先生——"

"不用！"我脸颊发烫，突然意识到自己买这顶帽子的用意，慌忙逃走了。

桥在细雨中岿然屹立。现在我只需要走过去——

而此时在桥中间的,却不是我那盲眼的歌者。

一对老两口站在他平日所在之处,摇着一架外形如钢琴的大型手摇风琴,嘎啦嘎啦,吭哧吭哧,好似咖啡研磨机吞着玻璃和石块,铁胃里又消化不良,打着响亮的嗝,各种揪心的声音交织,曲不成曲,调不成调。

我等待这支无音无调的曲子结束。手摇风琴的噪声听得我心里一会儿发毛,一会儿发躁,一会儿发怵。我紧攥着新买的软呢帽,掌心里捏出了汗。

老两口在雨中奋力摇琴,那阴沉而苍白的面容,赤红的眼睛,无声的嘴唇,仿佛在说:"你这该死的!给钱呀!你想听,我们这儿可没有乐曲!想听自个儿弹去!"

我站在盲眼乞丐往常光着头唱歌的所立之处,暗自揣想,他们何不从每月讨得的钱里拿出五十分之一,给这东西调调音?如果摇琴的是我,肯定想要奏个什么曲子,至少让我自己听着也舒服!你来摇当然了,我自问自答,可惜不是。谁能责怪他们呢,他们显然厌恶以乞讨为生,无心向路人奉还一首熟悉的歌曲作为报偿。

与我那不戴帽子的朋友差距真大。

朋友?

我惊讶地眨眨眼,继续往前走去,默默朝自己点了个头。

"打扰一下,拉六角手风琴的那人……"

老太停止摇琴,瞪了我一眼。

"啊?"

"光着脑袋淋雨的那人。"

"啊,他呀!"老太尖声答道。

"他今天没来吗?"

"你没长眼啊?"老太太大叫。

她又开始转动那魔鬼般的机器。

我往锡盅里放了一便士。

她定定地看着我,好像我朝盅子里吐了口痰。

我又放进一便士。她停了手。

"你知道他去哪儿了吗?"我问。

"病了。躺床上呢。该死,天太冷了!我们听到他一路咳着回去了。"

"你知道他住哪儿吗?"

"不知道!"

"你知不知道他叫什么名字?"

"哎呀,谁会知道这些呀!"

我站在原地,想到那人孑然一身待在城里的某个角落,顿时失去了方向感。我傻傻地看着新帽子。

老两口不安地望着我。

我往钱盅里放了最后一先令。

"他会好起来的。"我说,不是说给他们听,而像是在劝解别人,但愿是宽慰我自己。

老太吃力地转动着摇柄。机器飞速运转,丑陋的琴体内部发出一阵玻璃相击的刺耳声响。

"这首曲子,"我呆呆地问,"叫什么?"

"你是聋子吗!"老太厉声吼道,"这是国歌!劳驾你把帽子拿开好吧?"

我把手里的新帽子拿开给她看。

她抬头瞪我一眼。"你的帽子,大兄弟,你头上的帽子!"

"啊!"我涨红了脸,从头上取下旧帽子。

现在两手各拿一顶。

老太继续摇动风琴,奏出"音乐"。雨点敲打着我的眉毛、眼睑、嘴唇。

来到桥的尽头,我停下脚步,思索一路来悬而未决的艰难抉择:该将哪顶帽子戴上我湿透的脑袋?

接下来的一周,我经常去桥上,却往往只遇到那对老两口摇着群魔乱吠的乐器,或者就根本没有人。

在我们逗留的最后一天,妻子开始收拾行李,打算把新买的软呢帽连同我其余的帽子一起打包收进手提箱。

"谢谢,亲爱的,不用装进去。"我从她手里拿过来,"请直接放在外面的壁炉架上吧。那儿。"

当晚,酒店经理带了瓶离别赠酒到我们的房间。我们相谈甚欢,聊至夜深。杯里斟着白兰地,壁炉里的火焰熊熊燃烧,像一头鲜活的橘黄色巨狮。房间里突然沉寂下来,许是因为我们蓦然发现轻柔的雪花正静静飘过高窗。

经理手握酒杯,望着连绵的雪絮,低头看看午夜的石头街面,最后压低声音说道:"我们没剩几个人了。"

我与妻子互相对视一眼。

经理发现了我们的小动作。"这么说,你认识他啰?他也跟你说过?"

"是的。这句话到底什么意思?"

经理望着下方阴影中站着的那一拨人影,小口呷酒。

"之前,我曾以为他是把自己比作在生活的艰辛中激流勇进的斗士,像他这样的勇士已所剩无几。但是不对。或者他可能是说,现在生活富裕了,乞讨人数正在消减。但是也不对。所以,可能,也许,他是说现在没剩几个'人类'来关注他们,从他们的角度看世界,让收赠双方充分地理解彼此。大家都很忙,东奔西走,没有时间互相了解。可我又觉得这种解释没有意义,肤浅低级,无病呻吟,毫无价值。"

他站在窗前,侧过半个身子。

"这么说,你们认识那个口头禅是'我们没剩几个人了'的乞丐,对吧?"

我和妻子点点头。

"那你们认识抱奶娃的那个女人吗?"

"见过。"我说。

"得癌症那个呢?"

"也见过。"妻子说。

"缺钱买火车票去科克那个呢?"

"贝尔法斯特。"我说。

"戈尔韦。"妻子说。

经理脸上挂着悲哀的笑容,转头对着窗外。

"还有成天摇着不成调的风琴曲那对老两口呢?"

"他们俩一直这样?"我问。

"打我小时候起就这样。"经理的面容突然布满忧虑,"你认识奥康奈尔桥上那个乞丐吗?"

"哪一个?"我问。其实我心里知道答案,因为我正不自觉地望着壁炉架上那顶帽子。

"你看今天的报纸了吗?"经理问。

"没有。"

"《爱尔兰时报》第五版下半页有篇报道,可能是厌倦了乞讨,他把六角手风琴丢进利菲河,自己也跟着跳了下去。"

这么说,他回来过,就在昨天!而我偏巧没有去桥上!

"那个可怜虫。"经理笑了一下,出气的声音很空洞,"这样的死法多可笑,多恐怖。先是那台不得好死的六角手风琴——我讨厌它,你应该也是吧?——呜里哇啦地落水,像只病猫,然后那人便跟着跳下。我不禁发笑,笑过又觉得羞耻。唉。他们没找到尸体。现在还在找。"

"啊,天哪!"我起身叫道,"啊,该死!"

这时,经理仔细打量着我,为我的激烈反应感到吃惊。"这不是你所能左右的。"

"都怪我!我从没给过他一便士,一便十都没给过,从来没有!你呢?"

"现在想来,还真没有。"

"那你比我还过分!"我激动地斥责,"我见你去过城里各个地方,大把大把的便士掏出来四处分发。为什么,为什么偏偏不给他?"

"我想,我是觉得他做得太过了。"

"见鬼,没错!"现在我也站到了窗前,透过飞舞的雪花凝视下方的街道,"我以为他是故意光着头,诱骗我心生同情。该死,时间一长,你认为什么都是诡计花招!我曾经在冬夜路过,冷雨又细又密,他在那儿唱歌,更平添我的寒冷,让我讨厌他这么拼命。不知道还有多少人因为他的卖力而更觉得冷,更加讨厌他?所以,他得不到钱,钱盅里总是空空如也。我向来觉得他和其他人是一路货色。可是,也许他才是真正的潦倒,从今年冬天开始家道衰败,第一次当乞丐,为了喂饱肚子只好当掉衣服,最后只能光着头站在雨里。"

现在雪下得很大,下方的街灯以及灯影中的雕塑都变成了白茫茫的一片。

"你是怎么区分他们的呢?"我问,"怎么判断哪一个是诚实的,哪一个是假装的?"

"事实上,"经理轻声说道,"分辨不出来。他们之间没有区别。只是其中一部分人乞讨久了,变得精明,忘了很久以前刚开始时的样子:这个星期六有吃的,下个星期天饿肚子,再下个星期一赊东西,再下个星期二借第一根火柴,星期四借香烟。再过几个星期之后的星期六,突然发现自己到了一个名叫皇家爱尔兰酒店的地方,天晓得是怎么来的,他们自己也说不清发生了什么事,为什么会在这里。只有一件事非常肯定:他们都吊在生活的悬崖上,指尖紧扒着崖壁,艰难地挣扎。奥康奈尔桥上那人,可怜虫,一定是有人踩了一脚他扒在桥沿上的手,他只好绝望地放开。这证明了什么?你既不能无视他们,又不能用眼神逼走他们,也不能跑开躲着不见,只能给他们同等的施舍。一旦开始在他们之间画线,就会有人感觉受伤。我现在很后悔,每次经过那个盲眼的歌者身边,都没有给过一个先令。唉,唉,咱们姑且自我安慰安慰,希望逼他跳河的不是钱的问题,而是他的家庭,或者他的过去。现在已经无从得知了。报纸上没有透露他的名字。"

雪花无声地飘过我们的视野,黑暗的身影在下方等待。白雪轻柔地落上他们的肩膀、后背、帽子、披肩,将他们塑成一群绵羊，看不出那羊皮之下的究竟是狼还是羊。

片刻之后，我乘坐那幽灵般的电梯下楼，不知何时已把新买的软呢帽拿在了手里。

顾不上披大衣，我身着衬衫急急步入了夜色。

我将帽子给了我遇到的第一个人，没去管他戴起来是否合适。兜里所有的钱很快就全部散尽了。

随后，身无分文的我无意间抬头望去。我瑟瑟发抖，定在原地，全身僵冷，眨眼望着那如云如絮默默飘落的雪花，它们洁白得煞眼。我看见酒店高高的窗户，看见明灯与暗影。

住那上面是什么感觉？我想，壁炉里有火吗？像呼出的气息那么温暖吗？里面住的都是什么人呢？他们在喝酒吧？他们很开心吧？

他们注意过我在这里吗？

戈尔韦疯狂一夜

刊于《哈泼斯》(Harper's)
1959 年 8 月
阿古 译

我们远在爱尔兰岛的西端，在戈尔韦，阴冷的大西洋上刮来了阵阵暴雨、股股寒流以及更多的暴雨。你带着忧伤上床睡觉，在午夜惊醒，仿佛听到有人在哭喊，以为是自己在哭泣，摸了摸脸，却没有泪水。然后，你翻了个身，看向窗户，心中的忧郁更浓烈了，想努力抓住一丝睡意。

如我所说，我们在戈尔韦，一座石头小镇。海水冲刷，雨水瓢泼，灰色石头上长着绿色苔藓。我和导演两人在这儿待了整整一个月，创作一个剧本，而电影将于来年一月在墨西哥的温暖艳阳下开机拍摄，这真是巨大的讽刺。剧本中挤满了愤怒的公牛、热带花卉和灼热的双眼，我却窝在旅馆的灰色房间里敲着打字机，手指冰冷麻木。风雨如野兽在玻璃窗上撕咬咆哮，旅馆的清淡薄粥简直是喂犯人的。

在第三十一天的晚上七点,敲门声响起。打开门,导演神经兮兮地走了进来。

"我们得离开这鬼地方,在爱尔兰岛上找点疯狂的乐子,忘掉这场该死的雨。"他急匆匆地说。

"什么雨?"我说着,把手指放在嘴里呵暖,"屋顶上哗啦啦一直响个不停,我都麻木了,都忘了在下雨!"

"才待了四个星期,你说起话来倒像个爱尔兰人了。"导演说。

"把我的陶烟斗递给我。"我说。我们跑出房间。

"去哪儿?"我问。

"赫伯·芬酒吧。"他说。

我们跑过黑暗中的石头街道,道路像一艘在黑色洪流中轻轻摇晃的小船,头顶的街灯轻轻摇晃,我们的影子忽前忽后,被撕扯成怪异的姿态。

我们面色僵白,浑身蒸发着雨水的湿气,闯进酒吧。门里面温暖得像个羊圈,镇上的男人全都拥挤在吧台前,赫伯·芬大声讲着笑话,不停倒酒,直到泡沫从杯中溢出来。

"赫伯·芬,"导演大喊,"我们来这儿过一个疯狂之夜!"

"那就来个疯狂之夜吧。"赫伯·芬说。不一会儿,一小杯私酿威士忌已经在我们的胃里丝丝灼烧开,仿佛要烧出一些洞,让光线透进去。

我喷出一团灼热的酒气,说道:"这就开始啦。"

我们又喝了一杯,有一搭没一搭地听着口齿不清的喧闹笑话和玩笑,我们觉得可能是爱尔兰口音本就难辨,威士忌一浇,就更难懂了。但我们知道什么时候该发笑,因为那些男人讲完一个笑话，会使劲敲打自己的膝盖，然后敲敲我们的。他们会猛地一拍自己的大腿，然后往我们胳膊或胸口揰上一拳。

我们狠狠吐出一口酒气，心头腾起一股无名亢奋。我们紧紧眯起眼，眼泪顺着脸颊淌了下来，倒不是喜极而泣，而是酒太烈，喉咙被烫坏了。导演和我像压扁在温湿发霉的巨大书本里的委顿花朵，我们流连此处，等着看其他热闹。

最后，导演的耐心到头了。"赫伯·芬，"他隔着闹腾的人群大嚷，"到目前为止还挺带劲的，但我们要更疯狂的乐子，我是说，整个爱尔兰最野的！"

赫伯·芬在围裙上擦了擦手，在瘦削的肩膀上披了一件毛呢外套，钻进一件雨衣里，把毛茸茸的帽子扣在头上，推着我们走向门口。

"在我回来之前，把这里看紧了，"他吩咐店员，"我要带这两位先生去见识见识最疯狂的疯狂之夜。他们根本就想不到外头有什么在等着他们。"

他打开门，回头招呼我们跟上。狂风卷起半吨冰水，迎头砸在他身上。这反倒点燃了赫伯·芬的兴奋之火，他连脸都不抹一把就大吼道："赶紧出来！快！我们走！"

"我们真的要去吗？"我犹豫了。事情好像真的疯狂起来了。

"你什么意思？"导演喊道，"你究竟打算干什么？在你的房间里挨冻？把今天已经写好的狗屁场景再写一遍？"

"不，不。"我把自己的帽子扣在头上。

刚来此地时，我冷静思考了一下自己的处境。我有妻子和三个吵闹但可爱的孩子，我究竟在这里干什么？远离家人足足八千英里，窝在这上帝遗忘之地？我真的想这么干吗？

后来我躺在床上胡思乱想。床就是一个潮湿的木框子，铺着冰冷的白色裹尸布，雨水打在床边的窗户上，滴滴答答一整夜，像一个萦绕不退的阴魂。我呻吟了一声，打开赫伯·芬的车门，迈开一条腿跨进去。我们像一个隆隆滚下球道的保龄球，驶出了镇子。

赫伯·芬握着方向盘，狂热地说话，一会儿兴奋莫名，一会儿清醒冷酷得像李尔王。

"一个疯狂之夜，没错吧？你们会见识到最带劲的夜晚，"他说，"你们永远也猜不到，走遍整个爱尔兰，下面还藏着那么多乐子。"

"我就知道肯定有逍遥快活的好地方。"我大喊。

时速五十英里。石头墙忽而从右边一闪而过，忽而从左边一闪而过。雨下个不停，黑暗苍茫的天空衔接着黑暗苍茫的大地。

"好地方没错，"赫伯·芬说，"要是让教会知道了……但他们不知道！就算他们知道了，但神父们，那些个老酒鬼，也不管咱们！"

"在哪儿？什么好地方？"

"到时候你就知道啦！"赫伯·芬说。

时速六十英里。我的胃变成了一块石头，在两堵石头墙中间摇来撞去。这车有刹车吗？我疑惑起来。我暗想，要是来一场车祸，死在爱尔兰的路上，在黎明之前，在别人找到我们的残肢碎尸之前，我们早已溶解于瓢泼大雨，成了草坪的一部分。可死亡又是什么？总好过旅馆的猪狗食。

"我们还能再开快点吗？"我问。

"能。"赫伯·芬说着，时速已到了七十英里。

"这样挺好，挺好的。"我虚弱地回了一句，纳闷前路到底有什么在等着我们。在凄雨如幕的爱尔兰石板墙之后，到底藏着什么？在雨水浸透的草坪下面，在燧石之下，在麻木生活的核心之处，是不是有一颗小小火种，轻轻一扇就会爆发出一座火山，把雨水煮沸成蒸汽？

也许在什么地方藏着一座巴格达后宫，里面丝绸轻飘流苏装点，满是天然而完美的女人？这块细雨不断的土地上，也许某处住着一群胴体滚烫毛发纤细亮如灯盏的女人，让我们伸手就能取暖？我们驶过一座教堂。没停。我们驶过一座修道院。不是这里。我们驶过一座衰败的村庄。还没到。左边闪过一道石头墙。右边闪过一道石头墙。再等等，还没有……

我扭头看了一眼赫伯·芬。我们其实可以关掉车灯，他镇定尖锐的目光注视着黑暗，简直能一路撞飞雨滴，导航绝对没问题。

我心中暗想，我的妻子和孩子们，请原谅我今晚的所作所为，我也许会做出可怕的事，全怪这雨中的爱尔兰，全怪我在这天嗔神厌的时刻来到戈尔韦。

刹车了。我们滑行了足足九十英尺，我的鼻子撞在挡风玻璃上。赫伯·芬下了车。

"我们到了。"他的声音听着像在雨中浸泡了很久。我看了看左边。石头墙。我看了看右边。石头墙。

"好地方在哪儿？"我大叫。

"问得好，"他神秘兮兮地伸手一指，"那儿。"

我看到墙上有一个洞，一扇小门开着。

导演和我匆匆跟了上去。现在我们看到黑暗中还有其他汽车和许多自行车,但没有灯光。我暗想,一个隐秘之所,唔,这个秘密一定很疯狂。我究竟来这儿干什么呢?我把帽檐压低。雨水爬进了我的脖子。

我们跌跌撞撞走进门洞。赫伯·芬抓住我俩的胳膊肘。"给,"他嘶哑地说,"站在这儿,你们得待好一会儿呢。喝一口,让血脉偾张起来。"

一只钢酒壶碰了碰我的手指。我把那团火倒进了我的锅炉里,让蒸汽冲上烟道。

"这真是场可爱的雨。"我陶醉地说。

"这个人疯了。"赫伯·芬说着,在导演喝完之后也喝了一口,他现在只是众多黑暗阴影中的一个。

我眯着眼到处张望,感觉自己仿佛身处午夜的海洋之上,人们像一艘艘小船在巨浪之上漂泊。四周杵着一百多号男人,三三两两聚在一起,低着头,小声嘀咕。

这里弥漫着一股邪恶的氛围……仁慈的上帝,到底会发生什么事?我问自己,好奇心难以按捺。

"赫伯·芬……"导演说。

"稍等,"赫伯·芬小声说,"来了!"

我到底在期待什么?也许情况会急转而下,离奇如某些惊险老电影:某些看似平常的船只揭开舱盖板,枪支魔术般显现,抓起来就能向敌人射击;一间农屋像燕麦片盒一样解体塌倒,一座远程大炮从中抬起炮口,射出一枚导弹,直指五百英里外的巴黎。

我暗想,也许这儿的石头会分崩离析,屋子石墙像幕布般揭开,玫瑰色灯光亮起,推出一门巨炮,轰然打出一打、十打珠光粉彩的女人，不是矮小的爱尔兰女人，而是杨柳腰肢的法国女人。她们会从头顶飞过，落进挥舞的手臂中。等待的众人心怀感激，张开双臂。这才是真正的赐福！

灯亮了起来。我眨了眨眼睛。

我看到了整个邪恶的场景，就在那儿，呈现在雨幕之下。灯亮了起来，人们快步向前，转身，聚拢，我们也夹杂在其中。

石头庭院尽头的一只小盒子里跳出一只机械兔子，跑了起来。八条狗，从八个门洞里被放出，吠叫着，绕着一个巨大的圈子追逐兔子。人们的脑袋缓缓跟着转，注视着。

雨落在光影朦胧的现场，落在毛呢帽子上，落在单薄的布衣上，落在浓密的眉毛上，落在薄薄的鼻翼上，落在厚实的肩膀上。我注视着。兔子在跑，狗在跑。终点处，兔子跳进电舱里。狗撞在一起，吠叫着。灯暗了。

黑暗中，我转身看着导演，我知道他一定也转过身正盯着我。感谢黑暗，感谢这雨，赫伯·芬不会看到我们脸上的表情。

"来啊，现在，"他大喊，"下注吧。"

十点，我们加速赶回戈尔韦，雨仍在下，风仍在刮。高速公路成了一条河，水覆盖了铺路的石头。在旅馆门前，车铲起了一个大浪。

"那么，现在……"赫伯·芬说，他没有看我们，而是看向挡风玻璃，雨刷来回打个不停。"好吧。"

导演和我押了五场，输了两三英镑。这让赫伯·芬很不安。

"我赢了很多，"他说，"有几场是以你们的名字下的注。我向上帝发誓，最后一场，我为咱们三个人押了一把，赢了。让我把钱给你们。"

"不用了,赫伯·芬,谢谢。"我说,麻木的嘴巴勉强动了动。

他抓起我的手,往我手里塞了两先令。我没有抗拒。"这就好多了。"他说。

在旅馆大堂里,导演拧着帽子里的雨水,看着我说:"这真是一个疯狂的爱尔兰之夜,对吧?"

"一个疯狂之夜。"我回道。他走了。

我实在不想上楼回自己的房间。所以我行使了旅行者的特权,唤醒睡眼惺忪的大堂门房,让他端来一个玻璃杯、一瓶酒,我在潮湿旅馆的读报沙发上消磨了一个小时。

我独自坐着,听着雨滴打在冰冷的旅馆屋顶上,想起了棺材般的床正在楼上等着我。雨声滴滴答答响个不停。

在这旅馆里,在这镇子里,在这精灵之岛上,此夜此时,唯一温暖的处所在我的打字机上,在我的剧本里。墨西哥艳阳高照,热风从太平洋吹拂而来,木瓜熟透,柠檬金黄,沙滩炙热,女人们的黑眼睛如炙烧的木炭。

我回想小镇之外的黑暗,灯亮了起来,机械兔在奔跑,狗在追,兔子消失了,灯熄灭了,雨落在湿透的肩膀上,落在浸湿的帽子上,从鼻翼上滑下,渗进毛呢里。

上楼时,我瞥了一眼雾气模糊的窗户。路灯下,一个男人骑着自行车路过,他醉得厉害,摇摇晃晃蹬着车,车轮歪歪扭扭。我看着他缓缓骑进漆黑的雨幕中。

然后,我上楼回房,去睡那张棺材床。

四旬斋的第一晚

刊于《花花公子》(*Playboy*)
1956年3月
阿古 译

这么说,你想了解爱尔兰之所以为爱尔兰的全部原因和缘由?想了解是什么塑造了爱尔兰人命定的结局,使他们踏上那条道路?你既然这么问,好,那就请听我说吧。虽然我这一生只结识了一个爱尔兰人,但我与他一连共处了一百四十四个夜晚。凑近观察,你也许会在他身上看到整个民族从雨中现身,又在迷雾中消失。别急,他们又出来了!瞧,他们又离去了!

这个爱尔兰人名叫尼克。

1953年秋天,我在都柏林写一个剧本。每天下午我都搭乘出租车行驶三十英里,从利菲河边开到乡下那幢乔治王朝风格的巨大灰色别墅,这是我的制片人兼导演休憩行猎之所。我们在这里讨论我每日写就的八页剧本,消磨过漫长的秋季和冬季,打发了初春的诸多夜晚。每天午夜,准备返回爱尔兰海边的皇家爱尔兰酒店时，我会叫醒基尔库克村的电话接线员，让她接通镇上那最温暖的处所。

"是赫伯·芬酒吧吗？"电话一接通，我就赶紧大声喊，"尼克在那儿吗？麻烦您叫他过来接电话。"

我能想象酒吧里的场景，当地的小伙子们排坐在高如路障的吧台旁，斜睨着墙上那面布满斑点的大镜子，镜面仿佛封冻的冬日池塘，所有人都沉溺其中，深埋在可爱的冰面之下。在一片推搡之中，在一阵故作神秘的交头接耳之中，站着尼克——我那位安静而沉稳的乡村司机。我听到电话另一头赫伯·芬在唱歌。我听到尼克的回话："我这就来，向门口进发！"

早先，我就已了解到，"向门口进发"并不是令人魂飞魄散的躁狂之举，这并不会冒犯在场酒客的尊严，也不会破坏赫伯·芬酒吧里那美丽得令人窒息的谈话氛围。这是某种逐渐脱离的缓慢过程，身体前倾，重心委婉地前移，一路不停回话和点头，有条不紊地移向这片公共场所的空旷远端，踱向那扇所有人都避之不及、抛诸脑后的门。与此同时，十几场对话的经线和纬线一定要逐一标记、捆扎、贴上标签，如此一来，到了第二天早上，只需一声招呼，几下点头，就能在不假思索间，拾起聊侃的线索，将恰当的闲话抛出。

经过计时，我发现尼克午夜之旅的较长部分是走出赫伯·芬酒吧的门口，得花半小时。较短部分则是从赫伯·芬酒吧抵达我正等待着他的那幢房子，只需五分钟。

而那一晚正是四旬斋①的前一晚。我打完电话，等待着。

---

①四旬斋，又称大斋节，依照基督教教历，复活节前的40天，教众在此期间进行斋戒和忏悔。

终于，那辆1931年产的雪佛兰穿过午夜森林，开了出来，车顶是泥炭色，和尼克的发色一样。汽车和司机同时吸入一口冷气，轻叹一声，嗤嗤微喘。他们娴熟而平滑地驶进院子。夜空无月，星光璀璨，我摸索着走下门前的台阶，凝视车窗，车内是一片凝滞的黑暗，仪表板已坏了多年。"尼克？"

"正是本人，"他神秘地低声说，"多么温暖美妙的夜晚，不是吗？"

今晚气温华氏五十度。但是，尼克一直生活在蒂珀雷里海岸边，从未见识过罗马的温暖。天气是相对而言的。

"确实是温暖美妙的夜晚。"我坐进副驾驶座，猛地一拽，关上那扇吱嘎作响、铁锈剥落的车门。"尼克，今天过得可好？"

"啊。"他开动汽车，驶进林间小道。"我非常健康。明天就是四旬斋了，所有的事儿都得给节日让道，对吧？"

"四旬斋，"我沉思着，"过斋期间，你会守什么戒，尼克？"

"我一直撇不开这香烟。"尼克突然吸了口烟，他那张五官明暗分明的粉红色面孔在烟雾中闪现了一下。"为什么不放弃我嘴里这根可怕的东西呢？雪白烟纸里填满可爱的黄金馅料，却啃噬着我的肺。把香烟丢下，又拿起，一年之内反反复复，想戒又戒不掉，肺却已经受了害。整个四旬斋期间，你们不会再在我嘴上看到这种肮脏的东西了，谁知道呢，也许以后再也不会了！"

"好样的！"身为一个不吸烟的人，我赞叹了一声。

"好样的，我也要给自己喝彩。"尼克呼哧呼哧地说，烟雾熏得他眯起一只眼。

"祝你好运。"我说。

"我的确需要好运，"尼克低声说，"才能打破这原罪一般根深蒂固的恶习。"

汽车开得极稳,保持着三十一英里的轻松时速,慎重地转弯,向下绕过一个青草葱郁的山谷,穿过薄雾,驶进都柏林。

我宣称如下,请为我见证:在上帝创造的这个世界里——包括所有正常的、小巧的、安静的、产黄油牛奶的乡村——尼克是最最谨慎的司机。

最重要的是,尼克身上有一种天真而神圣的天性,远远盖过洛杉矶、墨西哥城、巴黎的那些狂飙客,他们一坐进驾驶座,就像激活了心中的狂躁精神。他也远胜过那些瞎眼的意大利司机,他们抛弃了锡杯和手杖,脸上却仍然戴着那副好莱坞墨镜,疯狂大笑着一路狂飙,驶下威尼托区,轮毂上的饰带飘扬在赛车的窗口外,活像狂欢节的装饰。想想罗马的废墟,肯定是那些飙车族践踏之后的残骸。他们在你的酒店窗下闹腾一整夜,尖叫着冲下昏暗的小巷,仿佛天主教徒们冲向钟爱的斗兽场狮子坑。

现在,只见尼克用放松的手掌爱抚着方向盘,顺时针缓缓旋转,柔软而沉静。车窗外,冬季星座如细雪播撒遍整个夜空。他的呼吸如夜雾般静谧,脚轻轻踩踏喃喃低语的油门,缓缓前行,尽量保持三十英里的时速,从不低于二十九英里,从不高过三十二英里。尼克啊,尼克,他的平稳小舟划过一个温和甜美的湖泊,湖中所有的时间都沉睡了。瞧瞧看,比比看。这个如夏夜青草般柔和的男人,能和他结伴而行,给他赏银,在旅途终点与他热情握手,实在是一件幸事。

"晚安,尼克,"抵达酒店后,我说道,"明天见。"

"上帝保佑。"尼克低声说。

他轻轻开车离开。

* * *

二十三个小时悄然流逝,睡眠、早餐、午餐、晚餐、深夜小酌,从笔端苦涩,到文思泉涌。泥炭色迷雾蒙蒙,细雨纷纷。我又迎来了一个午夜,走出乔治王朝风格的乡间别墅,大门在我面前投下一片阴暗的暖色。我走下台阶,察觉到雾中的无形线索,那辆车正蹲伏在薄雾之中,我听到它那膨大的哮喘心脏正在黑夜中喘息。尼克正在咳嗽,要知道平时千金难换他一声咳嗽。

"啊,又见面了,先生!"尼克说。

我坐进副驾驶座,砰的一声关上门。"你好,尼克。"我微笑着打招呼。

然后,不可思议的事情发生了。车子猛地往前一冲,仿佛从炽烈炮口飞射而出的炮弹,然后是狂吼、飞起、颠簸、打滑,最后铆足油门冲下那条潜藏在稀疏灌木和扭动阴影间的小路,车后碎石乱溅。我的脑袋在车顶上连撞了四次,我弯腰拼命抓紧自己的膝盖。

尼克!我嘶声大吼。尼克!

洛杉矶、墨西哥城、巴黎的噩梦景象跳进我的脑海。我满脸失望,凝视示速计。八十、九十、一百公里,飞转的轮胎下溅起一连串碎石,车急速开进主路,呼啸着上了一座桥,又俯冲下基尔库克的午夜街头。进镇出镇,车子的时速从不曾低于一百一十公里。车子嘶吼着冲上一个陡坡,爱尔兰所有的青草仿佛都惊恐得拜伏在地。

尼克!我转身看向驾驶座,他坐在那里,只有一件事没变。嘴角叼着一支香烟,腾起的白烟遮蔽了一只眼睛,接着是另一只。

躲在烟雾背后的尼克仿佛经过了撒旦黑暗之手的亲自捏挤、重塑、烧制。此刻，他猛地扭转方向盘，我们风驰电掣，穿过栈桥，钻出隧道，飓风般掠过十字路口，把路标吹得像风向标般旋转个不停。

尼克脸上已全无智慧，眼神既不温柔也无深虑，嘴角的表情也不再从容镇定。他的面孔像是一颗被粗暴洗净、烫熟、去皮的土豆，像是一盏炫目的探照灯，怒视着前方，无意义的坚定视线不时扫动。他迅捷的双手像蛇一样缠绕着方向盘，一下下猛烈搐动，载着我们跳过一道道夜的悬崖。

这不是尼克，我想，这是他的弟弟。或者他的生活发生了可怕变故，他遭受了毁灭性的打击。一场家庭悲剧，家人病重，没错，这应该就是答案。

这时尼克说话了，他的嗓音也变了。原先那软泥的圆润、草皮般的潮湿、冰冷雨水中一点暗红炉火般的温暖都不见了，不见了。现在他的声音相当刺耳，高亢尖锐如号角，铿锵如铁如锡。

"喂，今天过得咋样？"尼克大喊道，"你过得挺棒吧？"

遭受粗暴对待的汽车也抗议这骤变，是的，它可是一辆饱经风霜的老爷车，已经过了巅峰壮年，现在只希望缓缓漫步。这个硬铁皮老乞丐终日吹着海风，顶着烈日，格外关心自己的呼吸和骨骼。可尼克根本不在意，他拼命催促这堆旧铁块夺命疾奔，仿佛是要轰鸣着一路开进地狱，赶去在硫火上烤一下冰冷的双手。尼克身体前倾，车子向前猛冲，排气管吐出火花四溅的黑烟。尼克的身躯、我的身体和汽车的车架都在一起疯狂地震颤。

我的理智差点就被惊得烟消云散，还好一个简单的举动拯救了我。我的眼睛拼命寻找这趟狂飙的原因，我死死盯住旁边这个熊熊燃烧的男人，他仿佛是从深渊中腾起的一股硫黄蒸气。我突然看到了一丝线索。

"尼克，"我气喘吁吁地说，"今晚可是四旬斋的第一个晚上！"

"所以呢？"尼克惊讶地问。

"所以，"我说，"记住你的守戒承诺，你嘴上为什么叼着烟？"

尼克一时没明白我的意思。然后，他垂下视线，看了看缭绕的烟雾，耸了耸肩。

"啊，"他说，"我放弃了另一样恶习。"

突然一切都清楚了。

另外那一百四十多个夜晚，站在乔治王朝风格的老房子门前，每夜我都会从自己的雇主手中接过一杯苏格兰威士忌，或是波本威士忌，或是诸如此类的烈酒，以便"抵御风寒"。接着，我口中喷吐着夏季小麦、大麦、燕麦等谷物的香甜气息，坐进一辆出租车，驾驶座上坐着一个司机，而他在等待我打电话召唤的所有漫长夜晚里，一直都待在赫伯·芬的酒吧。

傻瓜！我暗想，你怎么能忘了这个！

在赫伯·芬的酒吧里，众酒客闲谈阔论，就像一群忙碌的农夫在垦殖同一个花园，每个人都搬弄着各自的口舌，播下流言的种子，采撷传闻的花朵。他们双手轻轻蜷起，握着那灌满气泡的大玻璃杯，捧着可贵的佳酿。在这儿，尼克早已把自己灌得酩酊大醉。

那醉意如一阵细雨缓缓洒落，迟滞了他焖燃的神经，将狂野的热火通过四肢百骸疏导而出。正是这阵酒精柔雨涤净了他脸上的强横，留下了智慧的水痕，印下了柏拉图和埃斯库罗斯的睿智线条。这丰盛的醺醉染红了他的脸颊，温暖了他的目光，压低了他的声线，蔓延到他的胸口，减缓了他的心跳，将之减弱成温柔慢步。这柔雨润湿他的手臂，舒缓他紧握方向盘的强劲双手，放松了他的身姿，让他优雅和缓地安坐于马毛皮椅之上。车子缓缓开动，穿行在薄薄的雾幕中，载着我们驶向都柏林。

我自己的舌头上萦绕着麦芽香气，身体里也焖烧着灼热的酒精，所以我竟从未察觉，身旁这位老朋友已是酒气熏天。

"啊，"尼克又说了一遍，"是的，我放弃了另一样恶习。"

最后一块拼图嵌入全景。

今晚，四旬斋的第一晚。

今晚，在尼克为我开车的所有夜晚中，这是他第一次没喝酒。

所有其他一百四十多个晚上，尼克并不是为了我的安全而小心缓慢驾驶，不，那只是醺醉压制了他的躁狂，而现在，他躁狂的一面显露无余。

唉，要我说，谁能真正了解爱尔兰人呢？他们到底哪一半是迷醉的，哪一半是清醒的？尼克？谁是尼克？在这个世界上，他到底是怎样的人？哪一个尼克才是真正的尼克？哪一个才是那个大家都认识的尼克？

我真不愿再想下去！

对我来说，世界上只有一个尼克。他由爱尔兰亲手养育，由雨雾和海水，麦苗和丰收，麦麸皮和麦芽浆，由酿造、装瓶、斟倒出的酒，由那人头攒动的麦金色夏日酒吧抚养长大。酒吧的拥挤和喧嚣随着夜晚麦田里的风吹进森林，吹进沼泽，当你驱车驶过,你也能依稀听到那含混呢喃。这才是真实的尼克,真实到了牙齿、眼睛、心脏,真实到了他的随和双手。如果你要问到底是什么塑造了爱尔兰,我会指点你拐上那条小径,直奔赫伯·芬酒吧。

四旬斋的第一晚,还没到九点,我们就已回到了都柏林!车停靠在路边,我下了车,弯下腰把车钱塞进尼克手中。我换上自己最友好热忱的表情,认真、哀求、热情地看着那个好人,看着那张粗犷、陌生而又火热的脸庞。

"尼克。"我说。

"先生!"他喊道。

"帮我一个忙。"我说。

"什么忙?"他喊道。

"再给你一些钱,"我说,"去买一瓶你能找到的最大瓶的爱尔兰烈酒,明天晚上来接我之前,尼克,喝下去,全喝光。你能做到这一点吗,尼克?答应我,在心上画个十字,拿出必死的信心,你能做到吗?"

他考虑了一会儿,思虑搅得他的脸庞扭曲发光。"你太难为我了。"他说。

我强迫他弯曲手指,握紧手中的钱。最后,他收起钱,放进口袋,静静地目视前方。

"晚安,尼克。"我说,"明晚见。"

"上帝保佑。"尼克说道,开车离开。

劳莱与哈代爱情故事

刊于《花花公子》(*Playboy*)
1987年12月
阿古 译

他叫她斯坦，她叫他奥利。

这是开端，也是结局，我们不妨称之为"劳莱与哈代爱情故事"。她二十五岁，他三十二岁，相遇在一个无趣的鸡尾酒会。在场的每个人都无精打采，但没有人回家，于是每个人都喝了太多，昧着良心说这个下午过得真棒。

他们二人并未遵照平凡故事的俗套情节，隔着拥挤人群四目相对一见钟情。就算有浪漫音乐来做这场邂逅的背景，他们也听不到，因为在场每个人都在对面前的那个人说话，眼睛却盯着另一个人。

他们在人群森林中弹来弹去，却发现无阴凉可躲。他正要去拿一杯饮料，她正在躲闪一位情意绵绵的陌生人，他们正好在徒劳无功的人群正中间相遇。他们左躲右闪了好几次，大笑起来。

他一冲动，抓住领结，冲她挥了挥，扭了扭手指。她立刻微笑着抬起手，把头顶的秀发揉成了一团皱巴巴的流苏，眼睛眨个不停，仿佛吃了当头一棒。

"斯坦！"他叫道，认出她来。

"奥利！"她大声说，"这么多年你去哪儿了？"

"何不搭救我一下！"他做着夸张的动作。他们抓住彼此的胳膊，又一阵大笑。

"我，"她脸庞更闪亮了，"我……我知道一个地方，离这儿不到两英里，1930年时，劳莱与哈代搬着那架钢琴在那儿上上下下走了一百五十级阶梯。①"

"好啊，"他叫道，"咱们就去那儿！"

他的车门砰一声关紧，引擎怒吼。洛杉矶在午后阳光中一闪而过。

她让他停下，他刹住了车。"到了！"

"真不敢相信，"他喃喃低语，没有起身，而是扭头望着日落的天空。道道光线从山上倾泻而下，洒遍整个洛杉矶。"就是那些阶梯吗？"

"整整一百五十阶。"她爬下敞篷车，"来吧，奥利。"

"好的，"他说，"斯坦。"

他们走向另一座小山的山脚，向上眺望，陡峭的水泥阶梯直上云霄。他的眼睛里浮出一抹湿润，她装作没看到，挽起他的胳膊。她的声音平静得出奇。"上去，"她说，"向上爬，去吧。"她

---

①此处两人谈论的是经典喜剧片《音乐盒》。该片由著名喜剧二人组斯坦利·劳莱和奥列佛·哈代主演，描述两位工人沿着阶梯搬运钢琴的故事，获得了1932年奥斯卡最佳喜剧短片奖。1997年该片修复版被列入美国国会图书馆收藏电影目录。本篇小说中的男女主人公都是劳莱与哈代的影迷，故以两位演员的名字"斯坦""奥利"称呼彼此。

轻轻推了他一把。

他爬上阶梯,小声数着,每数一下声音就增加一分贝的额外喜悦。等爬到第五十七阶,他变成了一个小男孩,正玩一个游戏。他迷失在时间里,自己是在搬着钢琴上山,还是被钢琴追赶着下山,他也说不清。

"停下,"他听到她在远处大喊,"就停那儿!"

他停住不动,在第五十八阶上摇摆身体,微笑着转过身,仿佛身边有幽灵陪伴。

"好了,"她喊道,"现在下来吧。"

他开始往下爬,面色潮红,心中充溢着甜蜜。他似乎能听到钢琴声在身后相随。

"站住别动!"

看到她手里拿着一台照相机,他的右手不由自主地握住领结,把它在夜风里抖了抖。

"现在换我了!"她大喊,冲上来把照相机递给他。他跑下去,扭头往上看着她。她微微耸肩,一脸无助茫然,经典的斯坦利表情,仿佛被生活迷惑,却又无可救药地深爱着生活。

他按下快门,真想永远都待在这里。

她慢慢走下阶梯,瞅着他的脸。"怎么了?"她问,"你在哭呢。"

她伸出手指在他眼下一抹,擦掉眼泪。她尝了尝。"没错,"她说,"是真的眼泪。"

他看到她的眼睛和自己的一样湿润。"你又把咱俩搞得一团糟。"他说。

"哦,奥利。"她说。

"哦,斯坦。"他说。

他轻轻吻了她,问道:"我们能够永远相爱相知吗?"

"永远。"她说。

这就是一段漫长爱情故事的开端。

当然,他们有真名实姓,但这并不打紧,因为劳莱与哈代是他们称呼自己的最好名称。

她比标准体重少了十五磅,他总想让她增加几磅;他比标准体重多了二十磅,她总想让他减轻一些。但双方从来都未得逞过,最终这变成了一个笑话,最温暖的那种,总结如下:"你是斯坦,我是奥利,让我们面对现实。哦,上帝,亲爱的姑娘,让我们享受这一团糟,这美妙的一团糟,我们便陷入其中吧!"

这美妙的一团糟持续了好一会儿,如一杯法式冻甜点、一场美式甜梦、一阵持续到生命终结的狂野,他们永不会忘怀。

从钢琴阶梯上的那段晚霞时光开始,他们的日子浪漫悠长,无忧无虑,充满惊奇的笑声,这笑声为所有伟大爱情故事的美好开端和后续敲打出节拍。他们停止大笑只为了接吻,停止接吻只为了大笑——多么神奇,他们赤裸身体躺在床上,这床榻如生活般宽阔,如清晨般美丽。

坐在一片温暖的纯白之间,他闭上眼睛摇摇头,骄傲地宣称:"我无话可说!"

"你有的!"她大喊,"快说!"

他说了,他们从地球的边缘掉落。

第一年是纯粹的童话故事,令之后的三十年黯然失色。他们去看新电影,去看老电影,但主要是看斯坦和奥利二人组,他们记得所有最棒的场景和台词,他们午夜驶过洛杉矶,一路上来回喊着对白。他宠她,把她在好莱坞度过的童年当作难能可贵的奇遇;她宠他,仿佛他在电影公司门口滑旱冰的日子就是现在,而不是过去。

有天晚上她一时兴起,问他当年滑旱冰时,到底在哪儿和W.C.菲尔兹①撞在一起,到底在哪儿向菲尔兹要的签名,菲尔兹到底在哪儿给书签上了名,递还给他,还喊了一句:"给你,你这小杂种!"

"开车带我去那儿。"她说。

那天晚上十点钟,他们钻出汽车,来到派拉蒙电影公司门口。他指着大门旁的人行道说:"他当时就站在这儿。"

她伸出双手拥抱他,吻他,轻柔地说:"现在告诉我,你是在哪儿和玛琳·黛德林合的影?"

他拉着她走了五十步,走到电影公司街对面。"在午后斜阳下,"他说,"玛琳当时就站在这儿。"她又吻了他,比之前更久。月亮升了起来,月光洒满电影公司门前的大街,仿佛魔法显灵般。她让自己的灵魂飞进他身体里,像一股满溢的源泉,他接收到了,又还了回来,满心欢喜。

"现在,"她平静地说,"1935年,你是在哪儿遇到了弗雷德·阿斯泰尔?1937年,你是在哪儿遇到了罗纳德·考尔曼?1936年,你是在哪儿遇到了珍·哈露?"

他开车驶遍好莱坞,带她去三个不同的地点,直到午夜时

---

① W.C.菲尔兹,20世纪30年代美国著名喜剧演员。下文中的玛琳·黛德林、弗雷德·阿斯泰尔、罗纳德·考尔曼、珍·哈露均为当年好莱坞电影明星。

分。她一次又一次吻他,仿佛这吻延绵无尽。

这是第一年,这年里一个月至少一次,他们沿着那段长长的钢琴阶梯爬上爬下,在半道摆下香槟野餐。并且他们发现了一件不可思议的事情。

"我发觉这才是我们的嘴唇,"他说,"直到我遇见你,我才知道自己还长着嘴唇。你的嘴唇是世界上最神奇的,它让我觉得自己的嘴唇也是神奇的。在我吻你之前,你到底有没有真正接过吻?"

"从来没有!"

"我也从来没有。活了这么久,还不知道嘴唇竟然可以这样美妙。"

"亲爱的嘴唇,"她说,"别说了,吻吧。"

但是,在第一年的年终,他们发现了一件更加难以置信的事情。他在一家广告公司工作,被钉在一个地方。而她在一家旅行社工作,很快就要满世界乱飞了。两人都很震惊之前为何从未注意到这种状况。但现在维苏威火山已经爆发,炙热的火山灰开始沉淀。一天晚上,他们坐着,看着对方。她虚弱地说:"再见……"

"什么?"他追问。

"我看到再见的日子近了。"她说。

他看着她的脸庞,并不像电影里斯坦的脸庞,而只像她自己的悲伤。

"感觉就像是海明威小说的结尾,夕阳下两个人开着车一路前行,告诉彼此他们将不离不弃一直这样走下去,但他们知道自己做不到。"她说。

"斯坦,"他说,"这并不是海明威小说,也不可能是世界末日。你永远也不会离开我。"

这只是一个安慰,并不是宣言。突然,她跳下床,他眨了眨眼,问:"你在地上干吗?"

"笨瓜,"她说,"我正跪在地板上,请求你把手伸给我。嫁给我吧,奥利。跟我离开这儿去法国。我已经在巴黎找到了一份新工作。不,什么也不要说,闭嘴。不需要让别人知道,今年我已经攒了一笔钱,我会支持你写就一部伟大的美国小说……"

"但是……"他说。

"你有一台便携式打字机,一令白纸,还有我。说啊,奥利,你会跟我走吗?见鬼,也不用急着和我结婚,咱们就这样一起生活。和我一起飞去法国,好吗?"

"然后看着我们的生活在一年里就乱成一团糟,把我们的幸福永远埋葬?"

"你这么害怕吗,奥利?你不相信我,不相信自己,不相信任何东西吗?上帝,男人为什么如此胆怯?你们的皮肤为何如此单薄,害怕女人像梯子一样倚靠上来?听着,我会安排好一切,你要跟我走。我不能把你丢在这儿,你会从那些见鬼的阶梯上滚下去的。但如果非得如此,我也别无选择。现在我就要一切,等不到明天了。这意味着你、巴黎和我的工作。你的小说急不得,但你会去写的。现在,要么你当场拒绝,独自追悔一生,要么我们远离这里,两个人一起生活在拉丁区一个只有冷水没有电梯的公寓里。我只请求这一回,奥利,我不会再提议第二次,我的膝盖都跪疼了,怎么样?"

"我们以前有过这样的对话吗?"他说。

"去年说过很多次,但你从来不听,你不抱希望。"

"不,我是沉溺于爱,茫然无助。"

"你有一分钟来做决定。六十秒。"她盯着腕表。

"从地板上站起来吧。"他尴尬地说。

"一站起来,我就会立刻出门离开,"她说,"还有四十九秒,奥利。"

"斯坦……"他呻吟了一声。

"三十秒,"她读着腕表上的时间,"二十秒,我一只膝盖已经从地上抬了起来。十秒,我开始抬另一只膝盖。五秒,一秒。"

她站了起来。

"事情怎么会闹成这样?"他问。

"现在,"她说,"我要往门口走了。我不知道。也许我不只是动过这个念头,我已经深思熟虑过了。我们是两个奇妙的人,奥利,我不觉得像我们这样的人还会再次降临这世界,至少我们俩不会再遇见彼此。也许我是在自我欺骗,也许现在我就是自欺欺人。但是,我必须走,你可以自由地跟我来,但你无法面对,你不知道。现在……"她伸出手,"我的手已经放在了门把手上……"

"然后?"他平静地说。

"我在哭。"她说。

他站起身,但她摇了摇头。

"不,别过来,要是你碰我,我会陷落,一直陷到地狱里去。我要走了。不过,每年会有一个宽容日,一个宽恕日,随便你叫它什么日。每年一次,我会出现在我们的阶梯上,没有钢琴,同一个钟点,同一个时刻,就和我们第一次去那里的那个夜晚一样。要是你在那儿遇到我,我会绑架你,或许你会绑架我,但别把你那该死的银行存折拿来给我看,也别再吻我。"

"斯坦。"他说。

"我的上帝。"她哀叹。

"怎么了?"

"门好重,我打不开。"她哭了,"开,开啊,开了。"她哭得更响了。"我走了。"

门关上了。

"斯坦!"他跑到门边,抓住门把手。把手上湿漉漉的。他把手指放进嘴里,尝到了咸味。他打开门,客厅里空荡荡的,她离开时带起的风仍未平息。两人相遇时,曾电闪雷鸣,那就预兆了后来的狂风骤雨。

每年十月四日他都会去阶梯,一连三年,但她不在那儿。之后两年他忘了去,但第六年的秋天,他记了起来。他在晚霞中赶到,爬上阶梯,看到阶梯半道摆着些东西。那是一瓶很棒的香槟,扎着一条缎带,系着一张卡片,显然是委托他人送来的。卡片上面写道:"奥利,亲爱的奥利。日期我一直记着,但人在巴黎。双唇已不同昔日,但婚姻尚美满。爱你。斯坦。"

之后的每年十月他不再去造访阶梯。他知道钢琴声会从山巅滚落,抓住他,把他裹挟到不知哪儿去。

这就是劳莱与哈代爱情故事的结局,几乎是结局。

但因为一次可爱的意外,他们有了最终的相遇。

十五年后,他和妻子、两个女儿在法国旅行,走在午后霞光铺满的香榭丽舍大道之上。他看到那个美丽的女人从对面走来,身边伴着一个神情爽朗年纪稍大的男人、一个非常英俊的黑发男孩，大约十二岁，显然是她的儿子。

擦肩而过时，同样的微笑，在同一刻点亮了他们的脸庞。他冲她扯了扯自己的领结。她冲他揉了揉自己的头发。

他们没有停步，各自前行。他听到她沿着香榭丽舍大道一边走，一边说出了那句刻骨铭心的话："你又把咱俩搞得一团糟。"接着，她说出了那个熟悉的旧名字，一下子把他拉回了他们相爱的日子。

她走远了，他的女儿和妻子看着他。一个女儿问："那位女士是不是叫你奥利？"

"什么女士？"他反问。

"爸爸。"另一个女儿说，靠过来看着他的脸。"你在哭。"

"没有。"

"你哭了，哭了。是吧，妈妈？"

"你们的爸爸，"他妻子说，"你们是知道的，看电话簿都能哭出来。"

"不，"他说，"只是一百五十级阶梯和一架钢琴。记得提醒我有空带你们去看看。"

他们继续走，他转过头看了最后一眼。那个女人也在同一刻回过头。也许他看到了她的嘴唇在无声念叨：永别了，奥利。也许他没看到。他感觉到自己的嘴唇在动，无声地说着：永别了，斯坦。

他们朝着相反的方向，沿着香榭丽舍大道，走在十月斜阳的霞光里。

重　磅

刊于《花花公子》(*Playboy*)
1964 年 10 月
阿古 译

女人走到厨房窗户旁，向外望去。黄昏的院子里站着一个男人，四周摆满了杠铃、哑铃、各种各样的黑铁健身器械、跳绳、橡胶或弹簧健身器。他穿着一件汗衫，一双网球鞋，沉默无语，站在渐渐暗下来的院中，并不知道她正在观察自己。

这是她的儿子，每个人都叫他重磅。

重磅巨大的手掌里捏着那个小小的弹簧，它们像魔法般消失在他的手指间，接着又出现。他捏扁它们，它们消失；他松开手，它们又回来了。

他这样运动了十分钟，又一动不动了。

接着他弯下腰，举起一只一百磅的杠铃，无声，亦不喘息。他把杠铃举过头顶，反复很多次。他把杠铃放在地上，走进开着门的车库，置身于许多冲浪板中间。这些都是他亲手制作的，切割、黏合、磨砂、上漆、打蜡。他击打一只沙包，轻松迅捷又坚定，直到金色鬈发被汗水浸湿。他停下来，深深吸气，直到胸围达到五十五英寸宽。他站着，双眼紧闭，在一面隐形的镜子里面观察着自己：镇定，魁伟，二百二十磅的肌肉，皮肤被太阳晒得黝黑，被咸涩的海风和自己的汗水浸渍。

他呼出一口气，睁开双眼。

他走进屋子，走进厨房，没有看他的母亲。女人打开冰箱，让北极般的寒流涌向他，他径直从桶里面喝了一夸脱牛奶，没有停顿，不停地倾倒、吞咽。接着，他坐在厨房的桌子旁，摆弄检视那些万圣节南瓜。

这些南瓜是他白天出门买来的，绝大部分已经雕刻过了，雕得不赖，很漂亮，他很骄傲。现在，他坐在厨房里，开始雕刻最后一个南瓜。他看上去有点孩子气。你永远猜不到他已经三十岁了，他的动作仍然敏捷镇定，不管是脚踏冲浪板，乘浪滑行，还是手持一把小刀，给万圣节南瓜割开眼睛。电灯照亮了他凌乱的夏日狂野发型。他脸上没有感情流露，只是一丝不苟地雕刻。他全身都是肌肉，没有脂肪，肌肉的强韧力量，隐藏在小刀的每一记切割之后。

他的母亲来来去去，在屋子里干些小活计。这时，她走过来，站着看他雕南瓜，面带微笑。她习惯了他这样，习惯了有他在身边。每天晚上，她听到他在外面打沙包，捏那个小小的金属弹簧，或喘着粗气猛地举起他那个重量构成的世界，平衡在平静得出奇的肩膀上。她喜欢所有这些声音，即使她知道木屋外，浪头正击打着海滩，在洁白的细沙上闪闪发光。如今，她已经习惯听重磅每晚接电话，跟那些打电话过来的十八岁男孩们说话。他说他厌倦了那些姑娘们,说不行,今晚必须给汽车打蜡,做运动。

她听到他轻咳一声。"晚餐好吃吗?"

"当然。"他说。

"我买的是特选牛排和新鲜芦笋。"

"很棒。"他说。

"你喜欢我就高兴了,你喜欢我就喜欢。"

"当然。"他说,手中继续雕刻着。

"聚会什么时候开始?"

"七点半。"他在南瓜上刻下最后一抹微笑,抬起了头,"也许他们都会来,也许不会,反正我买了两大罐苹果酒。"

他站起身,走进卧室。他的肩膀填满了门框,甚至溢出来。在半明半暗的卧室里,他把自己套进化装服中,神情和姿态很奇怪,仿佛在严肃而安静地与一个隐形的对手角力。一分钟后,他走到起居室的门口,舔着一支巨大的薄荷纹棒糖。他穿着一条黑短裤,一件有褶皱环领的小男孩衬衫,戴着一顶孩子气的布斯特布朗帽子。他舔了舔棒糖,说道:"我是个坏小孩!"一直盯着他看的女人大笑起来。他迈着夸张的孩童步,一边在房间里歪歪扭扭地走来走去,一边舔着棒糖。她笑话他。他嘟嘟囔囔地说话,假装正牵着一条大狗。"你将是聚会的明星!"女人大喊,脸色粉红,笑得上气不接下气。他也大笑起来。

电话铃响了。

他走进卧室去接电话。他讲了很长时间,女人听到他说了好几次:"哦,瞧在上帝的分上。"他缓缓地走进起居室,脸绷得紧紧的。

"怎么了?"她想知道。

"哦,"他说,"有一半人不去了。他们有别的约会。是汤米打来的电话,他也约了一个不知打哪儿来的女孩。不来也好。"

"一半人也够了。"他母亲说。

"我不知道。"他说。

"一半人也够办一场聚会了,"她说,"你去吧。"

"我真该把这些南瓜都扔进垃圾桶。"他恨恨地说。

"去吧,玩得开心点,"她说,"你已经好几个礼拜没出门了。"

沉默。

他站在那儿,粗壮巨大的手指转动着和他脑袋一样大的棒糖。他似乎随时都会打消出门的念头,转身去做其他夜晚他一直在做的事情。有些晚上,他趴在地上,不停做俯卧撑;有些晚上,他在后院和自己打篮球,扣篮得分,黑队对抗白队。有些晚上,他像现在这样站着,然后突然就消失了——他径直走进大海,不停地向前游,像一只满月下的海豹,强壮而安静。在那些月亮不出现,海面上只有群星的夜晚,你看不到他,但你能听到他就在那儿。当他潜入水下时,你能听见模糊的划水声。他会在水下待很长时间再浮起来,或者他会带上冲浪板出去,冲浪板光滑得像女孩的脸颊,用砂纸打磨得非常细腻。他巨大孤独的身影乘着席卷整个海岸的惨白巨浪,冲浪板笔直冲来,搁浅在细沙上。他走下来,踏上沙滩,仿佛来自另一个世界。他久久地站在月光下,抱着光滑柔软的冲浪板。一个安静的男人,拥着一块巨大的墓碑状的东西,可上面什么都没写。

曾有一段时间,他每星期带一个姑娘出去约会三次。她吃得很多,每次她都会说,去吃东西吧。于是,一个晚上,他开车把她送到一家餐馆，打开车门，拉她出来，再坐回驾驶座，撇下一句："餐馆到了。拜拜。"然后他开车走了，一回来就游进了大海，孤独一人。很长一段时间之后，另一个女孩约会迟到了半个小时，他就再也没和她说过话。

想到这些事，她母亲注视着他。"别站在那儿。"她说，"你让我紧张。"

"好吧。"他怨恨地说。

"去吧！"她喊了一声，但喊得不够大声。即使自己听来，她的声音也显得微弱。她不知道自己的声音本来就这么弱，还是自己故意喊得这么小声。

还不如谈论即将到来的冬天。她说的任何一句话都带着孤独的气息。接着，她听到一个声音，又从自己嘴巴里冒出来，依然无力："去吧！"

他走进厨房。"我想还是会有足够多的人参加聚会的。"他说。

"当然，会的。"她说，再次微笑了。她总是再次微笑。有时当她对他说话，夜复一夜，她似乎也在举重。当他在屋子间穿行，仿佛是她在替他行走。当他坐下发呆——他经常发呆——她就到处找点活干，把面包烤焦，把牛排煎老。她发出一声闷吼般的压抑的笑。"去吧，玩得开心点。"但回声在房间里回荡，仿佛屋子早已空荡冷清，而他应当从门口走回来。她的嘴唇动了："飞走吧。"

他拿起酒罐和南瓜，急步出门，走向汽车。这是一辆新车，或者说曾经是一辆新车，有将近一年没人开过了。他总是擦拭车壳，调试马达，好几个小时躺在车下，捣鼓里面的那堆破烂，或者只是坐在前座上，不时瞟一眼健美杂志。但是，他极少开动它。

此时，他骄傲地把酒罐和雕好的南瓜放在前座上。他想到今晚也许能度过的美好时光，于是又学孩童的蹒跚脚步，仿佛下一步就会跌倒，他母亲看得大笑起来。他又舔了舔棒糖，跳进汽车，倒车，开上石子小路，转弯，然后沿着海边大路开走了，没有再看女人一眼。她站在院子里看着汽车驶远。伦纳德，我的儿子，她心里说了一句。

现在是七点一刻，天已经非常黑了。孩子们已经出动，出现在人行道上，批着白色的鬼床单，戴着涂了氧化锌的惨白面具，摇着铃铛，尖叫奔跑时鼓鼓囊囊的纸袋在他们的膝盖上撞来撞去。

伦纳德，她默念着儿子的名字。

他们并不称呼他伦纳德，他们叫他重磅，叫他萨米——大力士参孙的昵称。他们叫他汉子，叫他阿特拉斯，叫他赫拉克勒斯。在海滩上，你总能看到一群高中生围着他，摸着他的二头肌，赞赏他，仿佛他是一辆新跑车。在他们中间，他闪耀着金光。每一年都是同样的情景。接着，伦纳德从十八岁变成了十九岁，男孩们围得不那么勤了；接着二十岁，来的人非常少了；二十一岁，男孩们不再来了，就这么消失了，突然又有新的十八岁小子来替代他们，没错，总会有新人代替旧人在阳光沙滩上的位置。而那些年纪大的去了别处，为了别的事，跟了别的人。

伦纳德，我的好男孩，她想。整天他都在高强度地健身，高高在云端，独自一人。夜晚，他在自己的房间里孤单入睡，从来不读书看报，不听电台和唱片。今年他就要三十一岁了。这么多年来，他把自己放在孤独高杆的顶端，每晚独自健身，这些事情到底是从何时开始的？当然，他的生活中有足够多的女人，这儿那儿，这时那时，从未间断过，但没有一个值得他再多看一眼。当一个男孩过了三十岁……还是男孩吗？她叹了口气。和平时一样，昨晚电话也响了，重磅接了电话。她能够补完另一半的对话，因为这么多年来，她已经听过无数次这样的通话。

"萨米，我是克里斯汀，"一个女人的声音，"你怎么样？"

他的金色小睫毛闪了闪，眉毛皱了，警觉起来。"怎么了？"

"汤姆、露和我要去看一场电影，要一起来吗？"

"最好是场好看的！"他生气地喊道。

她说了电影的名字。

"就那个片子呀！"他嗤之以鼻。

"是部好片。"她说。

"不好看。"他说，"再说我今天还没刮胡了呢。"

"你五分钟就能刮好胡子。"

"我得洗个澡，这要花很长时间。"

很长时间，他母亲暗想，他今天已经在浴室里洗了两个小时。他梳头发梳了几十次，又揉乱，继续梳，一边梳一边自言自语。

"那好吧，"电话里的女人声音继续说，"这个礼拜你去海滩吗？"

"星期六。"他不假思索地回答。

"那到时候见。"她说。

"我是说，星期天。"他很快又回了一句。

"我也能把时间改到星期天。"她回答。

"我不一定去得了,"他说,语速更快了,"我的汽车出状况了。"

"好吧。"她说,"参孙,再见。"

他在那儿站了好久,手里转动着沉寂的听筒。

好吧,他母亲想,他今天会玩得很开心。一个很棒的万圣节聚会,他带去了那些系在绳子上的苹果,一桶在水里沉沉浮浮的没有系绳子的苹果,还有一盒盒糖、一包包甜玉米粒,尝起来像秋天。他四处走动,像个坏小孩,她想,他舔着棒糖,每个人都在叫喊,吹号角,大笑,舞蹈。

八点、八点半、九点,她三次走到纱门前往外看。她几乎能听到远处黑暗海滩上传来的聚会的声音。随风而来的动静,那么清脆、激烈、狂野。她真希望自己也在那儿,那间蹲伏在海浪之上的码头小棚屋,人们熙熙攘攘,每个人都穿着万圣节服饰,所有的南瓜都雕刻得千奇百怪,大家竞争最佳面具和最佳化妆的殊荣,有那么多玉米可以吃,还有……

她兴奋地握着纱门的把手,脸色潮红。她突然意识到,孩子们已经不到门前来讨糖果了。对住在附近的孩子们来说,万圣节已经结束了。

她走出去,向后院张望。

屋子里和院子里都太安静了。真是奇怪,居然听不到篮球落在沙砾上的沙沙声,也听不到有节奏地击打沙包的砰砰声,捏动弹簧手劲器的吱嘎声。

她想,要是他今晚在海滩上找到了某个人,再也不回家,不打电话,不写信……如果这样该怎么办?如果他没有一句话,就这么走了,再也不回来了,她该怎么办?该怎么办?

不!她想,他不会碰到这样的人,不会在海滩上碰到,哪儿都碰不到。这里才是他的归宿,只有家。

她的心跳得厉害,不得不坐下。

和风从海边吹来。

她打开收音机,却无心聆听。

现在,她想,他们大概会玩瞎子抓人的游戏,没错,就是这个。还得贴一个瞎子标签,接着他们会……

窗户突然被刺眼的灯光照亮了。她倒吸一口气,跳了起来。

汽车猛地刹车,停住,车道上的沙砾像机枪子弹一样四下乱迸,发动机仍在轰轰作响。车灯熄了,但发动机仍然在空转。

她能看到汽车前座上那个黑暗的身影,他一动不动,眼睛直勾勾看着前方。

"你……"她打开通向后院的纱门,意识到自己嘴角泛起一丝微笑。她绷了一下脸,心跳缓了下来。她把眉头皱了起来。

他关掉发动机。她等待着。他下了汽车,把南瓜都扔进垃圾箱,狠狠地合上盖子。

"怎么了?"她问,"怎么这么早就回来了?"

"没什么。"他从她身旁闪过,手里拎着两罐没开封的苹果酒。他把酒罐放在厨房水池里。

"可还没到十点……"

"没错。"他走进卧室,坐在黑暗里。

她等了五分钟。她总是等五分钟。他想要她过来问他,要是她不来,他会很生气。所以她终于还是走近了一点,往黑暗的卧室里看。

"跟我说说。"她说。

"噢,他们就这么站着,"他说,"他们就这么站着,像一群傻瓜一样,什么都不干。"

"真丢人。"

"他们就像一群呆瓜一样傻站着。"

"噢,太丢人了。"

"我想让他们动起来,可他们只是傻站着。只来了八个人,二十个人就来了八个,八个人,只有我穿了万圣节服饰。就我一个,这帮呆瓜。"

"浪费了你的精心准备。"

"他们都带了姑娘,他们就和姑娘们待在一起,什么也不干,不做游戏,不做任何事,有些人还带着姑娘走了。"他坐在黑暗里说着,没有抬头看她。"他们沿着海滩走远了,没有回来。真他妈的。"

他站了起来,背靠在墙上,魁伟的身躯上套着不成比例的短裤。突然记起头上还有一顶孩子气的帽子,他拽下帽子,扔在地板上。"我想逗他们。我和一只玩具狗闹着玩,还干了点别的,可没人动起来。我就像个傻瓜,只有我一个人穿成这样,他们都没化妆,二十个人只来了八个人,大多数人不到半小时就走了。薇也在那儿,她也想带我去沙滩上走走。当时我很生气,我真的气急了。我说,不了,谢谢。然后我就一路跑回来了。那根棒糖给你吧。我把棒糖放哪儿了?把苹果酒倒掉,喝掉,我全都不在乎了。"

他说话的时候,她纹丝不动地站着,一寸都没挪。她刚张开嘴,电话铃声响了起来。

"如果是他们打来的,就说我不在家。"

"你最好自己接。"她说。

他抓起电话机,一把拎起听筒。

"萨米?"话筒中传来一句嘹亮清晰的呼喊。他抓着听筒伸向空中,在黑暗中怒视着它。"是你吗?"他只咕哝了一声。"我是鲍伯。"十八岁少年的声音响了起来,"你到家了,真好。你速度可真快。但是,明天的球赛怎么办?"

"什么球赛?"

"什么球赛?你开什么玩笑?当然是圣母大学对阵南卡罗来纳大学!"

"哦,橄榄球。"

"别用这种语气说球赛,当初是你说起的,你发起的,你说——"

"不会有什么球赛了。"他说道,目光不在电话上,不在听筒上。他不看向母亲也不看向墙壁。他不看向任何东西。

"你是说,你不来了?重磅,少了你,这还叫什么球赛!"

"我得给草坪浇水,给汽车打蜡……"

"你可以在星期天干!"

"我舅舅可能要来看望我。再见。"

他挂掉电话,走过母亲身边,走进院子。她准备上床睡觉时,听到他在院子里不停地打沙包,一直打到了凌晨三点。她一直没睡着,倾听着院子里的震动。三点,她暗想,以前,他总是打到十二点就停手了。

三点半,他进了屋子。

她听到他站在她门外。

他什么也不做,只是站在黑暗中喘息。

她有一种感觉，他仍然穿着那套儿童装，但她不知道自己有没有猜对。过了好一会儿，门缓缓地推开了。他走进她黑暗的屋里，躺在床上，躺在她旁边，但没有挨着她。她假装睡着了。

他僵直地仰面躺着。

她看不到他，但她感到床在震动，仿佛他在大笑。她听不到他发出的任何声音，所以她不敢肯定。

这时，她听到吱嘎声。小小的弹簧被他的手掌捏紧，放开，捏紧，放开。

她想坐起身大声呵斥他，让他把这吵人的可怕玩意儿扔掉。她想要把那玩意儿从他手里打掉。

可是，她想，他能拿那只大手怎么办呢？他能把什么放进手里呢？他能怎么办，没错，他能拿他的手怎么办呢？

于是，她做了唯一能做的事，她屏住呼吸，闭紧双眼，听着，祈祷着。哦，上帝，让这声响继续吧，让他继续捏那东西，让他继续捏那东西，让他捏吧，捏吧，哦，捏吧，让他继续捏……捏吧……捏吧……

这就像和一只巨大的黑蟋蟀睡在一起。还有很久天才会亮。

风

刊于《怪谭》(*Weird Tales*)
1943年3月
阿古 译

傍晚五点半,电话响了起来。现在是十二月,天早已黑了,汤普森拎起听筒。

"你好。"

"你好,赫伯?"

"噢,是你,阿林。"

"你老婆在家吗,赫伯?"

"在,怎么了?"

"见鬼。"

赫伯·汤普森轻轻握着听筒。"怎么了?你的声音有点怪怪的。"

"我希望你今晚来我家。"

"我家今晚有客人。"

"我希望你来待一晚,你老婆什么时候会离开家?"

"下个礼拜,"汤普森说,"她会去俄亥俄待九天,我丈母娘病了。到时候我会去你家的。"

"我希望你今晚就来我家。"

"我也希望能去。可是有客人什么的,我老婆会宰了我的。"

"我真希望你能过来。"

"怎么了?又是那阵风吗?"

"噢,不是,不是。"

"那阵风又来了?"汤普森追问。

电话那头的声音犹豫了一下。"是的,是的,那阵风又来了。"

"今晚很晴朗,没什么风。"

"风够大了,从窗户进来,吹得窗帘飘飘荡荡。够大了,我知道它要来了。"

"瞧,你为什么不来我家待一晚呢?"赫伯·汤普森说着,环视灯光明亮的客厅。

"哦,不,太晚了。它可能会在路上逮到我。这段路实在太他妈远了。我不敢冒险,但谢谢你的好意。三十英里呢,不过还是谢谢。"

"吃一粒安眠药。"

"我已经在屋里待了一个小时了,赫伯。我看到它正在西方积蓄能量,天边有一些云,我看到其中一朵云好像被撕裂开了。有一阵风吹了过来,来就来吧。"

"哎,你赶紧吃一粒安眠药吧。随时都可以打电话给我。今晚晚一点再打过来也没关系。"

"随时?"电话里的声音问。

"没错。"

"我会打给你的,但我真希望你能来我家。可我又不希望你受到伤害。你是我最好的朋友,我可不想那样。我还是独自面对那阵风吧。抱歉打扰你了。"

"见鬼,那还要朋友干什么?好好听我说,坐下来,今晚写点儿东西,"赫伯·汤普森说着,把重心从一只脚挪到另一只脚,"你会忘掉喜马拉雅,忘掉风之谷,忘掉那些让你魂牵梦绕的风暴和飓风。为你下一本旅行书写一个新章节。"

"我也许会写的。也许我会的,我不知道。也许吧,也许。谢谢你让我这样叨扰你。"

"谢什么谢。现在你赶紧挂了吧,我老婆叫我吃晚饭了。"赫伯·汤普森挂了电话。

他走过去,在餐桌旁坐下,妻子坐在他对面。"是阿林吗?"她问。他点点头。"这么说,他和他的风又吹起来了,刮上又刮下,一阵热,一阵冷。"她说着,递给他满满一盘食物。

"在战时,他的确在喜马拉雅待过一段时间,"赫伯·汤普森说,"他说的风之谷的故事,你肯定不会相信,对吧?"

"那故事倒是挺精彩。"

"四下攀爬,向上攀登。为什么人要去爬山,自个儿吓唬自己?"

"那时候还在下雪。"赫伯·汤普森说。

"是吗?"

"下雨,下冰雹,狂风呼啸。阿林和我讲了很多遍,他讲得非常精彩。他爬得非常高。到处都是云,风之谷里嘈杂得不得了。"

"我猜也是。"她说。

"那里不只有一阵风,好像有很多种风,从全世界汇聚而来,"他咬了一口食物,"阿林这么说的。"

"首先,他就不应该去那儿瞎逛瞎看,"她说,"做人不该到处乱跑,做人得长点记性。你侵入风的地盘,风会愤怒,追你撵你。"

"别开玩笑,他可是我最好的朋友。"赫伯·汤普森打断她。

"这事儿可真傻!"

"不管怎么说,他经历了很多险境。孟买的风暴,两个月后新几内亚的台风。还有那次,在康沃尔。"

"我对这个男人不表同情,是他自己一次次冒险冲进风暴和飓风里,然后得了被害妄想症。"

这时电话响了。

"别接。"她说。

"也许是什么重要的事儿。"

"肯定是阿林又打了过来。"

他们坐在那儿,电话铃响了九声,他们没去接。最终,铃声停了。他们吃完了晚饭。外间厨房里,一阵微风吹开窗户,窗帘轻轻摇晃起来。

电话铃又响了起来。

"我不能让它就这么响下去。"他说着,接起了电话,"噢,你好,阿林。"

"赫伯!风来了!风到了!"

"你离电话听筒太近了,拿远一点。"

"我站在敞开的门旁等着它。我看到它拂下高速公路,吹动树木,一棵又一棵,直吹到我屋前那几棵树,它俯身吹向我的门,我猛地一关,把门关在了它的脸上!"

汤普森没有说话,他不知道要说什么,妻子正在客厅门口观察着他。

"真有趣。"他终于搭了一句腔。

"它正盘旋在屋子四周,赫伯。我现在出不了门了,我现在什么都干不了了。但我愚弄了它,我让它觉得已经逮到了我,可就在它冲下来抓我时,我砰的一下锁上了门!我早就等着它呢,我已经准备了好几个礼拜了。"

"阿林,老伙计,那你怎么今天才告诉我。"赫伯·汤普森故作开心地对着话筒说,妻子仍然在看着他,他的脖子开始冒汗了。

"六个星期前开始的……"

"哦,是吗?不错,不错。"

"……我以为自己已经狠狠教训了它。我以为它已经放弃追踪我了,但它只是在等待。六个星期前,我听到风在房子墙角放声大笑,小声嘀咕。只闹腾了一个小时,不是很久,不是很吵。然后它就离开了。"

汤普森点点头。"这样挺好,这样挺好。"

妻子注视着他。

"可第二天晚上它又回来了,狠狠关上百叶窗,吹得烟囱里火星直冒。接下来的五个晚上,它每晚都来,一晚比一晚强劲。当我打开前门时,它冲向我,想把我拽出门,但它还不够有力。今晚它的力气够大了。"

"你感觉好多了,我很高兴。"汤普森说。

"我并不觉得好啊,你怎么回事儿?是你老婆在偷听吗?"

"是的。"

"哦,我明白了。我听起来一定像个傻瓜。"

"一点都不像,继续说。"

妻子返回厨房。他放松了下来,坐在电话机旁一张小椅子上。"继续说,阿林,全都说出来,你能睡得安稳些。"

"现在它正在屋子四周盘旋,像一个巨大的真空吸尘器,在所有墙面上嗡嗡作响。它正在摇晃四周的树。"

"这真有趣,我这儿连一丝风都没有,阿林。"

"当然没有,它并不关心你,它只想对付我。"

"我猜肯定有理由能解释这股风的来历。"

"它是个杀手,赫伯,最大最可怕的史前杀手,一头巨大的嗅犬,想要嗅出我的行踪,找到我。它把巨大的冷鼻子朝向我的屋子,吸气,发现我在客厅,它就把气压推向那里,发现我在厨房,它就跟去那儿。现在,它想要从窗户里进来,我加固了窗户,在门上加了新的铰链和栓条。门窗有些年代了,但造得很结实。现在,我打开了屋里所有的灯。风追着我从这间屋子跑到那间屋子,当我打开一盏又一盏灯时,风透过一扇扇窗户窥探着我。噢!"

"怎么了?"

"它刚刚卷走了前门的纱门!"

"我希望你今晚能来我这儿过夜,阿林。"

"我来不了,上帝,我没法离开这间屋子。我什么也干不了。我认识这股风。上帝,它巨大又机灵。刚才我想点一支香烟,一阵风把火柴吹熄了。风喜欢玩游戏,喜欢作弄我,它在慢慢折腾我，它有一整夜的时间。现在！上帝，就刚才，我的一本旧旅行书，就放在书房书桌上，我真希望你能看到。一阵不知打哪儿漏进来的微风，这微风——这微风正一页一页翻着书，我真希望你能亲眼看一看。它正翻到序言页。你还记得我那本西藏探险记的序言吗，赫伯？"

"记得。"

"此书献给在那次探险中殒命的人，作者是一位经历过风暴，但总是侥幸逃生的人。"

"是的，我记得。"

"灯全都熄灭了！"电话里噪声不断。

"电线刚刚被刮断了。你还在吗，赫伯？"

"我还在听。"

"风不喜欢我房间里的灯光，它把电线刮断了。接下来电话也会断掉。噢，这真是场好戏，我和这风！稍等一下。"

"阿林？"一阵寂静。赫伯紧张得身体前倾，妻子从厨房瞟了他一眼。赫伯·汤普森等待着。"阿林？"

"我回来了，"电话里的声音说，"一阵风从门下面吹进来，吹在我脚上，我用棉絮堵住了门缝。我很庆幸你没有赶过来，赫伯。我可不想让你陷入这片混乱。那儿！它刚刚打碎了起居室的一块玻璃，一阵狂风在屋里乱转，刮落了墙上的相片！你听到了吗？"

赫伯·汤普森倾听着。有风声在电话听筒上尖啸。阿林大声喊道："你听到了吗？"

赫伯·汤普森干涩的喉咙吞咽了一下。"我听到了。"

"它想活捉我，赫伯。它不敢猛刮一阵狂风把房子吹倒，那会砸死我。它想要活捉我,这样它就能一分一寸地把我拆解掉。它想要夺取我的内在,我的头脑,我的思想。它想要夺取我的生命力,我的精神力,我的自我。它想要夺取我的智慧。"

"我老婆正在叫我,阿林。我得去擦盘子了。"

"它是一大团云汽,一股从世界各地聚拢来的风。就是这股风,一年前在加勒比海席卷肆虐的暴风,在阿根廷大肆杀戮的寒流,在夏威夷草菅人命的台风,上半年在非洲海岸疯狂袭击的飓风。它汇聚了所有我侥幸逃脱的风暴。它从喜马拉雅追踪而来,因为我知道它的真面目,风之谷正是它的汇聚之所,它在那里策划着毁灭的勾当。很久以前,某样东西推动了它,使它获得了生命。我知道它的汲养之地,我知道它的出生之所,我知道在何处它会部分消解。因为这个,它恨我入骨,我的书中写了挫败它的方法。它不愿意我再传播这些信息,它想要把我融入它的巨大身躯,让我把知识都贡献给它。它想让我站在它那一边。"

"我必须得挂了,阿林,我老婆——"

"什么?"电话听筒里传来遥远的风声,"你说什么?"

"大约一小时之后再打给我,阿林。"

他挂上电话,走出去擦盘子,妻子盯着他看,他盯着盘子看,用毛巾擦着。

"今晚外面天色怎么样?"他问。

"挺好,不是很冷,满天星星。"她说,"怎么了?"

"没事儿。"

接下来的一小时里,电话铃响了三回。八点,客人来了,是斯托达德和他妻子。他们坐着聊天,一直到八点半,然后起身理好牌桌,开始玩牌。

赫伯·汤普森把纸牌洗了一遍又一遍，手法巧妙地把牌一张张切出，发到其他三个人面前。他们有一搭没一搭地聊天。他点了一支雪茄，把雪茄头烧成一撮齐整的灰色烟烬，理了理手里握着的一把牌，不时抬起头聆听。屋外没有动静。妻子看到了他的小动作，他赶紧摆正坐姿，打出一张黑桃杰克。

他缓缓吸着雪茄，他们轻声说话，不时爆发一阵笑声，客厅里的钟轻柔地敲响了九下。

"我们聚在一起，"赫伯·汤普森说，若有所思地瞧着夹在手里的雪茄，"生活是如此有趣。"

"嗯？"斯托达德愣了愣。

"没事儿，只是感慨一下，我们身在此处，过着我们的生活，而在地球上的别处，一千万个其他人，也正过着他们各自的生活。"

"这不是明摆的吗？"

"生活，"他把雪茄塞回嘴里，"是一件孤独的事情。即使那些结婚了的人，有时候当你躺在另一个人的怀抱中，却像是隔了一百万英里之遥。"

"嗯，我就喜欢这样。"妻子说。

"我并不是这个意思，"他心中并无愧疚，所以慢慢解释，"我是说，我们都相信我们所相信的，或者坚守我们自己的生活方式，其他人则过着他们完全不同的生活。我是说，我们此刻端坐在这间屋子里，而外面的世界，正有一千个人在死去。有些死于癌症，有些死于肺炎，有些死于结核病。我想象，有一个人刚刚遭遇了车祸，正在撞毁的车子里奄奄一息。"

"这可不是什么积极向上的话题。"妻子说。

"我是说,我们都活在自己的世界里,并不考虑别人是怎么思想、生活、死亡的。我们等待着,直到死亡找上门来。我是说,我们坐在这儿,就坐在我们的屁股正坐着的这个位置上,与此同时,三十英里外,一间空旷老屋正被漆黑夜幕和天知道什么东西包围着,世界上最好的好人之一,就住在……"

"赫伯!"

他咬着雪茄,猛吸了一口,心不在焉地瞥了一眼手里的牌。"抱歉,"他眨了几下眼,把雪茄咬紧,"轮到我出牌了吗?"

"轮到你了。"

四个人一圈圈出牌,发牌声、低语声、交谈声,窸窸窣窣响个不停。赫伯在椅子里越坐越低,脸上显露出病容。

电话铃响了,赫伯跳起来冲了过去,一把抓下了电话听筒。"赫伯!我打了一次又一次。你屋子里现在什么情况,赫伯?"

"什么意思,还能有什么情况?"

"客人来了?"

"当然,来了,已经……"

"你们在说话,在大笑,在玩牌?"

"上帝,是的,但这到底和……"

"你在抽你那十美分的雪茄?"

"见鬼,没错,但……"

"太棒了,"电话里的声音说,"这一切可真棒。我真希望自己也在。我真希望自己并不知晓风的秘密。我有很多很多希望。"

"你还好吗?"

"目前为止还行吧。我现在把自己锁在厨房里。屋子的部分前墙已经被吹塌了,但我已经策划好了退路。等厨房门失守,我就撤进地窖。走运的话,我也许能撑到明天早上。它得拆光整幢倒霉的屋子才能逮到我,地窖的顶板可坚固得很。我有一把铲子,我可以再挖深一点……"

电话里一下子响起很多个声音。

"那是什么声音?"赫伯·汤普森问道,他突然一阵恶寒,浑身发抖。

"那个吗?"电话里的声音说,"那凄惨的叫声,是十二万个被台风杀害的人,七千个被飓风摧毁的人,三千个被旋风埋葬的人。我是不是吓着你了?这就是风的真实面目。它是很多死人的怨灵。风杀死了他们,夺取了他们的头脑来增长自己的智能。它夺取了他们的嗓音,汇聚成一个声音。过去一万年,上千万被杀害的人饱受摧残,被季风旋风裹挟着,翻滚、打旋,从这个大洲飘荡到那个大洲。噢,上帝,要是写成诗篇,该是多么震撼!"

电话里传出很多回音,说话声、叫嚣声、哭泣声。"回来打牌,赫伯。"妻子在牌桌旁喊道。

"每一年风都会增长智慧,它不断积攒着一具具尸体、一条条人命、一次次死亡。"

"我们在等你,赫伯。"妻子喊道。

"见鬼!"他转过身,几乎叫嚷起来,"就不能等会儿吗!"他转回头对着话筒。"阿林,要是你希望我现在出门,我马上就过去!我真该早点去你那儿……"

"别想了。这是一场残酷的战斗,本来就不该把你牵扯进来。我得挂了。厨房的门情况很糟,我得下地窖了。"

"过会儿再打给我?"

"也许吧,如果我走运的话。这次我可能挺不过去了。我已经逃脱了那么多回,但这回它总算逮到我了。我希望没有叨扰到你太多,赫伯。"

"你没有叨扰任何人,见鬼。给我打电话。"

"我尽量……"

赫伯·汤普森回到牌桌旁。妻子怒视他。"阿林怎么样了?你的那个朋友。"她问,"他没喝醉吧?"

"他一生从不喝酒,"汤普森垂头丧气地坐了下来,"几个小时前我就该去他那儿的。"

"但过去六个星期,他每晚都打电话过来,你已经赶过去陪了他不下十次,每次都安然无恙。"

"他需要帮助。他也许会伤到自己。"

"两天前你刚刚去过,你可不能老追着他跑。"

"明天早上第一件事,我要送他去一家护理院。我也不想这样。他在其他事情上表现得挺理智的。"

十点半,咖啡端了上来。赫伯·汤普森慢慢喝着,盯着电话机。我很担心,他现在是不是已经进了地窖,他心里暗想。

赫伯·汤普森走到电话机旁,拨了长途,报出了号码。

"抱歉,"接线员说,"那个地区的电话线断了。等线路修好,我们会帮你接通。"

"电话线断了!"汤普森喊了起来。他丢下电话听筒,转过身猛地拉开衣橱门,抓出自己的外套。"噢,上帝,"他说,"噢,上帝,上帝。"

客人们惊呆了,妻子手上正端着咖啡壶。"赫伯!"她喊道。

"我得去他那儿!"他说着穿上外套。

门口传来一阵轻柔模糊的震动。屋里所有人都紧张得站直了身体。"会是谁来了？"妻子问。

轻柔的震动持续着，非常安静。

汤普森走出客厅，停在门前，神情警惕。他隐隐约约听到外面有笑声。

"真是见了鬼了。"汤普森握住门把手，快活地浑身一颤，紧张的神经松懈了下来。"到哪儿我都认得出这笑声，是阿林。他终于开车来了，等不及明天早上，急着要把他的倒霉故事讲给我听。"汤普森虚弱地笑了笑，"也许还带了几个朋友过来。听起来像是有很多……"

他打开前门，门廊里空无一人。

汤普森并不惊讶，他脸上满是迷惑和羞怯。他大笑起来。"阿林？这时候还开玩笑！出来吧。"他打开门廊的灯，往外张望了一下。"你在哪儿，阿林？出来吧，快啊。"

一阵微风吹在他脸上。

汤普森等了一会儿，感觉毛骨悚然。他跨出一步走进门廊，小心翼翼地四下张望。

风猛地刮来，吹动了他的衣角，吹乱了他的头发。他觉得自己又听到了笑声。风绕着屋子盘旋，突然到处都能感受到一股威压，风整整刮了一分钟，然后吹远了。

风渐渐息了，在高高的树丛间呜咽，它回到了海上，回到了加勒比，回到了象牙海岸，回到了苏门答腊，回到了好望角，回到了菲律宾。远去，远去，远去了。

汤普森站在那儿，浑身发冷。他走进屋，关上门，背靠在门上，闭着眼睛一动不动。

"你怎么了……"妻子问。

亨利九世

刊于《科幻奇幻杂志》(Magazine of Fantasy & Science Fiction)
1969 年 10 月
曹浏 译

"他在那儿!"

两个人探过身子去看。直升机被顺势带得倾向一边,沿着海岸线倏地飞过。

"不是,那只是块长了苔藓的石头——"

飞行员抬起头,示意直升机迅速向斜上方远去。多佛尔[①]的白崖从视线中消逝。他们来来回回掠过大片的青草地,宛若一只巨大的蜻蜓在空中盘旋,好抖落凝结在翅膀上的冰霜。

"等等!看那儿!快降落!"

机体缓缓落地,待螺旋桨停止转动后,满地东倒西歪的草才重新直起茎叶。第二个男人咕哝着推开护目镜,小心翼翼地爬出

---

①多佛尔,英格兰东南部港口城市。

机舱,动作迟缓得跟生了锈似的。他拔腿想跑,然而立刻就喘不过气来,于是放慢脚步,沮丧地迎风喊道:"哈里!"

前方本有个衣衫褴褛的人形正在起身,听他这么一喊,惊得一个踉跄向前跑去。

"我没犯事儿!"

"哈里,我不是警察!是我,塞姆·威尔斯啊!"

被追的老人闻声放慢了脚步,而后停了下来,站定在悬崖边,用戴了手套的双手紧紧抓着那一绺长髯,面前就是深邃的大海。

塞缪尔①·威尔斯喘着粗气费劲地从后面赶上来,但并没有进一步动作,生怕一抬手就把他吓跑了。

"哈里,你这蠢透了的家伙。都过了好几个礼拜了,我差点以为要找不到你了。"

"我就怕你找到我。"

哈里睁开一直紧闭的双眼,哆哆嗦嗦瞥向自己的胡须、手套,又望向老友塞缪尔。两人都已上了年纪,两鬓斑白,在这个天寒地冻的十二月的日子里相会于石岗。他们的交情有许多许多年了,只消一个表情便知道对方想要什么。他们的眉眼很是神似,追根溯源说不定是本家。唯一的区别就是,从飞机上下来的那位塞姆在深色外衣下隐约穿了件夏威夷风的运动衫,略有些不搭调。哈里尽量让自己不去盯着那衣服看。

此时此刻,两个人都热泪盈眶。

"哈里,我是来给你提醒的。"

---

①塞缪尔,即上文的塞姆。

"不必了,否则你以为我一直在躲个什么劲儿?所以,今天是最后一天了?"

"是的,最后一天了。"

他们站在原地陷入了沉思。

明天就是圣诞节了,今晚是平安夜。最后一批船下午即将起航。届时,英格兰这座孤岛便会化作烟波中的一块大理石碑,任由雨水冲刷,淹没在水雾中。过了今日,留下的就只剩海鸥了。哦,不能忘了还有数以亿计的黑脉金斑蝶,它们每到六月便成群结队向海那边飞去,斑斓如游行时挥洒的彩带。

哈里盯着潮起潮落的岸边,开口道:"日落前,那些该死的没脑子的蠢货一个个都该从岛上撤空了吧?"

"应该是这样,没错。"

"真让人揪心。那塞缪尔你呢,是来绑架我的吗?"

"明明是来说服你的。"

"说服?老天啊,塞姆,我们当了五十年朋友了,你还不了解我?你难道猜不到我是铁了心要成为整个不列颠——不,这么说还不够味,是整个大不列颠群岛——最后的守卫者?"

大不列颠岛最后的守卫者,哈里又在心里默念了一遍。上帝,你听,钟在响,是那熟悉的大本钟的声音。它日复一日地敲着,未曾停歇,直至离奇的今日,所有人——除了那最后一人之外的所有人——都离开了这块曾经生机勃勃的土地,任由它陷入冷寂。最后的守护者,最后的守护者。

"塞缪尔,你听我说,我的坟都已经挖好了,我可不想抛下它不管。"

"那到时候谁来安葬你呢?"

"我自己,感觉时辰快到了就自己进去。"

"那又有谁来替你盖上土?"

"这有什么关系?塞姆,自有尘土来将我掩埋。上帝保佑,风会做到这点!"他嘴里不由自主地蹦出了一连串的话,扑闪的眼睛将泪珠忽地甩向空中,自己都吓了一跳。"我们这是在干什么?为什么要告别?停靠在英吉利海峡的最后一艘船为什么开走了?还有那最后一架喷气机,为什么也飞走了?塞姆,大家都去哪里了?发生什么了,到底怎么了?"

"你问为什么,"塞姆平静地答道,"答案很简单,哈里。现在这里的天气很糟糕。虽然一直以来气候都很差劲,但没人说什么,因为说了也不会有任何改观。不过如今,英格兰算是完了,希望只能寄托在——"

他们的视线一同望向南方。

"加那利群岛?"

"萨摩亚群岛。"

"巴西海岸?"

"别忘了还有加利福尼亚,哈里。"

两人轻轻相视一笑。

"哈,加州,那个满是笑话的地方。不过今天中午不是就有一百万英国佬从萨克拉门托跑去了洛杉矶?"

"还有一百万人去了佛罗里达州。"

"过去的四年间就有两百万人去了澳大利亚。"

他们合计了一下总数,点了点头。

"哎,塞缪尔,人们嘴上说的是一回事,太阳他老人家想怎么照又是另一回事。所以被太阳抚过的皮肤让人内心燃起对南方的向往。其实这种内心的呼唤两千年前就开始有了,但我们一直装作没听见。当一个人第一次被晒伤的时候,就像是不由自主地陷入了一场炙热的爱恋。最后的最后,他定要跑去国外,躺在碧蓝的天空下,对着灼目的阳光呻吟:哦上帝啊,快来让我感受不一样的人生吧,轻轻地,快来温暖我吧。"

塞缪尔·威尔斯惊得直摇头。"你继续说,可能你自己就被自己说动了,也用不着我强行带走你了!"

"不,塞缪尔,阳光或许能让你憧憬,但我是对此无动于衷。我倒也希望自己会为之心动,毕竟一个人留在这儿并没什么意思。塞姆,我能劝你也留下吗?你我就像小时候那样,还是最佳搭档,如何?"他亲切地碰了碰对方的手肘提议。

"天呐,你这么一说让我感觉自己像是抛下了君主和祖国啊。"

"别这么想,你可没抛下什么,因为大家全跑了。哎,想想80年代我们还是孩子的时候,谁曾料到,一个'夏日永驻'的愿景就能让我大英子民甘愿逃到天涯海角?"

"哈里,我已经被冻了一辈子了。年年穿着厚重的毛衣,取暖烧的煤块总是嫌不够。六月天还是阴沉沉的,七月也闻不到干草散发出的清新阳光味,一年四季就没有一天是干的,冬天更是从八月就开始了!我受不了了,这样年复一年的日子,哈里,我真的受不了了。"

"你也不必忍受。我们英国人已经受得够多了。你们每个人,都值得去牙买加、太子港、帕萨迪纳欢度余生。来把手给我,让我们再用力握握手!这是历史上重要的里程碑,你我一同来见证这时刻!"

"上帝保佑,我们一同见证。"

"塞姆,你再好好看看这里,等你安顿在了西西里岛、悉尼或者那脐橙之都加州,被媒体采访的时候记得提一提'这时刻',他们搞不好还会给你写个专栏什么的。历史书上我们也该占个一页半页的,毕竟都是最后一人——最后远走和最后留守的。塞姆,塞姆,你快把我骨头捏断了,不过别松手,以后再也没这样的机会了。"

他们站开了些,两人都红了眼圈,呼哧呼哧直喘气儿。

"哈里,你现在能陪我走到直升机那儿吗?"

"不要,我害怕这种高科技的玩意儿。而且一想到不见天日的阴霾日子,我指不定就跳进去和你一起飞走了。"

"那又何尝不可?"

"何尝不可!塞姆,我是要守卫我们的海岸线以防外敌入侵的。诺曼人、维京人、撒克逊人……以后的日子里,我会看护整座岛,从多佛尔北部的暗礁开始,途径福克斯通①,再回到起点。"

"老兄,我说希特勒是不是也会入侵?"

"说不定他就带着他的幽灵部队打过来了呢。"

"哈里,那你怎么和他相抗衡呢?"

"你以为我是孤军奋战?大错特错。途中,我可能会在岸边邂逅恺撒大帝,他一高兴就分两条要道给我把守。我呢,有了那些要道,再借些精兵强将,一准儿把对方的虾兵蟹将们打得落花流水。你说,调兵遣将是不是任我定?历史上出现在这片土地上的军队是不是任我选?"

---

①福克斯通,英格兰东南部肯特郡的一个繁荣港市。

"是是是。"

最后的守护者面对着北方,又转向西面,最后朝南站定。

"我要确定从这边城堡到那边灯塔一切都正常,我要听苏格兰方向的海湾旁传来的枪林弹雨声,每到新年就吹起蹩脚的风笛绕苏格兰走一圈。而后塞姆,我会划着船沿泰晤士河顺流而下。在我余生的每个除夕,作为伦敦守夜人的我——是的,正是在下——都要准点巡逻一圈,并历数一遍那些押韵的老教堂钟名。柑橘和柠檬①啊,圣克雷蒙的钟说。还有勒波的钟,圣玛格丽特的,圣保罗的。塞姆,我该为你起舞,希望北风会吹到你所在的地方,不论天涯海角,往你晒伤的耳朵里送上只言片语。"

"我会听的,哈里。"

"那就继续听!我会坐在上下议院的会场里,自己和自己辩论,输这一场赢下一场。我还能胡诌,说多数要服从少数。记忆中美妙的旧唱片也可以翻出来回味,甚至我们出生前的那些广播我都能听到。

"快到跨年时,我就会爬上大本钟,与老鼠相依为命,一同迎接新年的钟声。

"我肯定还要找机会坐一坐斯昆石②。"

"不可能!"

"怎么不可能?或者在它被运往南面海湾前放过的地方坐一坐。我还要手持权杖,估计到时我得从院子里抓条被大雪冻僵的蛇来代替,头上再戴一顶自制皇冠,自封为理查大帝和亨利八世

---

① 此处指一首由伦敦市内及周边著名教堂的钟名所串成的儿歌。
② 斯昆石,长方形的红色沙岩,装饰有凯尔特十字架,为中世纪以来历代苏格兰国王加冕时所用。

的朋友，也是伊丽莎白一世及二世女皇的远房亲戚。拎着吉卜林马姆酒独自在威斯敏斯特晃悠，想到脚下这片土地的历史，自己年事也高，说不定脑子已经混乱了，既然身兼统治者与臣民，何不自封为这整座雾岛之王？"

"可以啊，也没人能怪你。"

塞缪尔·威尔斯又给了他一个大大的拥抱，随后抽开身来半走半跑，回到等着他的飞机上。跑到一半，他回头大喊："我的老天爷啊。我刚刚想到，你名字叫哈里①，简直生来就是当君王的料啊！"

"这倒不错。"

"原谅我就这么走了吧。"

"阳光会让你释怀的，塞缪尔。去你该去的地方吧。"

"英格兰会原谅我吗？"

"人之所在即国之所在。我坚守着英格兰的遗址，你开拓了她的新疆域。塞姆，你们代表了全新的英国人，一个个都拥有晒伤了的白皙皮肤！"

"再见了。"

"愿上帝保佑你。哦，保佑你，还有你那件艳黄色的运动衫！"

大风吹起，两人都听不到对方喊的话，便挥了挥手，塞缪尔奋力钻进机舱。飞机如同一朵绽放的雪白太阳花，飞转的螺旋桨直入云霄。

于是，只剩下了最后的守卫者一人。他喘着粗气，抽泣不

---

①哈里，亨利的昵称。

已,对自己大喊:

哈里!你憎恨改变吗?非要守旧?你明明就知道造成现在这状况的原因,不是吗?那些船啊飞机啊单单因为一个天气的理由就把大家全骗走了?我知道,我知道,他告诉自己。想想只要迈出那一步,就能坐拥温暖如夏的四季,谁又能抵御这般诱惑?

是啊,是啊!他泪流满面,咬紧牙关从悬崖边探出身子去,冲着天上那架远去的飞机挥舞着拳头。

"叛徒!你给我回来!"

你怎么忍心离开英格兰,怎么忍心抛下这一切?皮普和伪善的亲戚,铁公爵和特拉法尔加广场,雨中坚守的骑兵卫队,伦敦大火,飞弹及警报,白金汉宫阳台上被高高举起的新生婴儿,丘吉尔的送葬队伍还在街上呢,老天,还没散呢!恺撒没去元老院,今晚巨石阵也有怪事!怎么忍心,怎么忍心,怎么忍心!?

哈里·史密斯双膝跪地,瘫倒在地。英格兰最后一任国王就这样一个人在悬崖边泣不成声。

直升机已经不见踪影,向着鸟语花香的岛屿去了。

老头儿环顾四周,想到如今和万年前一样空荡荡的,便黯然神伤。天色已经晚了,四周万籁俱寂,荒无人烟,唯有一座空空如也的鬼城,加上亨利大帝,就是我们的老哈里——亨利九世。

他漫无目的地在草丛中翻找,意外地发现了遗失已久的书签和袋装巧克力,还有《圣经》、莎士比亚全集、快翻烂了的约翰逊作品集和津津乐道的狄更斯,还有德莱顿以及蒲柏。他走回大路上,这路四通八达,环绕了整个英格兰。

明天就是圣诞了,他祝愿一切安好。散布在世界各地的大英帝国的子民们已经享受到了阳光这一美好的礼物。瑞典人也已经撤空了，挪威人也全逃了。再也没人住在寒带了。他们一个个全跑去了地球上最宜人的几块土地，那里微风轻抚，阳光笼罩。人们不必再为生存而揪心，而是在遥远的南方得到了新生，快活似神仙。

今天晚上他会找座教堂，忏悔先前把大家称为"叛徒"的懊悔。

"最后一件事，哈里。蓝色。"

"蓝色？"他在心里问自己。

"在路上找根蓝色的粉笔来。以前英国男人们不是用这种方法给自己上过色吗？"

"对哦，蓝人，从头到脚都是蓝的！"

"我们的结局早已注定，不是吗？"

北风呼啸，他拉紧了帽檐，舔了舔第一片落到嘴唇上的雪花。

"哟，好孩子！"他幻想自己身处张灯结彩的圣诞节，喜气洋洋如获新生，倚着虚构出来的橱窗说道，"好小子，我问你，这条街上卖家禽的商贩那儿还有火鸡不？"

"还有，挂着呢。"男孩答道。

"去买回来！再带个跑腿的回来我就给你一先令。要是你能在五分钟内办完，我就给你五先令！"

于是男孩去了。①

扣好大衣拿起书，我们的老哈里、埃比尼泽、斯克鲁奇、尤

---

① 这一场景出自查尔斯·狄更斯的《圣诞颂歌》。

利乌斯、恺撒、匹克匹克、皮普，数不清多少个谁，顶着寒冬迈开步子。路很长，很美。浪涛乃岸边炮火，风声即北方笛音。

十分钟后，他哼着小曲爬上了一座山丘。从坡上远眺，英格兰似乎严阵以待，准备迎接在不远的将来即将踏上这片土地的人……

记得萨沙吗？

收录于短篇集 *Quicker than the Eye*
1996 年
阿古 译

　　记得吗？怎么会忘，他们如何能忘记？尽管他们结识他不过很短时间，多年之后当他的名字被提起时，他们依然会微笑甚至大笑，伸手相握，陷入回忆。

　　萨沙，多么温柔聪慧的同志，多么羞涩隐秘的人儿，多么有天赋的孩子；他能说会道，活力充沛，是深夜的伙伴，迷蒙午后的唯一光明。

　　萨沙！

　　他们从未见过他，但他们经常于凌晨三点在卧室中和他说话。有些朋友若是听到萨沙的名字就翻白眼，怀疑他们俩是不是疯了，那么他们便不同这些朋友来往。

　　可是，萨沙到底是谁？是什么人？他们在哪儿碰到他的？或者仅仅是梦到他？他们两人又是谁呢？

长话短说：他们是玛吉和道格拉斯·斯普劳丁夫妇，住在一处喧闹的海边。加利福尼亚州威尼斯海滩，这里有温暖的沙滩、干涸的运河，河上架着一座座快散架的桥。尽管银行里没什么存款，小小的两居室公寓里也没有古德温尔高档家具，他们依然过得很快乐。他在家写作，而她工作，供养他完成美国文学史上最伟大的小说。

他们的日程安排：每天晚上她从洛杉矶市内回到家，他做好汉堡等着她，他们会在沙滩上散步，吃热狗，在便士游乐场花销十到二十美分，回家，做爱，睡觉。第二天晚上继续重复这同样的日程：热狗，便士游乐场，做爱，睡觉，工作，等等。这一年他们非常年轻，深陷爱河，一切都是那么美妙，仿佛这幸福会持续到永远……

直到他出现。

无名之人。一开始他没有名字，他曾经威胁将在他们婚后数月到来，摧毁他们的生计，吓阻小说的灵感，但后来他消失不见，只留下威胁的回音。

但现在，真正的冲突来临了。

一天晚上，他们俩就着火腿煎蛋卷，喝着廉价红酒，斜倚在牌桌旁，安安静静地说着话，向彼此承诺更远大、更辉煌的未来，玛吉突然说："我有点头晕。"

"什么？"道格拉斯·斯普劳丁问。

"我一整天都感觉怪怪的，今天早上我有点不大舒服。"

"噢，上帝。"他站起身绕过桌子，双手捧着她的脑袋，把她的额头抵在自己腰上。他低头看着她秀美的头发，突然微笑起来。"哎呀"他说，"难道是萨沙回来了？"

"萨沙?萨沙是谁?"

"等他到来时,他会告诉我们的。"

"这名字是打哪儿来的?"

"不知道,已经在我脑海里盘旋一整年了。"

"萨沙?"她把他的手捂在自己的脸颊上,大笑起来。

"萨沙!"

"明天去看医生。"他说。

"医生说萨沙搬了进来。"第二天她在电话上说。

"太棒了,"他停顿了一下,"我觉得,"他暗暗盘算了一下银行存款。"不,不管那么多了。太棒了!什么时候我们能见到这个火星入侵者?"

"十月。现在他还很小,针尖那么大,我几乎听不到他的声音。但现在他有了一个名字,我就能听见了。他承诺会长大,只要我们细心照顾好他。"

"真是太棒了!我是不是应该囤点胡萝卜、菠菜、花椰菜?具体是哪一天?"

"万圣节。"

"不可能!"

"千真万确!"

"人们会说咱们精心策划,让他和我的吸血鬼小说在同一周问世,一下子多了两个在晚上闹腾哭喊的小东西。"

"噢,萨沙到时候肯定会又哭又喊的!高兴吗?"

"浑身颤抖,但高兴得要命,上帝,回家来,兔子夫人,带着他一起回家!"

这里得解释一下,玛吉和道格拉斯·斯普劳丁是一对无可救药的浪漫主义者。早在萨沙受孕结胎之前,他们俩就非常喜欢劳莱与哈代,称呼彼此为斯坦和奥利。公寓里的家用电器、灰尘掸子、开瓶器都有名字,就连他们身体的不同部位都有昵称,当然,这是绝对不会透露给外人的。

所以,萨沙这个实体,这个日渐友好的存在,并不是么不寻常。当他真正开始说话时,他们也并不感到惊讶。他们的婚姻以爱情作为流通的货币,而不是金钱,所以萨沙的到来不可避免。有一天,他们说,要是他们有了一辆汽车,也会给它取个名字。

他们继续有一搭没一搭地聊着即将到来的生活,夜深说得兴起,他们支起身体,背靠着枕头,仿佛未来马上就会发生。他们在寂静中等待着,静候沉寂的小后代在黎明前说出第一句话。

"我爱我们的生活,"玛吉躺着说,"那么多的游戏。我希望这一切永不停止。你和别的男人不一样,他们喝啤酒谈论牌局。亲爱的上帝,我纳闷,有多少人的婚姻能像我们的一样好玩?"

"任何地方的任何人都比不上咱们。记得吗?"

"什么?"

他仰起头,在天花板上追索着回忆。"我们结婚的那一天……"

"当然记得!"

"朋友开车把我们丢到这儿,我们走下码头,走进药店,买了一管牙膏、两把牙刷,开始了我们的蜜月。一把红牙刷、一把绿牙刷,装饰空荡荡的浴室。我们手拉着手在沙滩上往回走,突然两个小女孩和一个男孩跟了上来,张口就唱:'祝你结婚快乐,

祝你结婚快乐,幸福美满,欢天喜地,祝你结婚快乐……'"

她轻轻地唱了起来。他跟着也唱起来,回想起当时,在孩子们的歌唱声中,他们开心得脸红了。他们继续往前走,感觉有点可笑,但很高兴,又有点不可思议。

"他们怎么猜到的?我们看着就像结婚的样子吗?"

"我们的衣服又没那么正式!是我们的表情,你想到了没?当时笑得下巴都疼了。我们快乐得炸翻天,他们感受到了震荡波。"

"那些可爱的孩子,我仍然能记起他们的歌声。"

"十七个月之后,我们终于走到这一步了。"他搂着她,在黑暗的天花板上注视着他们的未来。

"我来了。"一个声音喃喃说。

"谁?"道格拉斯问。

"我,"那个声音小声说,"萨沙。"

道格拉斯低头看着妻子的嘴巴,那双朱唇根本就没有动。

"这么说,你终于决定说话了?"道格拉斯说。

"没错。"声音低声答道。

"我们正在想呢,"道格拉斯说,"什么时候能听到你说话。"他温柔地捏捏妻子的胳膊。

"时候到了,"声音喃喃说道,"我就来了。"

"欢迎你,萨沙。"两人齐声说。

"你为什么不早点儿说话?"道格拉斯·斯普劳丁问。

"我还不确定你们到底喜欢不喜欢我。"声音小声答。

"你为什么会这么想?"

"一开始我以为你们会喜欢我,后来我不敢确定了。曾经我只是一个名字。记得吗,去年我准备好来和你们一起生活,结果把你们吓着了。"

"我们当时身无分文,"道格拉斯轻轻说,"很焦虑。"

"生命有那么可怕吗?"萨沙说。玛吉的嘴唇抽搐了一下。"我还不明白什么是生活。我怕的是从不曾存在,也无人需要我。"

"恰恰相反。"道格拉斯·斯普劳丁把靠在枕头上的身体往下挪了挪,看着妻子的侧脸,她双眼紧闭,但她的嘴巴轻轻呼着气。"我们爱你。但去年真不是时候。明白吗?"

"不,"萨沙小声说,"我只知道你们当时不要我,现在又要我了。我真该离开。"

"但你才刚刚到来!"

"不管怎么说,我该走了。"

"别走,萨沙!留下!"

"再见。"小小的声音远去了,"喔,再见。"

接着便是寂静。

玛吉睁开眼睛,满脸是安静的惶恐,"萨沙走了。"她说。

"他不会走的!"

屋子里一片沉寂。

"他不会走,"他说,"这只是一个玩笑。"

"不只是玩笑。噢,上帝啊,我冷,抱抱我。"他伸手抱住她。

"没事儿的。"

"不,我现在有种很滑稽的感觉,仿佛他是真实存在的。"

"他是真实的,他没有离开。"

"可是我们该做点什么。帮帮我。"

"帮帮你?"他把她抱得更紧了,接着闭上双眼,过了一会儿,喊道,"萨沙?"

寂静。

"我知道你在那儿。你躲不了。"

他的手伸向萨沙可能在的方向。

"听着,说说话,别吓唬我们,萨沙。我们不想被你吓唬,也不想吓唬你。我们需要彼此的陪伴。我们三个一起来对抗这世界。萨沙?"

寂静。

"怎么样?"道格拉斯又小声加了一句。

玛吉轻轻喘着气。他们等待着。

"好吗?"

一阵轻柔的翻动,夜幕下一声若有若无的喘息。"好的。"

"你回来了!"两人都叫起来。

又是寂静。

"欢迎吗?"萨沙问。

"欢迎!"两人急忙说。

夜晚过去了,接着是第二个白天,第二个夜晚,日复一日,夜复一夜。许多天中,他只有在夜间,尤其是半夜才敢出声宣告自己的存在,发表观点,变得越来越强大、坚定、持久。他们躺着,怀着警觉的期待。她的嘴唇动了,他凑了上去,他们的嘴唇温热鲜活。小小的声音从他的舌头跳到她的舌头,不时爆发阵阵轻笑,笑这一切是多么荒唐但又那么可爱。他们永远不知道萨沙下一句会说什么,但让他一直说着,直到晨曦初现两人才面带微笑入睡。

"万圣节是什么样的?"在六个月的某一个晚上,萨沙问道。

"万圣节?"两人都纳闷了。

"那不是一个死亡节日吗?"萨沙喃喃低语。

"嗯,没错……"

"我觉得,我不太想在那样的夜晚降生。"

"那么,你想在什么样的夜晚降生?"

萨沙飘忽不定,沉默了好一会儿。

"盖伊·福克斯之夜。①"最后他小声说道。

"盖伊·福克斯之夜?"

"烟火、火药阴谋、国会大厦,没错吧?是十一月五日吗?"

"你觉得自己能等到那时候吗?"

"我可以试试。我可不想生命的第一天以骷髅和枯骨开场。火药更适合我,我以后可以好好写写自己的出生。"

"这么说,你会成为一个作家?"

"给我一台打字机、一令纸。"

"然后你整夜打字,让我们睡不着?"

"要不给我笔、纸、写字板?"

"可以!"

协议达成了。许多个夜晚和许多个星期过去了,夏天结束,早秋来临,他的声音更加有力,心跳声更响,四肢的力量更加强劲。有时当玛吉睡着,他的声音会把她吵醒,她会伸手触摸自己的嘴唇,他梦魇中的惊语就是从她的嘴巴里发出的。

---

①盖伊·福克斯之夜,英国传统节日,亦称篝火节之夜,起源于1605年盖伊·福克斯等人企图用火药炸毁英国国会大厦的密谋。电影《V字仇杀队》中的面具原型就是盖伊·福克斯。

"嘿，萨沙，休息了，睡觉吧。"

"睡觉，"他懒洋洋地嘟哝着，"睡觉。"接着便沉寂了。

"晚饭吃猪排吧。"

"不来点腌菜和冰激凌？"两人几乎同时说道。

"猪排。"他说。更多的日子过去了，更多的黎明降临，他说："要汉堡包！"

"早餐吗？"

"加点洋葱。"他说。

十月还有最后一天，接着，万圣节也过了。

"谢谢你们，"萨沙说，"帮我躲过了这一天。再过五天是什么日子？"

"盖伊·福克斯之夜！"

"啊，没错！"他喊道。

五天之后，午夜刚过一分钟，玛吉起身走到浴室，又踱了回来，满脸茫然。

"亲爱的。"她说，坐在床沿。

道格拉斯·斯普劳丁转过身来，睡眼惺忪。"怎么了？"

"今天是什么日子？"萨沙小声说。

"盖伊·福克斯之夜终于到了。怎么了？"

"我感觉不太好。"萨沙说，"噢，不，我感觉很好，充满活力，准备出发。是时候说再见了，或者是你好？我到底想说什么？"

"尽管直说。"

"邻居是不是说，无论何时他们都愿意开车送我们去医院？"

"没错。"

"给邻居打电话。"萨沙说。

他们打电话给邻居。

在医院,道格拉斯吻了吻妻子的眉毛,聆听着。

"我们相处得很好。"萨沙说。

"好得不能再好了。"

"我不会再说话了。再见。"萨沙说。

"再见。"两人说。

黎明时,产房响起了一声清脆的啼哭。

不久道格拉斯走进妻子的病房。她看着他,说道:"萨沙走了。"

"我知道。"他平静地回答。

"但他留了话,来这儿的是别人,瞧。"

他走近病床边,她拉开床单一角。

"啊,我要幸福死了。"

他低头看到一张粉红小脸,一对大眼睛眨闪出一抹亮蓝色,又闭上了。

"这是谁?"他问。

"你的女儿,亚历珊德拉。"

"你好,亚历珊德拉。"他说。

"你知道亚历珊德拉的小名儿是什么吗?"她问。

"是什么?"

"萨沙。"她说。

他轻柔地摸了摸那张小脸。"你好,萨沙。"

许　愿

刊于《妇女生活》(*Woman's Day*)
1973 年 12 月
汪杨达 译

　　飞雪敲打着寒窗，传来一阵低声絮语。
　　空荡荡的房子在不知从何处吹来的风中咯吱作响。
　　"你说什么？"我问道。
　　"我什么都没说啊。"查理·西蒙斯坐在我身后的壁炉旁，在一个大金属筛里安静地摇着爆米花。"一个字都没说。"
　　"真见鬼，查理，我分明听见你……"
　　我吃了一惊，望向窗外，却只看见雪花纷纷扬扬，落在远处的街道和空旷的田野上。这个夜晚适合那些雪白的精灵们，他们可以径自造访，在窗前游荡。
　　"都是你自己在想入非非。"查理说道。
　　真的是我在瞎想吗？我陷入思考：天气会不会说话？夜晚、时间还有雪会不会都有自己的语言？外面的黑夜与此处我的灵魂之间,又是靠什么交流的呢?

而在暗处,在月光与灯火照不到的地方,如同悄然飘落一整群白鸽。

那声音到底是窗外飞雪的轻声低语,还是过去的渴望与日俱增,散落的只言片语聚在一起打破平静,终于在此刻开口说话?

"老天在上,查理,就在刚才。我发誓我听见你说……"

"说了什么?"

"你说,'许个愿吧。'"

"我真的这么说了?"

他的笑声从我身后传来,但没能让我转身。我凝视着窗外的落雪,告诉他那些我不得不说的话。

"你说,'这是个美妙、神奇而特殊的夜晚。所以,你应该许个这辈子中最美好、最狂妄、最新奇的愿望,一个你内心深深期许的愿望。你这个愿望一定会成真。'我听见你就是这么说的。"

"不对。"我看到他映在窗子上的影子在摇头。"不过,汤姆……你已经在这落雪的窗前呆呆地站了半个小时了。壁炉里的火噼里啪啦响,你以为是我在说话。许愿不会凭空实现的,汤姆。但是——"他顿了顿,带着些许惊奇,"老天啊,你真的听见什么声音了吗?那好,来这儿,咱们先喝一杯。"

爆米花已经做好了。查理给我倒了些酒,可是我没碰。簌簌的雪花在我们浅浅的呼吸声中,沿着昏暗的窗子缓缓下落。

"为什么?"我发问,"'愿望'这个词儿是怎么蹦到我脑子里来的?如果你没说话,又是谁告诉我的?"

实际上我在想,外面有什么,而我们又是什么?我们不过是两个单身老作家,共度这个夜晚。我们两个老相识常常夸夸其谈,聊些关于幽灵的奇闻,也早已亲自尝试过所有常见的超自然玩意儿:通灵板、塔罗牌还有心电感应。我们两个伙伴情投意合,不过平时常常互相捉弄、开些玩笑,干些无聊的蠢事。

但是,今天晚上的事情,让我们不能再嬉皮笑脸。这场雪——哎呀,你瞧!它竟然湮没了我们的笑声……

"为什么?"查理坐在我咫尺之外,喝着葡萄酒,凝视着我背后那棵挂着红绿彩灯的圣诞树,说道。"为什么要在这样的一个夜晚许愿?瞧,现在是圣诞前夜,对吧?五分钟之后就是耶稣降生的时刻了。圣诞节和冬至日一直都在同一个礼拜。这个礼拜,今晚,向我们证明地球不会就这么冷冰冰地死去。冬天已经过到尽头,现在北半球开始迎向光明了。这是多么特殊的一天。真是不可思议。"

"是的。"我喃喃自语,想到远古时代的那些原始人,他们会因为秋日来临、太阳远去而心如死灰。这些猿人会一直哀号,直到白昼重新开始变长,直到太阳在某个明媚的清晨提前升起,直到整个宇宙再次得到暂时的拯救。"的确如此。"

"所以说——"查理猜到了我的想法,又啜了一口酒。"耶稣基督总是预示着春天的来临,不是吗?在这一年中最长的那个夜晚的午夜,一切翻天覆地,一个传说也就此诞生。以前人们庆祝圣诞的时候怎么欢呼?新年快乐!老天,一月一日并不是新年第一天,耶稣的诞辰才是。耶稣的气息如同三叶草一般甜美,吹进我们的鼻孔,在这午夜前的特殊时刻,许诺着春天的到来。深吸一口气吧,托马斯。"

"别出声!"

"怎么？你又听见那声音了？"

是的！我转头看着窗子。六十秒之后就是耶稣降临那天的凌晨了。我激动地想——再没比这更完美、更难得的许愿时刻了。

"汤姆——"查理拽住我的手肘。但此刻我已经想得入迷，近乎发狂。现在就是那个特殊时刻吗？我不禁想，那些在雪夜游荡的圣灵们会不会在这特别的时刻帮我们实现愿望？如果我偷偷许个愿，那些游荡的夜晚、奇妙的睡梦、往日的暴风雪会不会将愿望十倍加还于我？

我闭上眼睛，喉头抖动。

"不要。"查理说道。

但是，我的嘴唇已经在哆嗦。我不能再拖时间了。就是现在，现在，一颗神秘的星星在伯利恒上空燃烧。

"汤姆，"查理喘着气，"看在耶稣的分上！"

当然是耶稣，我这么想着，说道："我的愿望是，在今晚的一个钟头里——"

"不要！"查理打了我一下，试图让我闭上嘴。

"——请，让我的父亲复活。"

壁炉架上的时钟敲响了十二次，午夜到来了。

"哦，托马斯……"查理悲伤地说。他抓着我胳膊的手垂了下来。"哦，汤姆。"

窗子被风雪吹开，嘎嘎作响，好像紧裹着的裹尸布被解开。

猛地，大门洞开。我们沐浴在一阵风雪中。

"多么令人悲伤的心愿啊，不过……这个愿望已经成真了。"

"真的吗？"我转过身来，盯着敞开的门，它像坟墓一样召唤着我。

"汤姆,别去。"查理说。

门在身后重重合上了。身处室外,我飞奔起来。哦,天哪,我跑得多急啊。

"汤姆,快回来!"从身后传来的声音在飞舞的白雪中越来越微弱,"哦,老天啊,别这样!"

我在午夜过后的这分钟里没头没脑地一路狂奔,语无伦次,催促着心脏狂跳,鼓舞着血液奔涌,强迫双腿迈开步子一直朝前跑。我想着:他!他!我知道他在哪里!如果这是赐予我的礼物!如果这个愿望成真!我知道他会在什么地方!就在此时,落雪的小镇里,圣诞铃铛叮当作响,伴着圣诞赞歌与人群的喧嚷。在我大声呐喊,满嘴雪花,满心都是疯狂的念头的时候,圣诞之声已环绕耳际,涌进耳朵里,吸引了我的注意。

真蠢!我心想。他已经死了!回头吧!

但是,万一他在今晚的这一个小时内还活着,而我却没找到他呢?

我已经身处镇外,没戴帽子也没披大衣,却因为狂奔而热得不行。我踏在空荡荡的道路中央,每走一步,脸上那层汗水结成的盐霜就纷纷散落,如同耳畔的圣诞铃铛声被吹散在风里。

一阵风带着我转过荒地的最后一个拐角,等待我的是一面黑色的围墙。

墓地到了。

我停在沉重的铁门前,漠然地朝里面看去。

这坟场就像一座古代城堡爆炸后的废墟,断壁残垣深埋在如同新冰期般的大雪里。

我突然觉得，奇迹似乎不可能发生。

我突然觉得，今晚自己不过是喝了太多的酒，聊了太久的天，还碰上一些愚蠢的鬼把戏。我这般狂奔也只因为一个理由，我当时相信，我非常确信，我感觉到在这个被雪覆盖的死亡世界里，有什么事情正在悄悄发生……

他还清楚地记得。

他的意识开始消融，他回忆起自己的身体渐渐失去力量，孱弱的心脏终于停止跳动；砰的一声，那扇暗夜之门似乎永远关上了。

而现在，他一动不动地靠在我的臂弯里，眼睑闪动，脑子里满是奇怪的幻觉。他定然是问了自己这个最可怕的问题：

是谁让我复活的？

他缓缓睁开双眼，目光落在我身上。

是你吗？那具身体说道。

没错，我心中默默回答。我许愿你在今晚复活。

哦，是你！他抱头痛哭起来。

之后，他发出了最后的质问："为什么？"

现在轮到我索尽枯肠来思考了。为什么，我到底是为什么要让父亲复活？

当时我怎么会许了这么一个愿望，换来如此痛苦、如此可怕的质问？

我现在要怎么面对这个男人、这个陌生人、这个像孩子般慌乱不知所措的老人？我将他召唤来，难道只是为了再度将他送入黄土，将他送入坟茔，将他送回那可怖的长眠中？

我可曾考虑过这么做的后果？不！我只是一时头脑发热神经短路，才会像一块没脑子的石头一样，离开家跑到这坟场。为什么？我为什么要这么做？

我的父亲，这个老人，现在立在风雪里瑟瑟发抖，等着我施舍一个答案。

我却又成了那个说不出话来的孩子。我心里清清楚楚明明白白，却无法说出口。他活着的时候我都支支吾吾，此刻，对着他复苏的躯体，我只能陷入更深的沉默中。

真相在我的脑中咆哮，在连接我精神和躯体的神经纤维上狂号，可我的舌头却无法动弹。我像是被关在自己身体里的吼叫的猛兽。

时间一点点流逝，一个小时很快就会过完。我将会失去这个说出真心话的机会，而这些话我本该在多年前他还活着，还没入黄土之前就告诉他的。

远方，回荡的钟声穿过乡间，宣告着圣诞凌晨十二点半的到来。耶稣似乎在风中嘀嗒作响，倒数着时间。雪花从我脸上掉落，这感觉漫长而寒冷，寒冷而漫长。

为什么？父亲的眼睛像是在问我，为什么你把我带到这里？

"我——"而我又停住了。

因为父亲把我的手臂握得更紧。他脸上的神色告诉我，他已经找到自己复活的原因了。

这也是他的一个机会啊，给他最后一个小时，告诉我那些本该在我十二岁、十四岁或二十六岁告诉我的事情。我是不是一声不吭地站着，这已经无所谓了。在这飘落的雪花里，他可以给自己带来安息，安心离去。

他张着嘴。对他而言，从嘴里挤出那几个熟悉的词很是艰难，艰难得可怕。终于，躲在那佝偻躯壳内的灵魂挣扎着喘息起来。他轻轻吐出三个字，却丢失在风声中。

"嗯？"我催促道。

他牢牢地抓着我，试图在这个风雪夜里睁大自己的眼睛。他努力想保持平静，可嘴却一次次张开，发出呜咽声："………我……呜啊……你………！"

他停下来，瑟缩着，全身颤抖，试图大声再说一遍，却还是失败了："我……啊……你……！"

"哦，老爸！"我喊道，"让我替你说出来吧！"

他静静地站着，等着。

"你是不是想说，我……爱……你？"

"是！"他喊了出来。接着终于非常清楚地脱口而出："哦，没错！"

"哦，老爹。"这么多年来所有的离合悲欢涌上心头，我说道，"哦，爸爸，我亲爱的爸爸，我爱你。"

我们再度相聚，拥抱在一起。

我哭了。

我看着他有些可怕的血肉之躯，看着那如干枯水井般的眼睛，我看见父亲眨巴着眼皮，挤出几滴颤抖的泪滴。

为何你要把我带到这里？这是最后的问题，我们也得到了答案。

为什么在这样一个雪夜，我会得到这样一份礼物？

因为我们必须把那些没来得及说的话说出来，在生死之间的大门永远关上、封死之前。

而现在,话已说出口,在旷野之中,我们紧握着彼此的手,父与子,子与父,彼此之间忽然充满了喜悦。

泪水在我的脸颊上逐渐凝固成冰。

我们在落雪的寒风中站了许久,直到听见十二点四十五的钟声,我们依旧站在雪夜中,没有再说一句话——也没有说的必要——直到我们最后的这一个小时耗尽。

这纯白的世界里,伴着圣诞节凌晨一点的钟声敲响,耶稣在马厩新收的干草上降生。这份礼物匆匆闯入我的怀抱,现在又将从我们麻木的双手中离开。

父亲把我搂在臂弯里。

凌晨一点的最后一声钟响逐渐消散。我感到父亲向后退去,现在他很从容。

他的手指轻碰我的脸颊。

我听见他踏雪的脚步声。

他的脚步声渐渐淡去,正如我的哭声渐渐停息。

我睁开眼睛想再看看他,他正走在一百码开外,转过身朝我挥了挥手。

大雪如帘幕般飘落。

父亲是多么勇敢啊,我不禁想,这个老人毫无怨言地走回他的归属之地。我也走回镇上。

我和查理在壁炉旁喝了一杯酒。他盯着我的脸,对着我脸上挂着的泪水默默地举杯。

走上楼梯,等候着我的是铺好的床铺,像积着厚厚的一层白雪。

窗外飘着雪。离我一千英里远的北方，五百英里外的东边，两百英里以西和往南一百英里的范围内，到处都飘着雪。雪落在茫茫大地上，无处不在，覆盖了一切。这白雪也覆盖了镇子外的两行脚印：一行走向镇上，另一行往回走，行迹渐渐消失在墓地里。

我躺在这床松软的白雪里，想起父亲的脸，回忆起他转身挥手离开我时的样子。我从未见过他如此年轻，如此快乐。

我想着这些，停止了抽泣，陷入了梦乡。

归 途

刊于《银河科幻》（*Galaxy*）
1951 年 8 月
曹浏 译

　　这一切也是事出有因——一来她年事已高，二来瑟克尔先生宣称要带她见上帝。她也是经不住他拉着手怂恿："贝洛斯太太，咱们一起乘我的火箭上天去找上帝好不好？"
　　事情就是这样。哦，不过这次可不比过去贝洛斯太太参加的那些唬人的活动。想当初，她曾经为了让自己能走得更稳健些，别一步一个趔趄，而仅靠着火柴微弱的亮光，摸黑找到小巷子里的印度巫师。他们都喜欢摆弄道具水晶球，眼神闪烁，想入非非。她也曾与印度苦行僧一同行走在牧草地的小道上。这些苦行僧都是勃拉瓦茨基夫人①的信徒引进的。她还曾慕名前往加州，在千篇一律的灰泥房子中找寻某个著名的观星术家。她甚至

---

①勃拉瓦茨基夫人，19 世纪的俄国"预言家"、占星师。1875 年在纽约创建通神学会，1879 年到印度，后创办总部。

还签过一纸合约，把自己名下的一栋房子转让给一伙福音传道者，只因对方向她承诺会有金灿灿的烟和晶莹剔透的火，会有上帝柔软的大手来引领她归去。

贝洛斯太太亲睹了这群人在深夜里被押上黑色囚车带走，或是大清早在小报上看到了他们阴郁的大头照，如此种种丝毫都没能动摇她的信念。她坚信，一定是因为他们懂得太多了，这个社会才会跟他们过不去，要把他们抓起来。一定是这样的。

时间快进到两周前，她在《纽约市》上看到了瑟克尔先生贴的广告：

> 欢迎来到火星！只消在瑟克尔汤池中心休整一周，便可以前往太空，展开你人生中最最奇妙的探险之旅！免费领取活动手册《更近我主》。现更有往返票优惠价。

"往返票，"贝洛斯太太心说，"可是见过上帝之后，谁还会想回来？"

她赶紧买了张票，先到了火星上。瑟克尔汤池的楼外挂了个大牌子，闪着一行大字：瑟克尔的飞天火箭！她在这里度过了平平淡淡的六天，每天用清水沐浴，顺便洗去自己的担忧。现在，她已经等不及要登上瑟克尔先生的独家私人火箭，像子弹出膛那般蹿入太空，飞越木星、土星、冥王星。那样，谁敢说不是离上帝越来越近了呢？啊，多么美妙！你已经能感受到他的临近了，是不是？感知到他的气息、他的目光、他的存在？

"我准备好了，"贝洛斯太太说，"别看我这把老骨头颤颤巍巍的，只消上帝一召唤，我照样能响应无误。"

终于到了第七天,当她迈着小碎步走上楼时,突然心生若干疑点。

"首先,"她大声把内心芥蒂一股脑儿倒了出来,虽然只是说给自己听,"火星这里的条件可不如他们吹得那么好。我的房间小得就是个蜗牛壳,泳池硬件完全跟不上,不过话说回来,这一个个骨瘦如柴的老女人有几个真想游泳的?最后的最后,整个汤池中心闻起来都是水煮卷心菜和网球鞋的怪味!"

她有些烦躁地拉开前门,任由其砰一声合上。

中心里的其他女人让她很是惊异,每个人都和自己一样面孔苍白松弛,长着鸡爪般瘦削的手,脖子上挂满叮当作响的项链。那感觉就像是步入了一个镜子迷宫,一次又一次地与自己相遇。她望着眼前自己的映象接连飘过,伸出手去摸,结果发现并不是镜子。面前站着的分明是另一位女士,她摇了摇手指对贝洛斯说:"我们在等瑟克尔先生。嘘!"

"啊……"大家一齐小声叫了起来。

天鹅绒帷幔拉开了。

瑟克尔先生从幕布后现出真身,看起来异常平静。他有着一对埃及人的眼眸,深邃的目光扫过在场的每一个人。不过他给人的感觉也并非那么冷若冰霜。若是有只毛茸茸的小狗蹦到他大腿上,或是钻到他环抱在胸前的双臂中,抑或是跳上他的后背,总觉得他还是会说声"嘿!",而后应该会挂着一丝难以捉摸的笑容迅速移步到隔壁房间去。

贝洛斯太太总认为瑟克尔先生的出场应该伴随铜锣锵的一声巨响。这种念头通常只是隐秘地在脑海中一闪而过,她差点就抓不住了。瑟克尔先生那双水汪汪的深色大眼睛清澈透亮,简直太不真切。有位老妇人曾经开玩笑说她看到蚊子成群结队在他眼睛上方盘旋,就像是被深桶里积攒的夏日雨水给吸引了过来。有时贝洛斯太太能从他那整整齐齐有棱有角的西装上闻到樟脑丸和蒸汽熨烫过的味道。

贝洛斯太太这一生命运多舛,全靠自我安慰支撑下来。所以即便心存疑虑,她还是很快打消了这种想法。"这次总该是真的了。这次一定会成功的。我们不是有艘火箭吗?"

瑟克尔先生鞠了个躬,猛地换上一副古怪做作的笑容。在场的老妇人们望着他张大嘴欲言又止的样子,略感不妙。

没等他开口,贝洛斯太太就明显感觉到他在心里对词句精挑细选加以润色,好确保接下来的一切不出岔子。她咬紧了牙关,心脏顿时揪成一团,化成了一只愤怒的拳头。

"朋友们,"瑟克尔终于开口了。在场所有人的心都一下子凉了半截。

"不!"贝洛斯太太抢先惊呼道。她已经能设想到即将扑面而来的坏消息,那感觉就像是自己被绑在了铁轨上,眼看着火车巨大的轮子碾过来,只听得汽笛尖啸,却无能为力。

"我们的原计划有些延误。"瑟克尔说道。

话音刚落,女士们就纷纷从椅子上站了起来,一个个气得发抖,纷纷表示抗议。

"不会耽搁太久的。"瑟克尔举起双手轻轻挥舞。

"要多久?"

"一周而已。"

"要一周?"

"是这样。不过你们可以在汤池中心多待七天,不好吗?一点小小的延误罢了，也不会影响最终的结果，不是吗？你们都等了一辈子了，再多等几天怕什么。"

我们可是付了二十美元一天啊，贝洛斯太太冷冷地想。

"出什么问题了？"有个女人高声质问。

"有点法律上的小麻烦。"瑟克尔答道。

"我们真的有火箭吧，是不是？"

"呃，是——是的。"

"但我已经在这儿等了一整个月了，"一个老太太开了口，"每次都是延误，延误！"

"没错！"大家附和道。

"女士们，女士们……"瑟克尔嘟哝着，笑得还是很平静。

"我们要看火箭！"贝洛斯太太冲到前头，挥舞拳头示威，像在挥一个玩具榔头。

瑟克尔看了看大家要吃人的目光，恍惚间觉得自己像是个误入白化食人族的传教士。

"好吧，现在……"他只得回应。

"对，就是现在！"贝洛斯太太喊了起来。

"我怕——"他又开口道。

"我也很怕！"她打断，"所以我们得亲眼看看飞船！"

"不，不，您听我说，这位——"他打了个响指表示自己忘了她叫什么。

"贝洛斯！"她气得大叫。本来她个头很是娇小，无奈长久以来的怨气在体内越攒越多，终于没能忍住一下子迸发了出来。她的脸颊热得发烫，口中恸哭不止，那声音就如同工厂里凄切悠长的汽笛。她冲上去抓住他，像一只发疯的狐狸犬，差点就要用牙咬他。除非他死了,否则她绝不会也不想放过他。其他人紧随其后围了上去,那场景简直与恶犬出栏如出一辙。上一分钟他们还在扭捏说笑、对他吐露心声,下一分钟已经将其团团围住,扯着他的衣袖,把他吓得够呛,那埃及人眼神中自带的镇静消失得无影无踪。

"这边走!"贝洛斯大喝一声,有如拉法基夫人[①]再世,"从后面绕过去!我们为了这飞船已经等了太久。每天他都想方设法拖延,每天我们都在无尽等待,是时候去看一看了。"

"别,别啊,女士们!"瑟克尔惨叫着上蹿下跳。

可根本没人理睬他。大家来势汹汹,如决堤的洪水将这个可怜的家伙卷挟其中,直冲过后台出了门。待穿过一片棚子,眼前豁然开朗,映入眼帘的是一座废弃的体育馆。

"看那儿!"不知谁叫道,"是火箭。"

一片死寂,没人敢开半句玩笑。

火箭就在眼前。

贝洛斯望着它,不由松开了紧紧拽着瑟克尔衣领的手。

那火箭看上去像是个砸烂了的铜锅,上上下下布满数不清的裂缝和凸起,里里外外全是生锈的管道和肮脏的风扇。舱门上蒙着厚厚一层灰,如同盲人的眼睛。

全场不禁哭号一片。

"这就是至高荣耀号?"她惊叫起来。

瑟克尔点点头,埋首盯着自己的脚尖看。

"我们每个人各自付了一千,大老远跑来等着去火星,等你

[①] 拉法基夫人,19世纪法国贵族,用砒毒死了破产的丈夫,成为当时公众热议的人物。

带我们登船去找上帝，结果你就给我们看这个？"贝洛斯太太难以置信。

"为什么会这样，这东西简直还不如一袋干豆子值钱。"贝洛斯接着说。

"完全就是一堆破铜烂铁！"

破铜烂铁，每个人都跟着念叨，不由怒火中烧。

"可别让他跑了！"

瑟克尔企图冲破人群逃出去，然而四面八方的包围令他如同瓮中之鳖，顿时泄了气。

每个人都如无头苍蝇般绕圈踱步。整整五分钟，大家纷纷上前去伸手触碰抚摸那艘火箭，有人面露困惑之色，也有人泣不成声。那火箭，你可以说它是凹凸不平的水壶，也可以称其为上帝子民们的生锈容器。

"那么，"贝洛斯太太踏上火箭歪斜的门口，转身对下面的人说，"现在我们上当受骗了，我已经没钱回地球了。我更不好意思去找政府，告诉他们就是这么一个普普通通的人，轻而易举骗走了我们的毕生积蓄。我并不知道你们现在的感受，不过大家之所以来这儿，都是出于同一个原因。我今年八十五了，你已经八十九了，你也七十八了，我们大家都是奔百之人，地球于我们而言没什么值得留恋的，火星上也是一样。我们并不在乎多苟延残喘几天，否则也不会聚在此处。所以，我有个很简单的提议——让我们来赌一把吧。"

她伸手摸了摸火箭生锈的机体。

"这是我们的火箭。我们可是出了钱的。让我们一起出发吧！"

下面一阵窃窃私语，大家纷纷踮起脚，惊得合不拢嘴。

瑟克尔先生一下就哭了,那哭声倒还颇有感染力。

"我们要坐进这艘飞船,"贝洛斯太太很坚定,根本不理睬他,"我们要起飞,目的地不变。"

瑟克尔消停了很久才缓过来,说道:"但是这一切本来就是骗局啊。我根本就不了解太空,不过反正上帝也不存在。我骗了大家。我不知道上哪儿去找他老人家,想找都找不到。你们听信了我的话实在是太愚蠢了。"

"没错,"贝洛斯太太回应他说,"我们是蠢透了,这点我承认。但你也怪不了我们这些上了年纪的人,因为这主意本身是极好的。我们只是想要亲身靠近上帝,这才不是什么自欺欺人,反而是每个老年朋友最简单也最疯狂的梦想。即便知道可能性不大,每天也会想那么一想。所以,还愿意继续这场旅途的人,请跟随我上飞船。"

"你们不能飞!"瑟克尔阻拦道,"一来你少个领航员,再者,那飞船也飞不起来!"

"你,"贝洛斯太太命令他,"你来做领航员。"

她走进飞船,不一会儿,其他老妇人也争前恐后上来了。即便瑟克尔发疯似的挥着胳膊试图抵抗,还是被人流挤进了舱门,不出一分钟门就被合上了。瑟克尔被大家齐力摁在了领航员的位子上,耳朵里全是叽叽喳喳的说话声。每个人都分到了一顶额外供氧的特制头盔,这样一来,若是船体漏气,大家也不至于窒息。一番折腾之后,所有人终于都安顿好了。贝洛斯站在瑟克尔身后说:"先生,我们准备好了。"

他并没说话,只是睁大了水汪汪的黑眼睛看着大家,似乎在求情。但贝洛斯太太摇摇头毫不理会,指了指控制台。

"起飞。"瑟克尔终究拗不过,拉长了脸勉强表示同意。他拉动了手柄。

大家呼啦一下东倒西歪。火箭拖着内黄外红的长长尾焰飞离火星表面,发出巨大的噪声,如同一整个厨房都被扔下电梯间,各种金属器皿一通乱撞,似乎能听到液体沸腾的声音,还能闻到奇异的焦香,有点像橡胶,又有点像硫黄。船上的老太太们互相搀扶着唱起歌来,贝洛斯太太则在剧烈抖动的船舱里费力地向上爬去。飞船此时已到了载荷极限。

"瑟克尔先生,请向太空深处进发。"

"它撑不了多久的,"瑟克尔惋惜地表示,"这飞船已经快不行了,它就要——"

话音未落,火箭就爆炸了。

贝洛斯太太只觉得自己飘了起来,像个洋娃娃一样被甩来甩去,头晕目眩。她听到有人尖叫,看见飞船的残骸从身边一闪而过。

"救命,救命啊!"远处的瑟克尔在试图用无线电求助。

飞船瓦解成数以万计的碎片,船舱里总计一百位老太太被以和飞船相同的速度径直甩了出去。

而瑟克尔可能是因为所处位置的轨道不同,从飞船另一边被吹了出去。贝洛斯看到他离大部队越来越远,仍在不停尖叫,尖叫。

再见了瑟克尔先生,贝洛斯太太心说。

她很清楚他的下场。迎接他的就是无尽的高温,先是烧熟了,然后烧焦了,最后烧透了,烧得很透很透。

瑟克尔朝着的是太阳的方向。

而我们，贝洛斯太太接着想，我们会不断往外飞啊飞啊飞。

虽然周遭一切看起来像是静止了，但她知道自己正在以五万英里的时速飞快前行，并且会一直一直这么飞下去，直到……

她瞥见其他人正围着她转，每个人头盔里的氧气估计也只能维持几分钟了。大家都仰起脖子想看看自己正在朝哪儿飞。

当然，贝洛斯太太暗忖，是在飞往太空深处。飞啊飞，黑暗如教堂，星辰似烛光。到头来，我们与瑟克尔、火箭和谎言，都将回归上帝的怀抱。

那儿，没错，就在那儿。她不停地下坠，终于隐约看到了轮廓，那是上帝伸出了光芒万丈的手掌，探过来，托住她，抚慰她，就像安抚一只受惊的麻雀。

"我叫阿米莉娅·贝洛斯，"她竭尽全力，用最平静的语调说出这几个字，"我来自地球。"

他

刊于《颤栗冒险故事》(*Thrilling Wonder Stories*)
1949年2月
夏笳 译

哈特舰长站在火箭门里。

"为什么他们不来?"他问。

"谁知道呢?"他的副官马丁在一旁回答,"您别问我,长官。"

"见鬼,这到底是个什么地方?"舰长一边说,一边点燃一支雪茄。他把火柴随手丢在亮闪闪的草地上,草地着起火来。

马丁走过去,用靴子底碾它,想把火踩灭。

"别,"哈特舰长下令道,"让它烧嘛,说不定会有人跑来看看出了什么事呢,那群愚昧的蛮子!"

马丁耸耸肩,收回脚。火依然在草地里烧。

哈特舰长看了看表。"一小时前,咱们在这儿着陆,可是欢迎咱们的仪仗队在哪儿呢?有人吹吹打打奏乐吗?有人冲出来跟咱们握手吗？没有！连根毛都见不到！咱们可是不远万里，克服艰难险阻跑来的。这么颗没名没姓的小破星球，这么些傻兮兮的小村寨，这群土人，好家伙！竟敢无视我们！"他哼了一声，指尖敲打着表盖子。"也行吧，咱就再给他们五分钟，五分钟以后——"

"五分钟以后怎么办呢？"马丁望着舰长抖动的下颌问道，态度一如既往地恭敬。

"咱们就再飞到那些该死的村子上面去，吓他们个屁滚尿流。"舰长的声音渐渐平静下来，"你说呢，马丁，他们会不会压根儿没看到咱们来了？"

"不会的，长官，我看见他们抬头往上看来着。"

"那这些家伙为什么不一溜烟跑过来迎驾？难道真被吓着啦，躲起来啦？"

马丁摇摇头。"我想不是这么回事，长官，您拿起望远镜自己看看吧。那些人都照常在外面走来走去，不像是被吓着了。我觉得……好吧，我觉得他们只是不在乎似的。"

哈特舰长将望远镜举到自己疲惫的双眼前。马丁趁此机会抬起眼睛，仔细钻研着舰长脸上的沟壑纵横，里面藏着那么多恼怒、倦怠和焦躁，看上去像个一百万岁高龄的老头儿。一路上他几乎不吃不睡，操劳奔波，奔波操劳。他的嘴角在双筒望远镜下面抽搐着，显得又老又阴沉，却仍有种恶狠狠的劲儿。

"还真是，马丁。既然如此，咱们这又是着急个什么劲儿呢。造火箭啊，开飞船啊，跑这么大老远来找他们，结果呢？给咱来个视而不见！瞧瞧，瞧瞧那帮土人，还在那儿悠闲地溜达。这么天大的事儿，他们连点感觉都没有吗？这种鸟不生蛋的乡下地方,破天荒来了第一艘宇宙飞船,这种事儿他们一辈子碰见过几次?还是已经见怪不怪了?"

马丁回答不上来。

舰长满脸疲惫,将望远镜递还给他。"你说说看马丁,咱们为什么要费这老大劲?我是说,为什么要开着飞船跑来跑去。老是奔波在路上,老是找啊找啊没个完。身体里面老是绷着一根弦,连停下来歇歇的时间都没有。"

"也许是为了寻找平静吧,长官,还有安宁。显然地球上是找不到的。"马丁回答。

"当然没有,哪儿又有呢?"哈特舰长陷入了沉思,他的怒火渐渐平复,"至少从达尔文的时代开始,对吧?自从有进化论之后,咱们就再也不相信那些了,神也好,鬼也好,上帝的荣光也好,全都一去不复返了。所以你觉得这就是原因,对吧马丁?咱们飞向太空,是为了去别的星星上面寻找自己失落的灵魂,离开邪恶的地球,去找一个真正的应许之地,对不对?"

"也许吧,长官。我们肯定是在找什么。"

哈特舰长清了清嗓子,将背脊绷紧。"行吧,不过现在咱们要找的是这座小镇的镇长。跑起来,马丁,去告诉他们我们是谁。我们是来到第三星系 43 号行星上的首批探险者。哈特舰长向他们致敬,并希望面见镇长。快跑,马丁!"

"遵命,长官!"马丁说完,慢慢穿过草地离去。

"跑快!"舰长一声怒吼。

"遵命!"马丁连忙小跑两步,不一会儿又放慢脚步,偷偷对自己一笑。

舰长连抽了两根雪茄，马丁终于回来了。他站在火箭下面往门口那儿望，眼神涣散，身子晃晃悠悠，仿佛不能集中精神思考似的。

"怎么着？"舰长厉声喝道，"他们怎么说，到底来不来迎接咱们？"

"不，不来。"马丁一面说，一边歪斜斜地倚靠在飞船外壳上。

"为什么？"

"原因并不重要。"马丁说，"给我一支烟抽吧，舰长，求您了。"他手指伸过去摸着打开的烟盒，眼睛却依旧盯着远方金碧辉煌的城市看，眼皮眨个不停。然后他点燃一支香烟，狠狠抽了一口，站在那儿久久不说话。

"说话！"舰长又怒吼一声，"你说他们对咱们的船不感兴趣？"

"什么？哦，你说咱们的船？"马丁看了看手里的香烟，"是的，他们没兴趣。好像咱们来的时机不太巧。"

"不太巧！"

马丁耐心地回答："舰长，请您听我说。昨天这座城里发生了一件大事。是真正重要的头等大事，相比之下，咱们的到来就只能往后放放。对不起，我得坐下歇歇。"他站立不稳，一屁股坐倒在地上，用力地喘气。

舰长气呼呼地把雪茄咬在牙缝中间。"到底什么事？"

马丁抬起头，凑到指间点燃的香烟边上抽了一口，然后向着风中喷出烟雾。"长官，昨天，这座城里，有一位圣人现身了——他善良、聪颖、悲悯，拥有无穷无尽的知识与智慧！"

舰长恼怒地瞪着他的副官看。"这跟咱们有什么关系！"

"这不好解释，长官。可是他，他正是那个人，那个让这里的老百姓等了太久的人——或许有一百万年那么久。就在昨天，他走进了他们的城里，所以今天，长官，咱们的到来相比之下一点意义都没有了。"

舰长恨恨地坐下来。"到底是谁？阿什利吗？是他抢先一步把船开到这儿来，好跟我抢荣誉，对吧？"他一把抓住马丁的胳膊，脸色苍白而沮丧。

"不是阿什利，长官。"

"那就是伯顿了！是他，我就知道！是他偷偷抢到我前面来，破坏咱们今天的伟大登陆！我再也不相信这帮孙子了！"

"也不是伯顿，长官。"马丁神色平静。

舰长一脸疑惑。"那还能是谁？总共就三艘火箭，咱们打头阵。这家伙，这个比咱们抢先一步的人，他是谁，叫什么名字？"

"他没有名字，长官。他并不需要名字。不同星球上的人们用不同的名字叫他。"

舰长瞪着副官，眼神又凝重，又怀疑。"那么，这家伙到底干了些什么事儿，骗得那帮土人们五迷三道，连咱们的飞船都不想看一眼？"

"譬如说吧。"马丁镇定地回答，"他治愈疾病，安抚苦难。他向那些伪君子和贪官污吏宣战。他坐在老百姓中间跟他们说话，整整一天一夜。"

"就这？有那么神吗？"

"够神了，长官。"

"我不懂。"舰长站在马丁面前,凝视他的脸和双眼。"你喝多了吧,我说?"他满面狐疑,然后退后两步。"搞不懂你在说什么。"

马丁又望向远方的城市。"长官,如果您不明白,那我是没法儿跟您说明白的。"

舰长跟随他的目光望过去。城市美丽而宁静,像一片桃源乡静卧在那里。舰长向前踱了几步,从嘴边拿下雪茄。他先是斜着眼瞟了瞟马丁,又转而瞟了瞟远方那些有着金色尖顶的建筑物。

"你是说……不可能……你说的那个人,他,他不可能是——"

马丁点点头。"正是他,长官。"

舰长默默立在原地一动不动,很久才从这静默中挣脱出来。

"我不信!"最终他说。

正午,哈特舰长急匆匆走进城市,陪伴他同行的有副官马丁,以及另一位扛着各种电子仪器的助手。每过一阵,舰长都会双手叉腰,一边摇头,一边爆发出几声大笑。

镇长站在他面前。马丁竖起一部三脚架,将一只盒子装上去,拧紧螺丝钉,然后打开电源。

"你就是镇长?"舰长伸出一根手指点了点。

"是我。"镇长回答。

那台精密的仪器竖立在两人之间,马丁和助手在一旁紧张地调整控制着。三脚架上的盒子可以将任何一种语言都瞬时翻译过来。那声音弥散在柔美的小镇空气中,听上去脆生生的。

"关于昨天发生的事。"舰长说,"是真的吗?"

"是真的。"

"有目击证人吗?"

"有的。"

"能跟他们谈谈吗?"

"随便跟我们谁谈都可以。"镇长回答,"我们都是目击证人。"

舰长将头转向马丁,说了声"集体幻觉",然后又转回到镇长一边,继续问:"那家伙……那个陌生人,长什么样子?"

"他的样子很难描述。"镇长回答道,嘴角露出一丝微笑。

"为什么?"

"每个人看到的都或许有些不同。"

"我倒是想听听你的看法,先生。"舰长说,然后冲着马丁一声令下:"记录!"副官按下手中一只便携式录音器的按钮。

"啊,"镇长回答,"他高贵圣洁,宅心仁厚,他无所不知,无所不能。"

"啊 对,我知道,我知道。"舰长晃了晃手指,"不过太笼统了,我想听点具体的。他究竟长什么样子?"

"我想这并不重要吧。"舰长回答。

"非常重要。"舰长斩钉截铁地说,"我要你详细地描述一下那家伙的长相。如果你说不清楚,我还会去问别人。"他又转向马丁:"我敢肯定,一定是伯顿,准是他搞的鬼。"

马丁没有看他的脸,而是冷冷地站在一旁不说话。

舰长打了个响指。"听说那家伙……给人治病来着?"

"治好了很多人。"镇长回答。

"找一个人来让我看看?"

"请看吧。"镇长说,"我的儿子。"他向一个小男孩点点头,男孩走上前来。

"这孩子曾有一只萎缩的胳膊,让他饱受痛苦。现在你看他。"

舰长带着宽容的神色笑了笑。"是呀是呀,可这实在算不上多充分的证据。你瞧,我又没见过那条坏胳膊,只看到现在这条完完整整的好胳膊。这不能作为证明嘛。你怎么给我证明,这孩子的胳膊昨天是坏的,今天又好了?"

"我的话就是证明。"镇长简短地回答。

"我说兄弟!"舰长叫出声来,"你不能指望说什么我就信什么吧?耳听为虚,你说是不是?"

"那我很抱歉。"镇长抬头望着舰长,神情又是好奇,又有一丝同情。

"你有这男孩儿昨天之前的照片吗?"舰长又问。

片刻之后,一幅巨大的油画被搬了来,画上的男孩耷拉着一只萎缩的胳膊。

"老天爷呀!"舰长挥挥手让他们搬走,"画画谁都能画。画是可以骗人的,我想看的是这孩子的照片。"

没有照片。摄影术在当地社会并不是什么广为人知的技艺。

"也罢。"舰长叹了口气,脸颊抽搐一下,"这么搞是搞不出结果的,不如找其他人问问看吧。"他指向一个女人。"你。"

女人迟疑一下。

"对,就是你,过来。"舰长命令道,"跟我说说你昨天见过的那个奇人。"

女人神色镇静地看着舰长。"他走到我们中间来,是个好人。"

"他的眼睛是什么颜色的?"

"是太阳的颜色,是大海的颜色,是花的颜色,是山的颜色,是夜的颜色。"

"这就对了。"舰长摊了摊手,"看见没,马丁,全是一派胡言。那家伙是个骗子,跑到这些老百姓中间来,说些花言巧语,骗得他们神魂颠倒——"

"请您别说了。"马丁开口说道。

舰长退后一步。"什么?"

"您听见我说了什么,长官。"马丁回答,"我喜欢这些人,我相信他们的话。您有什么想法是您的权利,但请别说出来好吗。"

"你胆敢这么跟我说话!"舰长咆哮起来。

"我被您的专横霸道折磨够久了。"马丁回答,"可是,放过这些人吧。他们有真正美好的东西,可您却跑过来搅个底朝天,还嘲笑他们。是的,我也跟他们聊过天。我走过这座小城,看见人们的脸,他们脸上有你永远得不到的东西——那一点点单纯的信仰,有了它,一切艰难险阻都不在话下。可你,就因为有人比你先到一步,抢了你的风头,你就在这里乱发脾气!"

"我给你五秒钟时间闭嘴。"舰长斩断他的话头,"我懂,马丁,我懂,你是压力太大了。在太空里飘了几个月,你想家,你孤单。所以现在你的所作所为,马丁,我表示同情理解。你今天的小小顶撞就这么算了,我当作没看见。"

"可是您的小小蛮横我不能当作没看见。"马丁回击道,"我不干了,长官。我要留在这儿。"

"什么?不行!"

"不行?您可以试试看行不行。我要找的东西就在这里,过去我不知道,但现在,没有错,它就在这里。带着您的满肚子坏水儿走吧,离开这儿,去别的地方搅个翻天覆地吧,用你的怀疑精神,还有你的——你的科学主义!"他迅速看了看四周。"这些人,他们拥有如此神圣的体验,可您的科学脑袋却好像完全没办法理解,甚至不明白我们是有多幸运,才能恰恰在这个时候赶到这儿来。"

"他也曾到过地球,也曾在那旧世界里走过,那之后两千年,人们一直在讲述他的故事。我们每个人都想亲见他,聆听他,却再也没有机会了。可是今天,此时此地,我们和他之间的距离不过区区几个小时。"

哈特舰长看着马丁的脸。"你嚷嚷得像个小屁孩儿,闭嘴。"

"我不在乎。"

"行吧,可我在乎。当着这群土人的面,咱们得保持点尊严。别犯神经了,放松点,我说过我会原谅你。"

"我不要你的原谅。"

"白痴。难道你看不出来吗,这全是伯顿玩的花招。他把他们都骗了,耍得他们团团转,就是为了弄点石油弄点矿,为了霸占那点资源,他就装神弄鬼来蒙骗这些家伙。你个笨蛋,马丁,你个大笨蛋!地球人什么德行你还不知道吗?这帮孙子什么都干得出来——他们亵渎神灵,他们撒谎,行骗,他们偷东西,他们杀人放火,把一切坏事做绝。你知道的,马丁,你知道像伯顿这样彻头彻尾的实用主义者,为了目标可以不择手段!"

舰长重重地冷笑一声,继续说下去。"醒醒吧,马丁,承认吧,都是伯顿干的。他把这群村民牢牢攥在手里,给他们刮刮皮,擦擦光,等熟透了再一股脑儿往下摘。"

"不。"马丁摇头否认,但那番话却在他脑子里盘旋。

舰长举起一只手。"就是伯顿,就是他。他下流,无耻。我真得佩服这个老流氓,跑到这儿来扮圣人,弄点儿烟火,弄点儿光雾,说点软乎话,再来点爱的抱抱,这边搞点治病神光,那边擦点特效药膏。百分之百是伯顿!"

"不。"马丁的声音变得茫然,他闭上眼睛,"不,我不信。"

"你不是不信,是不愿意信。"哈特舰长穷追不舍,"承认吧,快承认!不过是伯顿罢了。别做梦了,马丁,天亮了,快醒醒!欢迎来到真实世界,快睁开眼看看,你和我,我们这些真实又肮脏的地球人,当然还有伯顿——他是最脏的一个!"

马丁转身要走。

"得了,得了,马丁。"哈特一下一下拍着马丁的背,"我懂的,对你来说打击太大了,我能理解。你伤心难过,无地自容,都是伯顿害的,那个无耻浑蛋。你可别往心里去,冷静点,都交给我吧,我来摆平。"

马丁朝着飞船的方向慢慢走去。

哈特舰长目送他离去。然后,他深吸一口气,转向先前那个女人。"行了,再跟我讲讲那个人吧。咱们刚才说到哪儿了,这位女士?"

天色渐晚,船员们把小方桌搬到外面,然后围坐在一起吃晚餐。马丁红着眼睛,对着面前的食物沉默不语,舰长则喋喋不休地跟他汇总自己收集来的资料。

"一共走访了三十多个当地人,全都是一样不咸不淡的鬼话!"舰长说,"绝对是伯顿干的,我敢肯定。或者明天,或者下个星期,他就会杀个回马枪,给他自己搞的那些神迹再添些砖加些瓦,好让咱们一张贸易合同也签不下来。看来我非得跟上去,想个法子戳穿他的诡计不可。"

马丁垮着一张脸,抬起眼睛瞥了一眼。"我要杀了他。"他说。

"嘿,嘿,马丁!得了,别冲动,孩子。"

"杀了他——帮我一把,我一定得杀了他。"

"咱得给他使个绊才行。你得承认他够聪明,虽然一点廉耻都没有,可是够聪明。"

"他卑鄙下流。"

"答应我孩子,别做傻事。"舰长一边说,一边看着面前的图表,"根据我的调查,一共发生了三十桩被治愈的案例,一个瞎子重见光明,还有一个麻风病人也好了。嘿,伯顿真能干,了不起。"

信号钟声响起。过了不一会儿,一个人跑过来。"舰长,长官,有报告!伯顿的船正在降落,还有阿什利的船,长官!"

"瞧瞧!"哈特舰长敲着桌子,"豺狗来找它们的猎物了,这群喂不饱的畜生!瞧着吧,瞧他们先过我这关,这么大一块好肉,非得有我一份不可——必需的!"

马丁瞪着舰长,一脸反胃的表情。

"生意啊,我的孩子,都是生意。"舰长说。

大家都抬起头来看。两艘火箭摇摇摆摆地从天上往下落。

火箭着陆时,几乎要撞在地上。

"那群蠢货,脑子进水了吗?"舰长咆哮着跳起来。一群人穿过草地,向着烟雾蒸腾的飞船跑过去。

舰长第一个跑到伯顿的飞船下面。船上的空气闸门向外弹开。

一个人连滚带爬掉出来,被外面的人接住。

"什么情况?"哈特舰长大吼。

那人躺在地上,大家俯下身来看,发现他被烧伤得非常厉害。他的身上伤痕累累,一片一片发炎红肿,还冒着烟。他抬起膨大的眼球往上看,厚厚的舌头在干裂的嘴唇中间缓缓蠕动。

"到底怎么啦?"舰长跪在地上,狠狠摇着他的胳膊。

"长,长官……"那濒死的人低声喘息着,"四十八小时之前,在DFS-79星区,第一星球附近,我们的船,还有阿什利的船,遇到了一场宇宙风暴,长官。"他的鼻孔里流出灰白的液体,嘴角滴着血。"全完了,全体船员。伯顿死了,阿什利一小时前也死了,只有三个人活下来。"

"听着!"哈特俯下身,对着那流血不止的人大吼大叫,"你们之前真的没来过这儿吗?真的吗?"

一片安静。

"说话!"哈特又喊。

那人终于开口了。"没,没有……风暴……伯顿两天前就死了。六个月来,这是第一次着陆。"

"你说真的吗?"哈特奋力摇晃那人,攥紧他的手,"没搞错吗?"

"是的,是真的……"那人喃喃道。

"伯顿两天前就死了?你肯定?"

"肯,肯定……"那人的声音慢慢低下去,头向前一垂。他死了。

舰长跪在那具安静的尸体旁边。他的脸在颤抖,肌肉不自觉地抽搐。其他船员站在他身后，默默低头看着。

马丁耐心等着。终于，舰长要求他帮忙把自己扶起来。马丁照做了。

他们站在那儿，一起望向远方的城市。

"难道说……"

"什么？"马丁问。

"我们是唯一一批到过这儿的地球人。"舰长喃喃道，"而那个人，他——"

"他怎么了，长官？"

舰长的脸依旧不自觉地抽动着。他这会儿看上去衰老而苍白，双眼呆滞无光。他向着干草地里走去。

"快来，马丁，来。扶我一把，拜托了，扶着我，不然我要倒下去了。快点。咱们不能浪费时间——"

他们跌跌撞撞，连滚带爬，朝着小镇进发。干草地一望无际，在晚风中摇荡。

几个小时后，他们来到镇上的礼堂里，成百上千人进进出出，相互交谈。舰长始终坐在那儿，默默地听啊，听啊，脸色枯槁如灰。那么多张脸上，洋溢着那么多幸福的光芒，他们交头接耳，谈论着神迹。他不能够再忍受这一切了。他的两只手在膝盖上抽搐个不停，又颤抖着移动到腰带上。

终于一切都结束了。哈特舰长找到镇长，眼里闪着奇怪的光芒。

"你一定知道他去哪儿了，对不对？"

"他并没有说过自己会去哪儿。"镇长回答。

"会不会去了附近别的星球?"舰长再三地问。

"不知道。"

"你一定知道。"

"你看到他了吗?"镇长指了指人群。

舰长扫视了一圈。"没有。"

"那么他或许是走了。"镇长说。

"或许,或许!"舰长有气无力地嘶叫着,"是我错了,大错特错,现在我想见他。为什么,我刚刚才明白过来,这是千年难得一遇的神迹,竟然被我赶上了。为什么,千百万个星球中,我们恰好来了这一个,他前一天刚走,我们后一天就到了,这是亿万分之一的机会!他去了哪里,你一定知道!"

"每个人都会用自己的方法找到他。"镇长声音轻柔地回答。

"你把他藏起来了,对不对!"舰长的脸色越来越难看。长年累月积攒下的专横一点点重新爬回心中,他站起身来。

"没有。"镇长说。

"你知道他在哪儿,对吧?"舰长的手指哆哆嗦嗦向着右边腰里摸去,他的手枪套挂在那里。

"我没办法告诉你他的准确位置。"镇长回答。

"我劝你最好老老实实开口。"舰长一边说,一边摸出一支小小的手枪。

"那是不可能的。"镇长说,"我真的没法跟你说。"

"骗子!"

镇长看着哈特,脸上浮现出悲悯的神色。

"你太累了。"他说,"你在路上漂泊得太久了,你和你的同胞们,在一条失去信仰的路上走了那么久,你们都累了。现在你又希望能够追寻他,这希望如此炽烈,反而绊住了你自己的脚步。如果你开枪,一切只会变得更艰难,更痛苦。如果走错了路,你就再也见不到他了。"

"他去哪儿了?他一定跟你说过,你知道的。嘿,来吧,告诉我!"舰长挥舞着手枪。

镇长摇了摇头。

"说!说!"

枪响了一声,两声。镇长应声倒下,他的胳膊受了伤。

马丁向前一跳。"长官!"

枪口指向马丁。"别挡路!"

镇长坐在地板上,捂着受伤的胳膊,抬起头。"放下你的枪。你在伤害你自己。过去你从来都不信他,现在你以为自己信了,却又为了这信仰伤害别人。"

"我不需要你。"哈特站在他面前说,"如果我在这儿落后了他一天,我就去下一个星球找,然后下一个,然后再下一个。或许下一个星球,我只与他相差半天,再下一个,或许相差半天的一半,再下一个两小时,再下一个一小时,再下一个半小时,再下一个一分钟。那之后总有一天,我会追上他!听见了吗?我会追上他!"他一边叫喊,一边不耐烦地向着坐在地上的人俯下身。他摇摇晃晃,精疲力竭。"来吧,马丁。"他让枪悬在手里。

"不。"马丁说,"我要留在这儿。"

"你个蠢蛋。喜欢就留下吧,我可要走了,带着大家一起走,越远越好。"

镇长抬头看着马丁。"我没事的,走吧。其他人会照顾我。"

"我会回来的。"马丁说,"我走到飞船那儿就回来。"

他们迈着急匆匆的步伐穿过城市。舰长表现出钢铁般的意志,挣扎着一步一步往前走。终于他走到火箭旁边,用颤抖的手用力拍打着外壳。他把手枪塞回皮套里,看着马丁。

"怎样,马丁?"

马丁也看着他。

"怎样,长官?"

舰长双眼望着天空。"确定你不想……不想跟我……跟我一起走,是吧?"

"不,长官。"

"那会是多么伟大的冒险,上帝保佑。我一定会找到他的,我知道。"

"您是下定决心了,是吧,长官?"马丁问。

舰长的脸颊颤抖着,双眼紧紧闭上。"是的。"

"我还想知道一件事。"

"什么事?"

"等你找到……如果……你找到他的话,长官,"马丁问,"你想从他那儿得到些什么呢?"

"我——"舰长声音颤了一下,睁开眼睛。他的双手握紧又放开,他茫然了片刻,然后突然蹦出一个古怪的笑容。"我会对他说,给我一点点平静与安宁吧……一点点就好。"他把手放在火箭外壳上。"太久了,太久,太久,太久了……太久都在赶路,太久没有休息。"

"从来没有试着停一停吗,长官?"

"什么意思,我不懂。"哈特说。

"没什么。再见吧,长官。一路顺风。"

"再见,马丁副官。"

全体船员都站在港口。只有三个人跟随哈特舰长而去,剩下七个人,他们自己决定跟着马丁留下来。

哈特舰长从高处俯瞰着他们,迸出一句结论。"一群笨蛋!"他最后一个爬进气密闸,向下面的人匆匆行了个礼,然后哈哈大笑起来。门砰的关上。

一柱火焰腾空而起,飞船升入天空。

马丁望着它渐渐消失在天边。

镇长站在草地尽头,由几个人搀扶着。他向马丁点了点头。

"他走了。"马丁一边说,一边走过来。

"是的,可怜的人,他走了。"镇长说,"他会一路走,一路找,从一个星球,到下一个星球。他会一次又一次迟到,一小时,半小时,十分钟,或者一分钟。也许最终他会落后仅仅几秒。也许再过很多年,等他终于走遍三百个星球,变成七八十岁的老头子,也许那时会把时差缩减到十分之一秒,然后百分之一秒,然后千分之一,然后万分之一……他会继续那么一路走,一路找,永永远远找下去,却不知他要找的东西早已被他甩在身后,在这颗行星上,在这座小镇里——"

马丁神色冷静地望向镇长。

镇长伸出手。"有谁怀疑过这一点吗?"他向其他人点了点头,转过身。"走吧,可不要让他久等。"

他们一起往镇子里面走去。

不速之客

刊于《惊悚故事》(*Startling Stories*)
1948 年 11 月
夏笳 译

索尔·威廉斯在静静的黎明里独自醒来。他倦倦地把头探出帐篷向外看，想着不知多远之外的地球。或许有一百万英里吧，或许。但那又怎么样呢？你对此无能为力。你的肺里满是血锈，你一直一直咳嗽个不停。

这个清晨注定有些特别，七点钟，索尔从床上爬起来。他又高又干瘪，被病痛折磨得骨瘦如柴。火星上的清晨静悄悄的，周围没有一丝风，干涸的死海平坦如镜，无声无息。太阳挂在空荡荡的天空中，明亮而冷漠。他洗了脸，吃了早餐。

那之后他坐在那儿，想着遥不可及的地球，感到自己是那么那么想要回家。日光一点一点移动，他尝试了各种办法，假装自己身在纽约城。有那么一两个瞬间，他调整坐姿，双手摆成某个特定姿势，感觉到熟悉的气息扑面而来，仿佛城市近在咫尺。然而其他大部分时候，纽约依旧在一百万英里之外，依旧那样遥不可及。

日光又移动了一段距离，索尔厌倦了想象，决定去死。他平躺在沙地上，命令自己的心脏停止跳动。但心脏依旧怦怦跳个不停。他想象自己坠下悬崖或者割开手腕，但又忍不住大笑起来——自己必然没有胆量做这样的事。

或许我可以用力缩成一团，然后用力想着去死，或许这样一觉睡下去，我就再也不会醒。他这样想着，也这样做了，然而一小时后，却再次睁开眼睛回到这个世界上，嘴里面满满都是血。他爬起来，一口一口把血吐掉，感到很是对不起自己。血总是这样流，从嘴里流，从鼻子里流，从耳朵里流，从指甲缝里流，要这样折腾一年以后，你才终于可以死掉。这种血锈病在地球上无药可治，唯一的办法，就是把你塞进一艘火箭，发射出去，放逐到火星上来，免得你留在地球上，把病传染给更多人。所以他才会在这里，此刻孤零零一个人，坐在火星上，血从嘴巴和耳朵里不停地往外流。

索尔眯起眼睛。远远地，在一座古代城市的废墟中间，他看见另一个人躺在脏兮兮的毯子上。

索尔慢慢走过去，毯子上的男人虚弱地支起身子。

"你好吗，索尔。"他说。

"又是一个早晨。"索尔回答，"天哪，我好孤单！"

"得了这病，就难免有这样的痛苦。"那人一边说，一边躺在毯子上一动不动。他整个人都是那样惨白，好像轻轻一碰就要灰飞烟灭似的。

"老天发发慈悲。"索尔低头看着那个人，"要是你多少能跟我说说话就好了。为什么但凡有点脑子的人都从来不得血锈病？我在这儿一个也没见到。"

"你就当成是专门冲着你来的阴谋吧,索尔。"那人一边说,一边疲惫不堪地闭上眼睛,仿佛连睁开的力气都没有了。"曾经我也有力气用脑子想想事情。可现在,随便想点什么都让我觉得累。"

"我只想咱们俩能说说话。"索尔·威廉斯嘟囔着。

毯子上的人只是冷冷地耸一耸肩。

"明天你再来吧。或许那时候我会长点力气,好跟你聊一聊亚里士多德。我会试试看,真的。"他在凋敝荒凉的树荫里躺下去,又睁开一只眼睛,"说起来,咱们曾经聊过亚里士多德来着,六个月前,那一天我状态还不坏。"

"是的。"索尔回答,却并没在听。他的眼睛望着死海,"有时候我宁愿自己跟你一样病得只剩一口气,或许那样我就可以彻底不再用脑子了,或许那时候我反而会平静些。"

"用不了六个月,你就会变成我现在这样。"那病恹恹的人回答道,"那时候你就什么都不想了,只剩下睡觉,睡了又睡。睡眠就像个女人,你总会回到她的怀抱,她是那样新鲜,那样甜美,那样忠诚可靠,她会永远爱你,照顾你,待你如同初恋。有时你醒来,仅仅是为了想念重回她怀抱的滋味。那种想念不知有多美妙。"那人说着,声音渐渐低沉下去,哑暗下去,终于再听不见了,只剩下一片微弱的呼吸声。

索尔转身走开。

沿着死海长长的海岸线一路前行,沿途尽是些昏睡中的人,他们蜷缩着身子,像是被巨浪抛到沙滩上的许多空瓶子。索尔看着他们的身影散布在干涸的海湾上。一个,两个,三个……人们各自孤零零地睡着,大多数人的状况都远比他要糟糕。每个人都守着自己贮存的一丁点食物,每个人都独自消磨着最后一点时光,交流与谈话都太耗费力气,相比之下,睡眠是多么的好。

起初有那么几个夜晚,人们会聚在一起点燃篝火。他们围坐在火旁彻夜聊着地球,也只聊地球。山村小溪里清澈的水,自家草莓派甘美的滋味,纽约城生机盎然的清晨,泽西港略带咸味的海风。

我思恋地球,索尔对自己说。这炙热的思恋让我痛苦,我思恋的对象注定永远可望而不可得。人人都思恋地球,人人都在这遥不可及的思恋中痛苦。华服美食,金银美女,全都非我所愿,我只想回地球。病成这副模样,什么样的女人都再也无福消受,但是地球,哦,家。那是来自心灵,而非这具病弱肉体的渴求。

一道金属光芒划过天空。

索尔抬起头来看。

那光芒又闪了一下。

一分钟后,火箭降落在干涸的海底。一道阀门打开,有个人走出来,手中提着行李箱。另外两个包裹在生化隔离服中的人陪同着他,从火箭里搬出许多封装好的食物,然后帮他支了一顶帐篷。

下一分钟,火箭重返天际。被放逐的人孤零零站在那儿。

索尔跑起来。他有好几周的时间没这么跑了。奔跑很耗费体力,但他只管一边跑一边喊。

"嘿,你好!"

他跑到跟前,新来的年轻人将索尔上下打量了一番。

"你好。这里就是火星了吧。我叫莱纳德·马克。"

"我是索尔·威廉斯。"

他们握了握手。莱纳德·马克非常年轻——或许才十八岁。有着漂亮的金发,粉红的面颊,碧蓝的双眼。尽管同样有病在身,他的气色却很是不错。

"纽约那边一切都好?"索尔问。

"自己看吧。"莱纳德·马克回答。他双眼看向索尔。

刹那间,纽约城像朵花一般,从暗红的火星沙漠中绽放出来。巨石翻滚,高楼林立,三月的风穿行其间。霓虹灯闪着五彩光芒,黄色出租车滑入静谧的夜。多少桥梁在午夜的港口起起落落,多少驳船唱着悠长的歌,亮闪闪的乐声中,多少幕布徐徐升起,把一座光怪陆离的不夜城隆重呈现。

索尔猛地用双手抱住头。

"不,等一等!"他哀叫一声,"我这是怎么了!我病了吗?我疯了吗!"

中央公园的树上又萌发了新叶,绿莹莹亮晶晶清凌凌。索尔在小径上踟蹰,闻着熟悉又陌生的空气。

"停下,停下,浑蛋!"索尔对着自己喊,双手用力按着前额,"不,这不可能!"

"好的。"莱纳德·马克说。

纽约城林立的高楼又落下了,火星重现眼前。索尔站在空寂的海底手脚瘫软,瞪着新来的年轻人看。

"你……"他把手向着莱纳德·马克伸过去,"是你干的,你用意念让我看到这些。"

"是我。"莱纳德·马克回答道。

他们默默站在那儿看着对方。突然间,索尔颤巍巍地冲上前,抓住对方的一只手摇了又摇。"哦,可是我太高兴了,你能在这儿,你想象不到我有多高兴!"

他们从小小的杯子里啜饮又浓又黑的咖啡。

已经是正午了,两个人在聊天中消磨了整整一个温暖和煦的早晨。

"所以说,刚才那些都是你的能力?"索尔从咖啡杯上抬起头来,一眨不眨地盯着年轻的莱纳德·马克看。

"不过是天赋异禀罢了。"马克回答,目光落进面前的咖啡里,"1957年伦敦大轰炸的时候,我妈妈正好赶上了,十个月后,她生了我。我不知道你怎么称呼我这种能力,心灵感应,或者传心术吧。过去我时常巡回演出,去全世界各个地方。'莱纳德·马克,心灵魔术师',广告牌子上总是这么写。我很受欢迎,大多数人都以为那不过是跑江湖的精妙把戏,你知道大家眼里的民间艺人是个什么形象。只有我知道自己身藏绝技,但却并不大肆张扬,或许这样反而更安全些。哦。只有一些最亲近的朋友知道我的秘密。即便现在到了火星,我依然有许多能力可以随时施展出来。"

"你刚才真把我的魂都吓出来了。"索尔手里死死抓着杯子,"纽约城从地下蹿出来那一瞬间,我真以为自己疯了。"

"那不过是一种催眠罢了,同时对所有的感觉器官催眠,眼耳鼻舌身意心,造出栩栩如生的幻觉。现在呢,现在你最想体验点什么?"

索尔放下杯子,试着控制住手不要颤抖。他舔了舔嘴唇。

"我想回到伊利诺伊州,回到梅林镇,那里有条小河,当我还是小孩子的时候,经常在那儿游泳。我想脱得赤条条的,跳到清凉凉的河水里去。"

"如你所愿。"莱纳德·马克一边说,一边轻轻动了动头。

索尔在沙地上躺平,闭上眼睛。

莱纳德·马克坐在一旁看着他。

索尔躺在沙子里,一次又一次摆动双手,兴奋地扭动着。他的嘴巴一张一合,喉咙一张一弛,从里面挤出各种声音。

接着,他开始慢慢划动双臂,出水,入水,出水,入水。他把脸一次次转到旁边去呼吸,他的胳膊在温热的空气里前后摆动,他的身体一点点扑腾着,搅动了身下的黄沙。

莱纳德·马克静静地喝完咖啡,一边喝一边看着索尔趴在干涸的死海海底,扭动着,喘息着。

"差不多可以了吧。"他终于说。

索尔坐起身来擦着脸。

过了好一会儿,他告诉莱纳德·马克说:"我看见了那条小溪,我沿着岸边跑了一阵,然后把身上的衣服一件件脱下来。"他气喘吁吁,脸上挂着难以置信的笑容,"然后我一个猛子扎进水里,在里面游来游去!"

"能为你做这些我很高兴。"莱纳德·马克说。

"给!"索尔把手伸进口袋,摸出最后一条巧克力递过去,"这个给你!"

"这是什么?"莱纳德·马克看了看索尔递来的礼物,"巧克力?别闹了,我做这些又不是为了报酬。只是想让你开心,仅此而已。把你的巧克力收回袋里去,小心我把它变成一条响尾蛇来咬你。"

"谢谢,谢谢你!"索尔收回巧克力,"你不知道我有多高兴,那水是多么清凉啊。"

他拿过咖啡壶。"再来点咖啡?"

索尔一边倒着咖啡,一边把眼睛闭上。

现在我有了苏格拉底了,他在心里对自己说。苏格拉底和柏拉图,还有尼采和叔本华。这家伙,像他自己说的,是个天赋异禀之人。他的能力,实在不可思议!想想未来我们可以在一起聊多少事,那些漫长而愉快的白天,那些凉爽的夜。想想生命中最后这一年,似乎倒也不坏。至少不太坏。

咖啡不知不觉溢了出来。

"怎么了?"

"没事。"索尔有些茫然,被那声音吓了一跳。

我们会在希腊漫步,他继续想着,在雅典卫城徜徉。愿意的话我们也可以去罗马,与那些伟大的诗人坐而论道。我们会一同登上帕特农神庙,或者埃及的阿克罗波利斯。除了聊天之外,我们还可以去那么多地方。这个天赋异禀之人,他有能力让这一切成真。当我们谈起拉辛的剧作时,他会变出舞台与演员,让一切幻境成真。天神慈悲,这不是我梦寐以求的生活吗!作为一个病人流落此地,不是比地球上健康却乏味的日子要幸福一万倍吗!有多少人有幸亲睹这一切,目睹公元前31年,一场希腊戏剧在圆形露天剧场里演出?

或许我还可以要求更多,低声下气,诚心诚意地哀求,求他召唤出那些伟大先哲的模样与声音,叔本华、达尔文、柏格森……哦,为什么不呢?我可以和尼采坐在一起谈谈悲剧,与柏拉图一起谈谈理想国……

只有一件事。索尔心中突然一动。其他人。那些躺在海滩上病得奄奄一息的人。

远远地,他看见那些人正向这边走来。他们必然是看见了火箭,看见它飞临,降落,放下一名乘客。于是他们拖着病体,摇摇摆摆地挣扎着往这边走了来,来向新来者表达一点善意。

索尔感到浑身发冷。"嘿,"他突然说,"马克,我想我们最好离开这儿,往那边的山里去。"

"为什么?"

"看见那些人了吗?他们正往这边走,其中好些人脑子都有问题。"

"是吗?"

"当然。"

"是孤独和病痛把他们折磨疯的吗?"

"是的,是的。我们最好赶紧走。"

"他们看上去并没有多危险嘛,瞧他们,走得好慢。"

"到时候你准吓一跳。"

马克看了一眼索尔。"你在发抖。为什么发抖?"

"没时间说闲话了,快跟我来。"索尔飞快地爬起来,"想想看,他们一旦发现你的能力,场面会有多可怕?他们会为你大打出手,会相互残杀,甚至连你也杀掉——只为了争夺能占有你的权利。"

"是吗,可我并不属于任何人啊。"莱纳德·马克回答。他又看了一眼索尔。"当然,也不属于你。"

索尔猛地一晃脑袋。"不,我根本没想过要占有你。"

"现在呢？现在也没有？"马克笑道。

"没时间争论这些了。"索尔急匆匆地回答，他双颊发烫，眼睛闪着光。"快跟我走！"

"我不想走。我愿意坐在这儿等他们来。或许你是有点太贪心了，不管怎样，我的生活我自己做主。"

索尔感觉到内心深处某种阴暗怨毒的东西涌出来，他的脸孔有点扭曲。"你听见我的话了，走！"

"你变了，为什么，这么快你就从我的朋友变成了敌人。"马克盯着他看。

索尔向他挥出一拳，干净利落的一拳，向他脸上落去。

马克轻轻一闪躲到旁边，大笑起来。"哦不，别对我这样！"

顷刻间他们来到时代广场的正中央，周围车马轰鸣，刺耳的喇叭声穿透鼓膜，高楼大厦拔地而起，直刺蓝天。

"骗子，都是假的！"索尔嘶吼一声，在各种幻境的压迫下摇摇晃晃站不定。"看在上帝的分上，别这样，马克！那些疯子就要来了，他们会杀了你！"

马克气定神闲地坐在人行道上，看着他的恶作剧发笑。"来吧，让他们来，我可以好好逗他们玩玩！"

纽约城的景致令索尔分心，原本也就是为了分他的心。那无与伦比的邪恶的美，他有太久没有见到，他的全部注意都被吸了进去。他再没有精力攻击马克，只能站在那儿，深深陶醉于熟悉而又陌生的美景中。

他闭上眼睛。"不。"然后他晃晃悠悠跌倒在地，拽着马克跟他一起跌进沙地里。汽车的喇叭声在耳边呼啸，急刹车的尖叫响个不停。他狠狠一拳揍在马克下巴上。

一片寂静。

马克躺在地上昏了过去。

索尔将那具毫无知觉的身体夹在臂弯下，拼尽一切气力撒腿便跑。

纽约城再次消逝了，只剩下死海里空旷无边的寂静。其他人慢慢逼近，索尔带着他宝贵的猎物向着远山跑去，带着怀中满满一座纽约城，带着绿意盈盈的乡村，带着早春三月的风，带着多年未见的老友。他摔倒了一次，又挣扎着爬起来。他不顾一切地跑啊跑，一刻也不敢停。

夜色在岩洞里蔓延。风呜呜地四处游荡，撕扯着小小的火堆，又把烟尘弥散在空气中。

马克睁开双眼，发觉自己被绳索牢牢捆着，身子斜倚在干燥的岩壁上，面朝着火堆。

索尔又将一根木柴塞入火中。他神情紧张地一次次向洞口张望，眼神像猫一样闪烁。

"你这笨蛋。"

索尔动了动。

"没错。"马克继续说，"你这个大笨蛋。他们迟早会找到我们的。就算要一刻不停地搜索六个月，他们最终也会找到我们。刚才他们已经远远看见了纽约城的幻影，看见我们两个站在中间，好像海市蜃楼。要是这样他们还不好奇，不追着我们留下的痕迹一路找过来的话，怕是连你自己也不信吧。"

"我会带着你继续转移的。"索尔一动不动盯着火堆看。

"他们也会继续追。"

"闭嘴!"

马克微微一笑。"你跟你老婆也这么说话吗?"

"我说了闭嘴!"

"哦,咱们两个倒真是天生一对,你的贪婪,加上我的超能力。现在你又想看点什么?再来点幸福的童年时光怎么样?想要吗?"

汗珠从索尔的眉毛上滚落下来。他不知道眼前这个年轻人是开玩笑还是认真的。

"要。"他回答。

"没问题。"马克说,"看好了!"

火焰从岩石中喷溅出来,腾起呛人的硫黄烟雾,一块块硝石与硫黄在空中炸开,震荡声冲击着整座岩洞。索尔跳起来,一边咳嗽一边跌跌撞撞摸索,浑身烟熏火燎,仿佛置身地狱!

刹那间地狱散去,岩洞重现。

马克哈哈大笑。

索尔站在他面前。"你……"他俯下身子,声音冷酷。

"还想要点什么?"马克叫起来,"把你绑起来带走,让年轻聪慧的新娘独守空房,最终因孤单而发疯——你猜我喜不喜欢这样?"

"如果你发誓不逃跑,我就给你解开绳子。"

"我不发誓。我是自由健全的,我不听任何人的话。"

索尔跪下来。"但你必须听话,明白吗?你必须听话。我不能让你跑掉!"

"亲爱的老兄,你越是说这样的话,我就越疏远你。如果你能保持理智,像个明白人那样说话做事,我们还会是朋友。我会非常乐意为你效劳,变各种小把戏给你看,毕竟施这些法术对我来说不过是举手之劳。说实在的,我甚至能从中得到不少乐趣。可是你,是你把这一切都搞砸了。你希望我整个人都只属于你,你怕别人会把我从你身边抢走。唉,你真是大错特错。我有的是力量,能让每个人都满足。你本应该学会跟其他人分享我,就像分享公共厨房一样。我本该像神一样坐在你们这些孩子中间,把恩泽与光辉馈赠到每个人手里,享用你们感激涕零献上的小礼物,尤其是那一点点珍贵的食物。"

"对不起,对不起!"索尔连声哀叫,"可我太了解这帮家伙了!"

"你跟他们又有什么不同吗?没有!出去看看,我好像听见有人来了。"

索尔跑了出去。他站在洞口,双手搭在眼睛上,向着下方黑夜笼罩的山谷里张望。隐隐有暗淡的轮廓在黑暗中微动,或许那只是风从灌木丛中流过?他不禁颤抖起来,一阵细密而隐隐作痛的震颤在身体里蔓延。

"我什么也没看见。"他走回来,发觉岩洞里空无一人。

他瞪着火塘看。"马克!"

马克不见了。

空荡荡的岩洞里,只剩了大大小小的岩块与砾石,孤零零的火焰一跳一跳,耳边唯有风声叹息。索尔站在那里呆若木鸡,几乎不敢相信自己的眼睛。

"马克!马克!快回来!"

他的囚徒不知何时趁他不备,一点一点小心地弄松了绳子,又假装听到有人接近的声音骗他离开,趁此机会逃跑了。可是逃到哪儿去了呢？

岩洞很深，但尽头只有一面空荡荡的石壁。马克无处可藏，更不可能趁着夜色从他身边溜出洞口。究竟他能藏去哪儿？

索尔绕着火堆踱步。他拔出小刀，慢慢向着靠在岩壁边上的一块大石头走近。他一边笑，一边将刀尖抵在石头表面，又一边笑，一边轻轻敲打刀背。然后他握刀的手向后一收，准备用尽全力往石头里刺去。

"别！"马克的声音。

石头消失了，变回马克的模样。

刀锋停留在半空中。火光跳跃在索尔的面颊上，他的眼睛里闪烁着疯狂的光。

"这样可不行。"他低声说着，慢慢伸出双手放在马克喉头，十指一起用力收紧。马克不喊不叫，只是痛苦地在他指间抽动着。他的眼睛里有种冷冰冰的嘲讽神色，像是把索尔心中盘旋的那些话一字一句说了出来。

如果你杀了我，那双眼睛说，你梦想的所有东西也就随之而去。

如果你杀了我，那些清澈的溪流与水中游曳的鳟鱼也会随之而去。

杀了我，杀了柏拉图，杀了亚里士多德，杀了爱因斯坦。是的，把我们都杀了！

来吧，掐死我吧。就当我怕了你。

索尔放开双手，放开马克的喉咙。

一些影子不知不觉出现在洞口。

马克和索尔一起回头望过去。

有人站在那儿，一共五个。长途跋涉搞得他们筋疲力尽，气喘吁吁。他们站在篝火的光圈之外，默不作声地凝望过来。

"晚上好。"马克笑起来，"来吧，先生们，快请进！"

争吵与咆哮一直持续到黎明拂晓时分。马克坐在一群怒目相向的人中间，轻轻揉搓着被绑了太久的手腕。他变换出一间会议大厅，墙壁用桃花心木镶板装饰，正中摆放一张大理石圆桌。六个脸上留着大胡子的男人围坐在桌边，身上散发出汗水、贪婪与邪恶的气息，六双眼睛死死盯着他们想要瓜分的金银财宝不放，这场面看上去很是可笑。

"不如这样安排好了。"马克最终下了判决，"我会给你们排个日程表，每个人都能在某天的某个时间段里有机会与我共度，人人有份，人人平等。我会像城邦的共有财产一样为你们服务，大家遵守秩序，来去自由。这样够公平了吧。至于索尔嘛，他得被查看一阵子。什么时候他能证明自己重新变成一个遵纪守法的好公民了，我什么时候再给他一两次特殊对待。不过在那之前，他只好先轮空一阵子了。"

其他人冲着索尔阴森森地笑。

"我错了。"索尔喊道，"我那时候不知道自己在干什么，现在我已经全好了。"

"咱们观察观察再说。"马克回答，"不如先观察一个月吧，怎么样？"

大家又冲着索尔笑。

索尔无言以对。他坐在那儿瞪着地下看。

"让我再看看。"马克说，"星期一，星期一我是你的，史密斯。"

史密斯连连点头。

"星期二我会去彼得那儿,一个小时左右吧。"

彼得也点头。

"星期三,就你们三个一起吧。约翰逊,霍兹曼,再加上吉姆。"

剩下的三个人相互看了看。

"剩下的时间里,你们要严格保证能让我独处,听见了吗?"马克对所有人说,"知足常乐吧,再少也比没有好。要是有人不服,当心我彻底不干。"

"或许我们有办法,让你不干也得干。"约翰逊一边说,一边对上其他人的目光。"瞧,咱们是五个人,他只有一个人,咱们想让他干什么都行。要是咱们五个人联合起来,这儿就是咱们说了算。"

"别犯傻。"马克警告其他人。

"听我说。"约翰逊抢话道,"这家伙一直对咱们说他要怎样怎样,为什么不是咱们想怎样!明明咱们几个加起来力量比他大得多,对吧?他竟然还威胁咱们说要罢工!行啊,不如咱们试试看,弄些木条来夹他的脚趾头,或者找把烧红的钢刀来烫他的手指尖,看他还敢不敢说这话!要我说,还排什么时间表,应该每个星期的每天晚上都让他干活,对不对?"

"别听他的!"马克喊道,"他疯了,他的话完全不能信。你们都知道他会干什么,对吧?他会趁你们不备,一个一个把你们干掉。没错,他会把你们都干掉,直到最后只剩他一个人——他想独占我!别上当!"

其他人听着这些话,一会儿看看马克,一会儿看看约翰逊,眼睛眨巴个不停。

马克看到他们的表情,忙继续说下去。"眼下这个情况,你们决不能相信其他人。嘿,一群笨蛋还在这儿开什么会,一旦你粗心大意把背转过来,就会有人在上面狠狠插一刀。我敢说,照这样下去,你们所有人都活不过这个星期。"

一阵冷风吹进桃花心木大厅,把明亮的幻象吹散,现出冷冰冰的岩洞来。马克厌倦了他的小把戏。大理石圆桌化作飞溅的液体洒落满地,然后蒸腾消失在空气中。

六个人疑虑重重地盯着彼此看,又小又亮的眼睛像动物一样闪着光。马克说得没有错。将来会发生的事在他们每个人眼前呈现出来。出其不意,攻其不备,杀死别人或者被杀,只有活到最后的幸运儿能够独享战果,独享那个此刻正在他们中间走来走去的家伙。

索尔望着其他人,心中满是孤独与不安。一旦你犯下一个错误,想要弥补是多么的难啊,你想要认错,悔过,回到过去重新开始,但一切为时已晚。他们已经迷失了那么久,而现在却比迷失还要糟。

"还有一件事。"马克最后又说一句,"你们中间有人身上带着枪。其他五个人身上只有刀子,但唯独有一个人,我知道,他有枪。"

大家跳了起来。"搜!"马克喊道,"找出那个带枪的人,否则你们都得死!"

最后这句话收效显著。六个人跌跌撞撞乱成一团,不知道先从谁开始搜。六双手在空中乱抓,六张嘴狂乱地大呼小叫。马克站在一边,轻蔑地看着这群绝望的人。

约翰逊跌倒在地,他把手伸进夹克里摸索着。"妈的。既然如此,不如现在就来做个了断吧!"他说,"嘿,你第一个,史密斯!"

他开枪射穿了史密斯的胸膛。史密斯应声倒下,其他人哀号着四散开。约翰逊举枪瞄准,又是砰砰两声。

"住手!"马克大喊。

纽约城拔地而起,穿破岩壁,直刺苍穹。阳光闪耀,尖塔林立,升降机轰鸣如雷,港口的驳船拉响悠长的汽笛,那立在港口的绿色女神像高举火炬,眉目低垂。

"看哪,你们这群蠢货!"马克喊道。中央公园绽放出千万点新绿,暖风缭绕吹过草坪,送来刚修剪过的新鲜气息。

几个人都被这景色搞得目眩神迷,他们站在纽约城中央,跟跟跄跄,跌跌撞撞。约翰逊又开了三枪。索尔冲过去向前一扑,将约翰逊撞倒在地,用力扭住他的手腕。又是砰的一声。

大家都定住了不动。

三个人站着,索尔和约翰逊躺在地上,两个人停止了扭打。一阵可怕的寂静。大家站在那儿傻呆呆地看。顷刻之间,纽约城便向海里沉了下去。多少公园与高塔,多少港口与桥梁,多少朽坏的房屋与街道,多少难忘的旧时光,它们哀叹着,哭泣着,低语着,一点一点倾斜,扭曲,崩溃,倒塌。

马克站立在那些倾颓的高楼中间,一个整整齐齐的暗红色弹孔穿透了他的胸膛。他一个字都没说,便像座年久失修的老房子般倒下去了。

索尔趴在地上看着马克,看着他了无生气的尸体。

他支起身,看到枪在他自己手里。

约翰逊一动不动,他不敢动。

他们一起闭上眼睛,又一起睁开,幻想那个倒在他们面前的人会重新爬起来。

岩洞里冷得像冰窖一样。

索尔站起身来,漠然地看了一眼手里的枪。然后他走出去,把枪向着山谷里用力一扔,再也不看一眼。

五个人低头看着尸体,仿佛不能相信这一切。索尔俯下身,抓起一只松弛无力的手。"莱纳德!"他轻声唤道。"莱纳德?"他摇了摇那只手。

"莱纳德!"

莱纳德·马克一动不动。他碧蓝的双眼永远闭上了,消瘦的胸膛不再起伏。他的身子逐渐冷下去。

索尔站起来。"我们杀了他。"他自顾自地说了一句,并不看其他人。他的嘴里满是味道生涩的液体。"唯一一个不想杀也不能杀的人,被我们杀了。"他举起一只颤抖的手放在眼睛上。其他人沉默地站在一旁。

"找把铲子来。"索尔说,"把他埋了。"然后他转身离去。"从现在起,我跟你们再没有一点关系了。"

有人走出岩洞去找铲子。

索尔虚弱得几乎走不动路。他的双腿仿佛深深地长在地里,每一条根脉都浸透了孤独、恐惧和夜晚的寒冷。岩洞里的火几乎要熄灭了,这会儿只有两轮冷寂的月光,慢慢爬到幽蓝的群山后面。

身后响起铁铲与地面碰撞的声响,叮叮当当。

"其实我们压根儿就不需要他。"一个声音传来,有意讲得很大声。

叮叮当当的挖土声响个不停。索尔慢慢地走了很久,终于靠在一棵漆黑的大树边上滑坐下来,坐在冰冷的沙地上。双手茫然无措地放在两腿中间。

睡吧,他对自己说。现在我们一起睡去。不管怎样,我们还有那么多觉可以睡。睡吧,做个好梦,梦见纽约,梦见遥不可及的一切。

他倦倦地合上双眼,血依旧在流,流到鼻子里,流到嘴里,流到颤动的眼球中间。

"他是怎么做到的呢?"他用疲惫不堪的声音问自己,头一直低垂到胸前。"怎么把纽约变出来,还让我们在城里面四处走?或许我也可以,或许没那么难。使劲想!使劲想着纽约!"他喃喃着,渐渐陷入睡梦中。"纽约,中央公园,还有伊利诺伊州,春天来了,苹果花开了,小草也发芽了……"

但他做不到,只有马克有那样的能力。纽约一去不复返,他再也无法做任何事让它回来。从今往后,他还会日复一日独自醒来,会遥望着天空思念它,会走遍整片死海甚至整颗火星去寻觅它,永远永远寻觅,却永远永远遍寻不着。他会日复一日病弱下去,终有一天倒下,他会躺在那里没有力气动弹,只能拼尽最后一口气,心心念念想从回忆与梦中重现纽约。但他永远找不到它。

他渐渐睡去，只隐约听见铁铲叮叮咚咚，起起落落。多少高楼大厦，多少鸟语花香，多少晨雾，多少月光，多少旖旎多少芬芳，多少梦中的城市，多少千里之外的温柔乡，统统破碎了，消散了，崩溃了倒塌了灰飞烟灭了。埋葬了。

他在睡梦中哭了整整一夜。

图案人

刊于《时尚先生》(*Esquire*)
1950年7月
吕诗苑 译

"嘿,是图案人!"

伴随着一声蒸汽笛风琴声,威廉·菲利普斯·费尔普斯先生站起来,双臂交叉,高高站在夏夜的舞台上,一群人向他拥过来。

他自身就是一个完整的文明。在中心国,即他的胸膛,住着巨龙瓦斯蒂斯,乳头就是龙的眼睛,巨龙在他那近乎女人的乳房上盘成一个旋涡。他的肚子上是一只长着眯缝眼的怪物,肚脐眼就是那张嘴巴,一张下流、干瘪的嘴巴,像巫婆的嘴一样没有牙齿。一些黑暗精灵潜伏在秘密洞穴中,比如他的胳肢窝,湿淋淋的,似乎慢慢渗出地下溶液,精灵嫉妒的目光射出来,穿透了疯长的杂草和攀吊着的藤蔓。

站在畸形秀的舞台上,威廉·菲利普斯·费尔普斯用身上的一千只孔雀般的眼睛睨视着下方。锯末草坪另一头是他的妻子丽莎贝丝,她站得远远的,负责把一张张票撕成两半,盯着来往男人的银皮带搭扣。

威廉·菲利普斯·费尔普斯的双手上文着玫瑰。看到他妻子的兴趣所在,伴随着渐渐消失的日光,玫瑰枯萎了。

一年前,当他领着丽莎贝丝走进婚姻登记处,看着她在表格上慢慢写下自己的名字时,他的皮肤上还什么都没有,干净白皙。在突来的惊恐中,他低头看看自己。现在的他就像一大幅油画,在夜风中颤抖!这都是怎么发生的?一切从何而起?

一开始是几次口头争执,然后开始动手,然后这些图案就出现了。许多个夏日,他们争吵至深夜,她就像一支黄铜小号,永远在冲他嚷嚷。于是,他跑出去吃了五千个热气腾腾的热狗、一千万只汉堡包、一片森林那么多的绿洋葱,喝掉的橙汁能装满好几个红海。薄荷糖塑造了他雷龙般的庞大身躯,汉堡包打造出他如气球般的肥肉,草莓汽水随着他心脏的跳动恶心地在瓣膜间进进出出,直到他重达三百磅。

"威廉·菲利普斯·费尔普斯,"婚后第十一个月,丽莎贝丝冲他说,"你真是又蠢又胖。"

同一天,演出团老板递给他一个蓝色的信封。"抱歉,费尔普斯。你这全身肥膘对我可是一点用也没有。"

"我不一直是您的最佳演员吗,老板?"

"曾经是。现在再也不是了。现在的你闲坐着,根本无法完成工作。"

"让我当您的胖子。"

"我已经有一个胖子了。胖子不值钱。"老板上下打量着他。

"不过，这样吧，自从加勒里·史密斯去年死了，我们一直缺个文身人……"

那是一个月前的事了。短短四个星期。他听人说，远在威斯康星州有一个文身师，一个老女人，技艺精湛。只要他沿着这条泥路走，然后在河那儿右转，然后左转……

他穿过一片黄色草坪，草被太阳晒得干脆。一路上，红花盛开，被风压弯了枝，他来到一间看似经受过千年风雨的破旧木屋前。

门内是一间寂静无声的空屋子，里面坐着一位老妇人。

她的双眼被浸了树脂的红线缝了起来，鼻子用涂了蜡的黑色麻线封着。她的双耳也被缝了起来，像是有一只缝衣针般的蜻蜓封住了她所有感官。她坐在那儿，在这空荡荡的房间里，一动不动。尘土似一层黄色面粉覆盖了房间，很久无人踏足，上面没有脚印；如果她动过，会有痕迹，但她没动过。她的双手似单薄、生锈的乐器，交叠着。她的双脚光着，脏得像雨靴一样，脚边放着一些文身药水瓶——红色的、亮蓝色的、棕色的、猫黄色的。她就像一件被紧紧缝住的物什，包裹于低语与沉默中。

她只有嘴能动，没被缝起来："进来。坐下。太寂寞了。"

他没动。

"你是来文身的，"她的声音很尖，"我有幅图要先让你看看。"

她一根手指摸索到另一只伸出的手掌，轻点着。"看！"她喊道。

那是一幅威廉·菲利普斯·费尔普斯的文身画像。

"那是我！"他说。

她大喊"别跑"，他停在门边。

他握住门框,背朝着她。"你手上的是我,是我!"

"它已经文在这上面五十年了。"她像抚摸小猫一样抚摸着它,一遍又一遍。

他转过身。"这是一幅旧文身。"他缓缓走近,一点点向前移动,弯下腰,惊愕地看着它。他伸出一根手指,颤抖着扫过那幅图案。"旧的。这不可能!你不认识我。我也不认识你。你的眼睛又都缝起来了。"

"我一直在等你。"她说,"还有很多人。"她伸展手臂和双腿,像一张古董椅子。"我身上画的这些人,有些已经来找过我了;有些,得等到下一个世纪。而你,你现在来了。"

"你怎么知道那就是我?你又看不见!"

"你给我的感觉像狮子,像大象,像老虎。解开衬衫。你需要我。别害怕。我的针跟医生的手指一样干净。等我给你文完,我会再等下一位来找我。而某一天,也许是一百个夏天以后,我会到森林里躺下,躺在白色的蘑菇下,到了春天,除了一朵小小的蓝色矢车菊,再没有别的……"

他开始解袖子。

"我了解遥远的过去,认得清现在,甚至知道更遥远的将来。"她低声说着,眼睛看不见,但仰起脸,冲着那个她看不见的男人。"这一切就在我身上。我要把它也文在你身上。你将会是宇宙中唯一真正的图案人。我要给你永生难忘的特别图案。在你的皮肤上文出未来的图案。"

她拿着针扎向他。

既恐惧又兴奋,他当晚喝得烂醉回到演出团。啊,那个老巫婆用针在他身上文上颜色和纹样的速度是多么快。在被那银蛇叮咬了一个漫长的下午后，他的身体上文满了图案。他看起来像是被扔进印刷厂的钢辊间碾压过一样，出来时成了一张美妙的印刷页。他像穿着一件绘满了巨人和红色恐龙的衣服。

"看！"他冲丽莎贝丝叫道。她从化妆台前抬起眼，看着他撕开衬衫。他站在拖车里明晃晃的灯泡下，伸展那不可思议的胸膛。看，当他的二头肌收缩时，那些半少女半山羊模样的怪物随之跳动。看，他的下巴是迷失灵魂的国度。肥肉像手风琴一样折起，当他扬起或压下头时，数不清的小蝎子、甲壳虫和老鼠被挤压成一团，躲起来，藏起来，突然出现，又再消失。

"天呐，"丽莎贝丝说，"我丈夫成了个怪胎。"

她跑出拖车，剩他一个人在镜子前摆出各种姿势。为什么他要文这些东西？为了得到工作，是的，但最重要的是，为了藏住那身堆积在骨头上的厚厚的肥肉。为了用色彩和奇妙的图案藏起那些肥肉，为了不让他妻子看到那身肥肉，但最主要是，为了不让他自己看见。

他回想起老妇人最后说的那些话。她给他文了两处特别的图案，一个在他胸前，另一个在他背上。她没让他看这两处文身，而是用布和胶水把它们遮了起来。

"你不准看这两处文身。"她说。

"为什么？"

"稍晚些，你可以看。未来就藏在这些图案中。你现在不能看，不然就会毁了它们。它们还不是成品。我在你的血肉中注入了墨水，汗水会完成剩下的图案，也即未来——用你的汗水与思想。"她咧开没有牙齿的嘴巴，"下周六晚，你可以这样宣传：大揭露！来看图案人揭示他身上的图案！这样你能大赚一笔。向来看'大揭露'的人收入场费，就像美术馆一样。告诉他们，你有一处你自己都没见过的文身图案，一处没有人见过的图案，世上最不平常的图案，栩栩如生的图案，它能揭示未来。让鼓号声响起来。你将站在那里，揭开'大揭露'的面纱。"

"这主意不错。"他说。

"但只能揭示你胸膛上的图案，"她说，"那是第一步。你必须把背上的图案保存好，不要揭开上面的布，要留到再下一周，明白吗？"

"我要付你多少钱？"

"不要钱，"她说，"只要你带着这些图案，我便心满意足了，这就是我要的报酬。接下来两个星期，我会坐在这里，想着，我的图案是多么美妙，因为我让它们与每一个人、每一个人的内在相匹配。现在，离开这间房子，再也不要回来。再见。"

"来！大揭露！"

红色的标语在晚风中飘动：不寻常的文身人！一个绘满图案的人！比米开朗琪罗更伟大！就在今晚！入场费十美分！

期待的时刻已经来临。周六晚，观众的双脚在发热的锯末中搅动。

"还有一分钟，"演出团老板拿着纸板扩音器，"就在我身后的帐篷内，我们将揭示图案人胸前的神秘画像！下周六晚，同一时间，同一地点，我们将揭示图案人背上的图案！带上你的朋友一起来！"

一阵鼓声响起。

威廉·菲利普斯·费尔普斯向后一跳，消失了。人群拥进帐篷，一进去，便发现他出现在另一个舞台上，乐队吹奏起欢快的吉格舞音乐。

他寻找着妻子的身影，看见她隐在人群中，像个纯粹来看畸形秀的陌生人，脸上露出带着轻蔑的好奇表情。因为，毕竟，他是她的丈夫，她却不了解丈夫的这一面。意识到自己今晚成了这嘈杂的人群、狂欢世界的中心，他有了一种高人一等、暖洋洋、轻飘飘的感觉。就连其他怪胎——骷髅人、海豹男孩、软体人、魔术师，还有小丑——都分散在人群中看热闹。

"女士们，先生们，伟大的时刻到了！"

小号热烈地演奏起来，鼓槌密密落在紧绷的牛皮鼓面上。

威廉·菲利普斯·费尔普斯任由斗篷落下。明亮的灯光下，恐龙、巨人和美女蛇在他的皮肤上扭动着。

啊，人群中响起一阵低语，肯定从来没有过这样的文身人！野兽的眼中闪动着红蓝火焰，边眨边向四周转动；手指上的玫瑰凑成一束甜美的粉色花束；霸王龙在大腿上暴跳，帐内气氛热烈的号声仿佛就是这头红色怪物的史前呐喊。威廉·菲利普斯·费尔普斯先生就像一座突然活了过来的博物馆。鱼在铁青色的墨水海洋里游动，喷泉在黄色的太阳下闪烁，古老的建筑矗立在金黄色的麦子中，火箭在肌肉组织间燃烧。即使他的呼吸再轻微，也会在这个绘出的宇宙中引起骚动。在观众专注的目光中，他开始膨胀，他的骄傲散发出猛烈的热度，似一团火，直逼得众人退后。

演出团老板把手指伸到他胸膛的胶布上。观众冲上前去，在这似烤炉一样炙热的夜的帐篷里静静等着。

"真正精彩的这才开始！"演出团老板喊道。

胶布被撕开了。

有一瞬间，全场毫无反应。在那一刻，图案人以为"大揭露"是一次糟糕透顶、无法挽回的失败。

但接着，观众发出一阵低叹。

演出团老板退后两步，眼睛定住了。

过了一会儿，在远处，在人群外围，一个女人开始痛哭、抽泣，停不下来。

慢慢地，图案人低下头，看向自己裸露的胸膛和腹部。

目之所见，让他手上的玫瑰黯然失色。他身上所有的生物似乎都凋谢了，藏起来了，好像从他心脏中散发出北极般的寒冷，让这些生物结冰、枯萎。他站着，浑身颤抖。他的双手缓缓抬起，去触摸那不可思议的图案，那些活生生的会移动会颤抖的生命。那感觉如同窥向一间小屋子，看见了另一个人的生活，如此私密，如此不可思议，让人无法置信，无法长久直视而不转身离开。

胸膛上画着他的妻子丽莎贝丝，还有他自己。

他正要杀她。

在威斯康星州一片黑森林中间，在一顶昏暗的帐篷里，在一千双眼睛前，他正要杀死自己的妻子。

他那双文满玫瑰的大手掐着她的喉咙，她的脸开始发紫，他杀了她，他杀了她，他没有松手。这是真的。就在观众的注视下，她死了，他十分虚弱，好像就要直直摔进人群里。在他眼中，整个帐篷像恶魔的翅膀一样旋转，以怪诞的姿态拍打着。他最后听见的声音是一个女人的抽泣，远远的，在沉默的人群外缘。

那个啼哭的女人就是丽莎贝丝,他的妻子。

夜晚,他的汗水打湿了床褥。狂欢演出的声音已经远去,而他的妻子,躺在她自己的床上,同样沉默。他在自己的胸膛上胡乱摸索着。胶布的触感很柔软。他们让他把胶布重新贴了上去。

他当时晕过去了。当他醒过来时,老板冲着他大吼:"你为什么不告诉我们是这样的图案?"

"我不知道,我不知道。"图案人说。

"老天啊!"老板说,"把所有人都吓出魂儿来了。把丽兹给吓死了,把我也给吓死了。老天,你从哪儿弄的这鬼文身?"他气得直颤抖。"去跟丽兹道歉,马上去。"

他的妻子站在旁边。

"对不起,丽莎贝丝。"他闭着眼睛,虚弱地说,"我不知道会这样。"

"你是故意的,"她说,"故意吓我。"

"对不起。"

"有它没我,有我没它。"她说。

"丽莎贝丝。"

"你听到我说的了。把那个图案弄掉,不然我就退出演出。"

"没错,费尔,"老板说,"就这么办。"

"您有损失吗?观众要求退钱了吗?"

"与钱无关,费尔。如果只是钱,一旦这事传出去,成百上千的人会想来参观。但我这是正经的演出。把那个文身弄掉!这是你想出来的一场恶作剧吗,费尔?"

他转身埋入暖暖的被窝里。不,不是恶作剧。完全不是开玩笑。他跟大家一样都吓坏了。这不是玩笑。那个满身尘土的小个子老巫婆，她对他做了什么，是怎么做到的？是她把那幅图文上去的吗？不，她当时说了，图还没完成，它将由他自己，通过他的想法和汗水完成。好吧，他的任务完成得不错。

但是，这有意义吗，有什么意义呢？他不想杀害任何人。他不想杀害丽莎贝丝。为什么这幅愚蠢的画会在他的皮肤上灼烧？

那块被遮住的皮肤在颤抖，他的手指轻柔地、小心翼翼地向下摸索，去触碰它。他紧紧地按压那里，那处的温度高得可怕。他几乎能感受到那幅小小的邪恶的图案在不停地杀戮，杀戮，杀戮，一夜不休。

我没想过要杀她，他看着妻子的床，执拗地想道。但接着，五分钟后，他大声地问自己："还是说，我真的想过？"

"怎么了？"她醒了，叫道。

"没事，"他说，停顿了一下，"睡吧。"

男人身体前倾，手上拿着一台嗡嗡响的仪器。"这个每英寸五块。洗掉文身可比文上去贵。好了，把胶布揭开吧。"

图案人照做了。

那人坐下来。"天啊！难怪你要去掉它！太恐怖了！我都不想看见它。"他摇了摇机器，"准备好了吗？不痛的。"

演出团老板站在帐篷门帘那儿看着。五分钟后，洗文身的人咒骂着给仪器换了个头。十分钟后，他拖着椅子后退，摇摇头。半个小时过去了，他站起来，让威廉·菲利普斯·费尔普斯穿好衣服，自己则开始收拾工具。

"等等。"老板说，"你还没搞定呢。"

"那我也不打算继续了。"那人说。

"我可是给了大价钱的。怎么回事?"

"没啥,只是那个鬼图案怎么也去不掉。那鬼玩意一定是渗入骨头里了。"

"你疯了吧。"

"先生,我干这行三十年了,还从没见过这样的文身。它要真是文身,得有一寸深。"

"但我一定得去掉它!"图案人大喊道。

洗文身的人摇摇头。"只有一个办法能去掉它。"

"什么办法?"

"拿把刀子,把你的胸膛挖掉。那样你就没多久可活了,但图案倒是能去掉。"

"回来!"

洗文身的人直接走掉了。

周日晚,他们听见一大群观众在外面等待着。

"人可真多。"图案人说。

"他们别想看到那东西!"演出团老板说,"除非贴着胶布,否则你不能出去。别动,我要看看另一幅,你背后那幅。也许我们可以把这一幅作为今晚'大揭露'的内容。"

"她说这一幅得等一周才好。那个老女人说需要一点时间等图案形成。"

演出团老板轻轻撕下图案人脊背上的白胶布。

"看到了什么?"费尔普斯先生弯着腰,喘着气问。

演出团老板把胶布重新贴好。"大块头,作为一个文身人,你可真失败,不是吗?你怎么会让那老东西把你弄成这样?"

"我不知道她是谁。"

"这一幅,她肯定骗你了。你背上没有图案,什么也没有,根本没有文东西。"

"迟些就清楚是怎么回事了。你等着瞧。"

老板笑起来。"好的。来吧,至少给观众展示你身上其他部位吧。"他们走出帐篷,走进一阵铜管乐声中。

庞大的身躯矗立在这深夜里,他像盲人一样伸出手平衡自己,世界似乎在倾斜、疾驰,似要把他甩进面前的镜子里。在平坦的、光线昏暗的桌面上放着漂白水、各种酸性液体、银闪闪的剃刀,还有几张砂纸。他打湿胸膛上的恶毒文身,依次用这些工具刮起来。他坚定地做着这一切,持续了一个小时。

突然,他意识到身后有人站着,就在拖车门口。这是凌晨二点。他闻到一股淡淡的啤酒味。是她从镇上回来了。他听见她缓慢的呼吸声。他没有转过去。"丽莎贝丝?"他问。

"你最好把它弄掉。"她说,看着他拿砂纸刮擦胸膛。她走进拖车。

"我不是故意弄这样的图案的。"他说。

"你是故意的,"她说,"这就是你的计划。"

"我没有。"

"我知道你是什么人。"她说,"哦,我知道你恨我。不过没关系。我也恨你。我已经恨你很久了。老天,从你长出那身肥肉开始,你以为还会有人爱你吗?我可以告诉你一些关于仇恨的事。你怎么不请教一下我?"

"别再说了。"他说。

"在那么一大群人面前让我出丑!"

"我不知道胶布下是什么。"

她绕过桌子,双手叉腰,冲着床,冲着墙和桌子拼命吼叫,尽情发泄。他在想:或者我知道胶布下有什么?是谁弄出的图,是我还是那个巫婆?是谁创造的?怎么创造的?我是不是真的想让她死?不!但是……他看着妻子慢慢走近,越来越近,他看见她喉咙上的青筋随着吼叫颤动。这个那个,这个那个都是他的错!这个那个,这个那个简直无药可救!他是个骗子,阴谋家,一个又胖又懒又丑的男人!他幼稚!他以为自己能和演出团老板甚至那几根帐篷桩比吗?他以为自己苗条优雅吗,他以为自己是不得志的格列柯?达·芬奇,呵!米开朗琪罗,胡扯!她粗声嘶叫,她龇起牙。"呵呵,你吓不到我,我不会跟我不喜欢的人在一起,我不想让那油腻腻的爪子碰到我。"她骂完了,得意扬扬。

"丽莎贝丝。"他说。

"别叫得亲热!"她尖叫着说,"我知道你是怎么盘算的。你文上那幅画就是为了吓我。你以为那样我就不敢离开你。哼!"

"下周六晚,第二次'大揭露',"他说,"你会以我为傲的。"

"以你为傲!你真是又蠢又可怜。天啊,你就像一头鲸。你见过搁浅的鲸吗?我小时候见过一次。它躺在那里,然后他们过来射死它。几个救生员射死了它。上帝啊,一头鲸!"

"丽莎贝丝。"

"我要走了,就这样,我要离婚。"

"别走。"

"我要嫁给一个真正的男人,而不是一个胖女人——你就是一个胖女人,全身都是肥肉,根本没办法做爱!"

"你不能离开我。"他说。

"你看着吧!"

"我爱你。"他说。

"噢,"她说,"看看你身上那些画。"

他伸出手。

"别碰我。"她说。

"丽莎贝丝。"

"别走过来。你让我反胃。"

"丽莎贝丝。"

似乎,他身上的所有眼睛都在喷火,所有蛇都开始移动,所有怪物都激动起来,所有嘴巴都张开怒吼。他——不像一个人,而是一群人——走向她。

他感觉血液中储存的大量橘子汁在周身游走,可乐和柠檬汽水的激流似一股甜得发腻的愤怒,在他的手腕、双腿、心脏中搏动。一切一切,芥末与零食的海洋,还有去年让他沉溺其中的千万杯酒,都沸腾了;他的脸色像煮熟的牛肉。他手上的玫瑰变成了那些常年生长在阴暗丛林中的饥饿的食人花,现在这些食人花自由了,在夜晚的空气中游荡。

他把她拉过来,就像一头巨兽拢住挣扎的动物。这个疯狂的举动意味着爱、兴奋与强求,因着她的挣扎变质为另一种情绪。她在他胸口的图案上又是抓又是打。

"你必须爱我,丽莎贝丝。"

"放开我!"她叫道。她用拳头击打着灼热的图案,她用指甲抓。

"噢，丽莎贝丝。"他说，双手向上移动到她的手臂上。

"我要叫了。"她看着他的眼睛说。

"丽莎贝丝。"那双手经移到她的肩上，脖子上，"不要走。"

"救命啊！"她尖叫起来。血液从他胸口的图案上游走开来。

他的手指围住她的脖子，掐了下去。

她像一台被突然打断的蒸汽笛风琴。

外面，草地沙沙作响。有跑动的声音。

威廉·菲利普斯·费尔普斯打开拖车门走出去。

他们候着他。骷髅人、侏儒、小丑、软体人、厄勒克特拉、凸眼人、海豹男孩。这些怪胎，在这深夜，站在干草地中候着。

他走向他们。他一边走一边想，他必须逃走，这些人不会理解的，他们是不会思考的人。而他没有逃走，只是正常地走着，步子稳健，不知所措地在帐篷间缓缓走着，于是这些怪胎侧身让他过去。他们看着他，以确保他逃不掉。他穿过黑色的草地，飞蛾撞到他脸上。只要还在他们的视野内，他就稳步地走着，但不知道该往哪儿去。他们看着他走，接着，他们转过身，慢吞吞地一起走向无声无息的拖车，慢慢把门打开……

图案人稳步走在镇子外面的干草地里。

"他往那边去了！"一个虚弱的声音叫道。手电筒的光柱在小山丘之间扫动。隐约有些人影在奔跑。

威廉·菲利普斯·费尔普斯先生冲他们挥挥手。他累了，现在只想束手就擒，不想再跑了。他再次挥挥手。

"他在那儿！"手电筒的光换了个方向，"快来！抓住那个王八蛋！"

时候到了，图案人再次跑起来。他小心地慢慢跑着，故意摔了两次。他回头一看,看见他们手上拿着帐篷桩。

他朝远处十字路口的一盏路灯跑去,那里一派夏夜景色:一群萤火虫盘旋着,蟋蟀唱着歌向亮光移动,似乎是受到某种午夜凝聚力的感召,周围的一切都往那盏高高挂起的路灯跑去——首先就是图案人,其他人则紧跟着他的脚步。

他到达灯光处,又从它下方跑过几码,他不用再回头看了。在前方路面上有影子,他看着几根高高举起的帐篷桩猛烈地向上,向上,然后向下!

过了一分钟。

蟋蟀在乡村的山沟里唱着歌。图案人四肢摊开躺在地面上,那些怪胎在一旁高高站着,手上松松地握着帐篷桩。

终于,他们把他翻了个身,让他腹部朝下。鲜血从他嘴里流出来。

他们撕卜他背后的胶布,久久地盯着刚揭示的图案。有人低语,有人轻声咒骂。细高个竹竿人退后几步走开了,脸色很差。剩下的怪胎一个一个盯着图案看,然后嘴巴哆嗦着离开,留下图案人躺在这条荒芜的路上,血液不断从口中流出来。

微弱灯光下,没了遮挡的文身图案很容易看清。

那上面画着一条昏暗荒芜的路。路上,一群怪胎站在一个垂死的胖子边上,弯着腰,看着胖子背上的文身。文身上面画着一条昏暗荒芜的路,路上,一群怪胎站在一个垂死的胖子边上,弯着腰……

流 放

刊于《麦克林》周刊（*MacLean's*）
1949 年 9 月 15 日
夏笳 译

她们眼睛里喷着火，嘴里冒着烟。三位女巫俯身向前，把油腻腻的长棍和她们骨瘦如柴的手指探到坩埚里面去查看。

"何时姊妹再相逢，
雷电轰轰雨蒙蒙？"

她们面朝干涸空旷的大海，在岸边跳着醉醺醺的舞。她们舌尖吐出的魔字弄脏了空气，猫一样的眼睛闪着恶毒的光。

"绕釜环行火融融，
毒肝腐脏置其中。
不惮辛劳不惮烦，

釜中沸沫已成澜!"①

她们停下脚步,往周围看一看。"水晶何在?银针何在?"
"在这里!"
"妙极妙极!"
"黄蜡可够稠了吗?"
"够啦够啦!"
"倒进铁模好铸型!"
"可成型了吗?"滚热的蜡在惨绿的手心里渐渐有了形状,好似一滴糖浆。
"给它来个一针穿心!"
"塔罗包里藏天地,取来水晶照乾坤。擦一擦,看一看!"
她们把三张惨白的脸凑到水晶旁边。

"看一看,看一看……"

黑漆漆的太空里,一艘飞船正从地球往火星上飞。飞船上的人们饱受折磨,正奄奄一息。
舰长抬起头,双眼疲惫不堪。"看样子得用点吗啡。"
"可是长官……"
"你自己看看吧,这人是不行了。"舰长掀起羊毛毯子,湿乎乎的床单下蜷缩着一个人,痛苦地抽搐着、呻吟着。空气里满是硫黄的臭味。

---

① 三位女巫的形象出自莎士比亚的悲剧《麦克白》,她们吟诵的两段诗分别选自第一幕第一场和第四幕第一场。译文引自朱生豪译本。

"看,看见了……我看见了。"那人睁开眼睛,瞪着舷窗外面看。窗外什么都没有,只是一片黑寂寂的太空,各色星光在其中旋转如梭。身后地球已渐渐远去,火星却从另一侧升起,又大又红。

"我看见了……蝙蝠,好大的蝙蝠,长着人脸……长着人脸的蝙蝠从前面舷窗飞过……飞,飞,飞啊飞,飞啊飞……"

"脉搏?"舰长问道。

传令兵测了测病人的心跳。"一百三十。"

"这样下去是撑不住的。给他用点吗啡。跟我来,史密斯。"

他们走出监护病房。突然间,从地板下面冒出许多白骨与骷髅,黑洞洞的嘴里发出凄厉的惨叫。舰长不敢往下看,他在骷髅的惨叫声中走进一道舱门,开口问道:"有结果了吗?"

外科医生从一具尸体旁边走过来,身上冒着冰冷的白烟。"我怎么也搞不明白。"

"帕西究竟是怎么死的?"

"不知道,长官。他的心脏和大脑都好好的,也没受任何惊吓。他只是……只是死了。"

舰长握住医生的手腕,医生的手化作一条嘶嘶作响的毒蛇,狠狠咬了他一口。舰长并没有躲。"小心身体,你脉搏也跳得很快。"

医生点点头。"帕西死前一直说他痛,手腕痛,腿也痛,好像针扎一样的痛。他还说,觉得自己像块蜡一样在融化,说着说着他就一头栽倒了。我扶他起来,他哭得像个小孩子,说心口里插了一根银针。然后就死了。现在人就躺在这儿,我可以把解剖过程重复一遍给你看。他的所有器官都没有任何问题。"

"那不可能！帕西的死总有原因！"

舰长走到舷窗边上。他的双手光洁细致，指甲修得整整齐齐，散发出薄荷醇、碘和绿皂的气息。他洁白的牙齿整齐漂亮，显然是定期看牙医的缘故，他的面颊粉红健康，连耳朵也干干净净。他的制服像新盐一样洁白，靴子乌黑发亮，镜面一样闪闪发光。他蜷曲的头发修剪成宇航员标准样式，有股刺鼻的酒精味道。他浑身上下没有一个污点，连每一次呼吸都是那么洁净那么新鲜那么凛冽。他像一把热烘烘刚出消毒柜的外科手术刀，精心研磨的刀锋泛出油光，随时可以派上用场。

他的船员跟他像同一个模子里倒出来的，仿佛每个人背上都插着一把巨大的黄铜发条钥匙，一圈一圈咯吱咯吱地转。多么昂贵又多么精致的一群玩具兵，每个关节都上满了油，既听话，又伶俐。

火星在前方黑漆漆的大幕上越来越大。舰长默默立在舷窗前凝望着。

"还有一个小时，一个小时后我们就要降落到那个鬼地方了。史密斯，你看见过蝙蝠吗？你还做其他噩梦吗？"

"是的，长官。那是咱们的飞船从纽约出发前一个月，长官。我梦见好些白色的蝙蝠，它们咬我的脖子，吸我的血。我跟谁也没说，害怕你们知道了不让我上船。"

"别担心。"舰长叹一口气。"我自己也做了梦。过去的五十年里我从来没做过梦，直到离开地球前一个星期。那之后每天晚上，我都梦见自己是一只白狼，独自跑到雪山顶上，被一枚银子弹射穿胸膛，心口插着木桩，被埋葬。"他把脸转向窗外的火星。"你怎么想，史密斯？他们知道我们要来，对吗？"

"我们不知道火星上究竟是不是有火星人，长官。"

"不知道？从八个星期前他们就开始恐吓我们，从我们出发之前。然后他们杀了帕西和雷诺兹，昨天又把柯瑞维尔弄瞎了。究竟怎么做到的？不知道。蝙蝠、银针、噩梦，船员们无缘无故地死掉。如果是黑暗的中世纪，我可以说这是巫术，可现在是 2120 年，史密斯！我们都是理性的人，这种事绝没可能发生，可是却发生了！不管他们是谁，做这一切都是为了消灭我们，用银针，用蝙蝠，把我们杀得片甲不留！"他身子一晃。"史密斯，把我文件柜里那些书拿来。着陆的时候会用得着它们。"

两百本书很快堆满了甲板。

"谢谢你，史密斯。你看过这些书吗？是不是觉得我脑袋坏掉了？也许吧，也许。出发前最后一刻，我鬼使神差一般从历史博物馆订购了这些书，大概是某种疯狂的直觉吧。那些该死的梦，整整二十个夜晚，我梦见自己被刺穿，被劈开。梦见一只尖叫的蝙蝠被长针钉在软垫上，梦见腐烂的肢体在地下的黑箱子里蠕动。恐怖的梦，邪恶的梦。整条船上的船员都梦见了那些怪力乱神的玩意儿，巫师、狼人、吸血鬼、鬼怪。他们根本不可能知道那些玩意儿。为什么？因为那些邪魔外道的书早就在一个世纪前就被彻底销毁了。法律早就明文规定，禁止任何人收藏任何恐怖灵异类的出版物。现在你看到的这两百本，是地球上仅存的最后一批复本。它们作为历史资料被锁在博物馆地下室里已经好多年了。"

史密斯俯下身子，一字一句读着那些被尘埃覆盖的标题：

"《怪异故事集》，埃德加·爱伦·坡；《德拉库拉》，布拉姆·斯托克；《弗兰肯斯坦》，玛丽·雪莱；《螺丝在拧紧》，亨利·詹姆斯;《睡谷传说》,华盛顿·欧文;《拉帕西尼医生的女儿》,纳撒尼尔·霍桑;《鹰溪桥上》,安布罗斯·比尔斯;《爱丽斯漫游奇境》,刘易斯·卡罗尔;《孤岛柳林》,阿尔杰农·布莱克伍德;《奥兹国的巫师》,L.弗兰克·鲍姆;《印斯茅斯镇阴影》,H.P.洛夫克拉夫特。还有这么多! 瓦尔特·德拉·梅尔、韦克菲尔德、哈维、威尔斯、阿斯奎斯、赫胥黎……都是被禁的作家。他们的书早在那一年就一起被烧掉了,从那一年开始,万圣节被取缔,圣诞节也被永远禁止。可是长官,我不明白,把这些书带到火箭上会有什么用吗?"

"我不知道。"舰长叹息一声,"现在还不知道。"

三只袋子托起水晶,里面映出舰长忽明忽暗的身影,他细微的话语叮叮当当在晶体里回响。

"我不知道。"他叹息,"现在还不知道。"

三位女巫涨红了脸,瞪着眼睛互相看。

"时间不多啦。"其中一位说。

"得警告城里的人。"

"这帮家伙想要知道书的事。情况不妙。那个浑蛋舰长!"

"飞船会在一个小时内降落。"

翡翠城①坐落在干涸的火星海岸边,三只破布袋在城下颤抖着,闪烁着。城中最高的窗户里,一位小个子男人拉开血红的帷幕,低头望向脚下荒蛮的大地,三位女巫依旧在那里围着坩埚烧融蜡块。更远些的地方,散布着成千上万蓝幽幽的火光,火中

---

① 翡翠城,出自L.弗兰克·鲍姆的系列童话故事《绿野仙踪》,是故事中巫师们居住的地方。

散发出月桂熏香,散发出浓黑的烟草香,还有松烟清香和肉桂甜香,伴随着片片苍白的骨灰悠悠升起,像大群灰蛾拍打翅膀飞过火星夜空。小个子男人数了数那些熊熊燃烧的魔法之火。当三位女巫抬头望过来的时候,他又转身回到屋中。猩红的帷幕从他手中滑落,半垂半掩。窗户在帷幕后闪烁了一下,像只黄色的眼睛。

埃德加·爱伦·坡先生站在高塔窗边,一道若隐若现的灵气在他的呼吸中缭绕。"赫卡特她们今晚是有的忙了。"他远远望着那些女巫们轻声说。

身后响起另一个声音。"是威廉·莎士比亚召集的她们,先前我在海滩上看见了。今夜,整个海岸上都是莎士比亚的军团,足有成百上千之多:三位女巫、奥伯伦、哈姆雷特的父王,还有帕克……所有,所有人……成千上万!老天哪,这支队伍可了不得。"

"好样的威廉。"坡转过身,将猩红色的帷幕放下。他立在那儿默默凝视着石块砌成的房间,凝视着黑木圆桌、桌上跳动的烛光,以及坐在旁边无所事事的安布罗斯·比尔斯[①]。他正把火柴一根一根点着,看着它们在手中燃尽;他嘴里吹着口哨,时不时自顾自地笑一两声。

"我们得立即去找狄更斯先生。"坡说,"拖得太久了,现在已经到了分秒必争的时候。你愿意陪我去他家一趟吗,比

[①] 安布罗斯·葛温奈特·比尔斯(Ambrose Gwinnett Bierce, 1842—1913)。美国记者,短篇小说、传说与讽刺小说作家。代表作有短篇小说《鹰溪桥上》和讽刺小说《魔鬼辞典》等。

尔斯?"

比尔斯笑嘻嘻地抬头看他一眼。"刚才我一直在想,一小时后究竟会怎样?"

"如果不能杀光那些飞船佬,不能把他们吓回地球去的话,毫无疑问,要走的就是我们。离开火星去木星,等他们登上木星,我们就得退到土星上去,等他们上了土星,就得去天王星,然后海王星,然后冥王星……"

"再然后呢?"

坡满面倦色,眼睛里的光芒像红热的煤球,一点一点黯淡下去。他的声音悲凉而沙哑,双手无力地垂下来,细软的头发耷拉在惨白的前额上。他像是黑域中迷失的撒旦,像一位将军从被人遗忘的战场上归来。他乌黑油亮的黑胡须七零八落地趴在沉郁的嘴唇上。他是那样矮小,宽大的前额像是漂浮在黑沉沉的房间里,闪着磷磷光芒。

"我们可以用超自然方式在星际间航行,这是我们的优势。"他说,"所以我们可以坐在这儿,等待他们引爆核战,等待文明崩溃,黑暗时代再次来临。一旦古老蒙昧的信仰再次回归人间,我们就能一夜之间回到地球。"坡漆黑的双眼在他又亮又圆的前额下转动。他抬头凝望着天花板。"他们会杀到这儿来的,对吧?来毁灭这个世界,不给我们留一片清静土地,对吧?"

"狼群总会把猎物赶尽杀绝,吃光舔尽,连根肠子都不留,对吧?一场大战迫在眉睫,我会坐在边线上给你们计分。多少地球佬在油锅里煎,多少火星人在瓶子里煮;多少地球佬被针尖刺穿,多少红死病被一排排注射器释放出来,在空中徘徊——哈!"

坡怒气冲冲，像个醉汉般摇晃一下身子。"我们又做了些什么？加入战局，比尔斯，看在上帝的分上！难道我们曾在那帮文学评论家面前，接受过什么公平公正的审判吗？没有！他们一个个拿着亮闪闪消过毒的手术钳，把我们的书拽出来，扔到罐子里去煮，去消毒，好把坟墓里带来的病菌都杀光。一群天杀的浑蛋！"

"我倒觉得现在这处境挺有趣的。"比尔斯回答。

一阵歇斯底里的叫声从楼梯间里传来，打断了他们的谈话。

"坡先生！比尔斯先生！"

"来了来了，我们这就来！"坡和比尔斯冲下楼，看见一个男人气喘吁吁地靠着甬道石壁。

"你们听说了吗？"他几乎要哭出声来，双手死死抓着他们两人，仿佛随时要坠入悬崖。"他们一个小时之内降落！女巫说他们随身带着书——那些尘封多年的书！你们这会儿还在塔里干什么？为什么不行动？"

坡回答道："我们正在尝试一切办法，布莱克伍德①。你来得正好。跟我们来，一起去查尔斯·狄更斯先生那儿找他——"

"去共同见证我们的末日，那黑色的宿命。"比尔斯边说，边向布莱克伍德眨了眨眼睛。

他们沿着回声缭绕的旋梯一路向下，一层又一层，穿过闪着幽绿光芒的房间，穿过霉斑与腐壁，穿过蜘蛛网与噩梦般的帘幕。"别担心。"坡在前面说。他的前额像一盏大而白的灯，一点

---

① 阿尔杰农·布莱克伍德（Algernon Blackwood, 1869—1951），英国恐怖小说家，代表作有《孤岛柳林》等。

一点沉入黑暗。"今夜沿着死海,我们布下了千军万马,许多人都来支援,你们的朋友,我的朋友,布莱克伍德,比尔斯。我们所有的朋友都在这儿。我们有飞禽走兽,有老巫婆,有长着尖利白牙的长人。各种陷阱也准备好了:有陷坑,是的,还有钟摆,还有红死魔①。"他无声无息地笑了笑。"是啊,红死魔。我甚至没想过……没想过终有一天,连红死魔这样的东西也能派上真用场。但这都是他们自找的,就让他们尝尝红死魔的味道!"

"可我们的队伍真的够强吗?"布莱克伍德嗫嚅道。

"多强才算强?至少这帮家伙对我们的存在毫无防备,他们甚至连想都想不到。那些干干净净白白嫩嫩的飞船佬,穿着消过毒的灯笼裤,戴着金鱼缸一样的头盔,脑子里塞满新宗教。他们脖子上的金链子拴着手术刀,他们把显微镜当王冠一样顶在脑袋上。他们圣洁的十指间端着焚香炉,仔细一看却是消毒用的烤箱,把所有一切邪魔鬼怪统统蒸煮干净。我们这些人的名字——坡、比尔斯、霍桑、布莱克伍德——对他们清清白白的嘴唇来说不啻于亵渎。"

他们走出城堡,穿过一片湿地,一片没有水的湖,雾气像噩梦般在身后凝聚。空气中流溢着风声,呜呜旋转,在黑暗中往复。一堆堆篝火旁,各种声音窃窃私语,各种身影时隐时现。借着火光,爱伦·坡看见银闪闪的针尖在飞舞,穿梭,交织,将苦痛与悲切串联在一起,将恶意与巫毒刺入蜡像与泥偶中。坩埚中散发出野蒜、辣椒与藏红花的气息,嘶——嘶——邪恶的辛辣味道一团团弥散到夜幕里去。

---

① 出自爱伦·坡的恐怖小说《陷坑与钟摆》与《红死魔的面具》。

"继续干!"坡喊道,"我很快就回来!"

他们一路走下空寂的海滩,黑沉沉的影子转转停停,影影绰绰,一会儿闪现,一会儿化作夜空中的黑烟。山顶上传来塔楼里的钟声,大群甘草烟气凝成的渡鸦蜂拥而出,发出青铜般的鸣叫,它们倏然而去,化作灰烟。

他们匆匆跨过僻静的荒原,进入狭小的山谷,这时坡和比尔斯突然发觉自己站在一条鹅卵石铺就的街道上。空气冰凉,寒风凛冽,人们在自家庭院里蹦蹦跳跳,跺着脚取暖。透过浓雾,可以看见杂货铺与办公楼的窗户里亮着烛光,挂着又肥又大的圣诞火鸡。远远地,一群男孩子包得严严实实,嘴里喷出的白雾凝结在空气里,他们一起哆哆嗦嗦地唱着:"上帝赐予你快乐,先生们。"午夜的钟声一下一下敲响,宏大而嘹亮。一群孩子从面包铺里冲出来,脏兮兮的手里端着晚餐,用盘子盛着,上面扣着银碗。

一块门牌子上面写着"斯克洛奇、马利和狄更斯"[①],门环长着马利的脸。坡抓住门环轻轻扣了扣,门弹开一道缝,从里面突然迸出热烈的旋律,几乎要将他们卷入其中一同翩翩起舞。从一个脸上贴着山羊胡的男人肩头望去,可以看见正在用手打着拍子的费兹威格先生。他旁边是费兹威格太太,满脸喜气洋洋的笑意,正和其他来欢庆圣诞节的人们一起跳舞。小提琴奏着欢快的乐曲,桌上突然爆发出一阵大笑,仿佛有一股疾风吹过水晶吊灯,发出丁零丁零的声响。宽大的餐桌上堆满了腌肉、火鸡、烤

---

① 出自查尔斯·狄更斯小说《圣诞颂歌》。主人公斯克洛奇与其合伙人马利共开了一家商行,所以门口的招牌上写着"斯克洛奇与马利",现在狄更斯先生也与他们住在一起了。

鹅,以及装饰用的冬青叶,还有一块块碎肉馅饼、一盘盘烤乳猪、一串串香肠、一堆堆橘子和苹果。餐桌边坐着鲍勃·克莱切特、小杜丽、小丁姆,还有费金先生①。除此之外还有一个人,看上去像一丝没消化的牛肉、一坨辣芥末、一片干奶酪的碎皮、一块没煮透的马铃薯——不是别人,正是身上缠着锁链的马利先生。葡萄酒和焦黄的烤火鸡散发出香气,美妙无比!

"你来干什么?"查尔斯·狄更斯先生问。

"我们来再次祈求你的帮助,查尔斯。我们需要你。"坡回答。

"需要我?帮你们对付那些飞船上的好家伙?别逗了,我根本就不属于这儿。我的书是被错烧的。我可是现实主义作家,从不相信什么超自然力量,也不写什么恐怖灵异的小说。我跟你可不一样,爱·伦坡,还有你,比尔斯,还有其他那些人。我跟你们这些怪力乱神的家伙从来就不熟!"

"你很擅长说服别人。"坡据理力争,"你可以去找那些飞船佬,好言好语哄骗他们,打消他们的疑虑,然后……然后就看我们怎么招待他们吧。"

狄更斯望着坡藏在黑斗篷褶皱里的双手。坡微笑着,从斗篷里拽出一只黑猫。

"这是送给其中一位客人的。"

"其他人呢?"

---

① 几个人物均出自狄更斯的小说。费兹威格先生、鲍勃·克莱切特、小丁姆出自《圣诞颂歌》;小杜丽是长篇小说《小杜丽》中的主角;费金是《雾都孤儿》中伦敦盗窃集团的首领。

坡又信心十足地笑了笑:"活埋怎么样?"①

"你可真是冷酷无情,坡先生。"

"我只是害怕,又害怕又愤怒。我是神,狄更斯先生,你也是神,我们大家都是神,可我们的造物——我们的子民,如果你愿意这么说的话——它们不仅仅被胁迫,更被放逐,被烧成灰,被撕成碎片,被审查被删改,被当成精神污染清除掉。我们创造出的世界如今满目疮痍,就算是神也不得不为之而战!"

"那又怎样?"狄更斯歪了歪头,不耐烦地望向身后的晚宴,乐声与盛宴正如火如荼。"或许你能解释一下为什么我们会在这儿?又是如何来到这儿的?"

"战争是战争之父,毁灭是毁灭之子。一个世纪前,在地球上,那是2020年,他们查禁了我们的书。哦,多么可怕,竟那样毁掉我们的文学创作!这毁灭将我们召唤出来,从……该怎么说呢?死亡吗?还是彼岸世界?我不喜欢抽象的词汇。我不知道究竟是怎么一回事,只感觉到我们的世界、我们的造物在呼唤赋予它们生命的神。我们试着去拯救,而唯一能够做的,就是像这样蛰伏在火星上,等了整整一个世纪,等待或许终有一天,地球会因为那些科学家和那些疑虑不堪重负。可现在,他们却来了,来把我们清除出这里。我们,连同我们黑暗的造物,连同所有的炼金术士、巫女、吸血鬼和狼人,都得一个个、一步步越退越远。科学在地球上大行其道了,每一片土地上都踏遍它们的铁蹄,最终我们别无选择,唯有像以色列人那样背井离乡,退出埃

---

①此处两个典故分别出自爱伦坡的恐怖小说《黑猫》和《活埋》。前一篇讲述男人杀害妻子后,将其尸体和她养的黑猫一起砌入墙中;后一篇讲述了一系列人进入假死状态而被当做尸体埋葬的故事。

及。你必须帮帮我们,查尔斯。你拥有语言天赋,我们需要你站出来帮我们说话。"

"再说一遍,我跟你们不是一路人。你和其他人的立场恕我无法赞同。"狄更斯恼怒地提高嗓门,"我从来不与巫师、吸血鬼和那些午夜怪谈搅和在一起。"

"那《圣诞颂歌》又是怎么一回事?"

"荒谬!不过区区一个故事罢了。哦,我是写过那么几个鬼故事,或许吧,但那又怎么样?我的绝大部分作品都是严肃认真又现实的!"

"不管是不是错误,反正你是跟我们被归为一类了。他们也毁了你的书,你的世界。你必然是恨着他们的,狄更斯先生!"

"是的是的,那帮家伙既愚蠢又粗鲁,我承认,行了吧。到此为止,您走好不送!"

"至少让马利先生加入我们的队伍!"

"休想!"

门砰的一声关上。坡快快转身,像一抹灰影般滑过霜冻的街道。远远地,一辆高大的马车开来了,车夫吹着欢乐的号角,一个胖男孩推开车门,里面簇拥着匹克威克俱乐部的几位成员,他们满面红光,又笑又唱,一个个争先恐后地从门边挤出来,用洪亮的声音高喊"圣诞快乐"。

爱伦·坡又匆匆走回到午夜荒僻的海滩上。他在一团团火焰与烟幕旁停下脚步,时而发号施令,时而低头查看那些沸腾的坩埚、那些毒药和粉笔画的五芒星。"很好!"他一边说一边跑。"干得漂亮!"他吼一声,然后继续跑。一些人赶来加入他身旁。

现在科珀德先生①与梅琴先生②都在跟他一起跑。在他们身畔，到处是怨毒的蛇妖、愤怒的魔怪、口吐烈火的青铜色巨龙、喷溅毒液的蝰蛇、瑟瑟颤抖的巫婆，他们像蜇刺，像荨麻，像荆棘。所有被放逐与被禁忌的邪魔，所有正人君子不敢说出口的怪力乱神，所有黑夜的子民们，他们都会聚一处，在这凄凉荒寂的海滩上，哀号，哭喊，嘶嘶簌簌噼噼啪啪。

梅琴突然停住脚步，像个孩子般坐在冰冷的沙滩上，开始一下一下抽泣。大家轮番安慰他，他却什么都不愿听。"我刚刚在想。"他说，"如果有一天，我们仅存下来的最后一本书也被毁掉了，到时候又会怎样呢？"

寒夜里的空气在耳边呜呜旋转。

"别说了！"

"我们会……"梅琴啜泣着说，"哦，现在，飞船越来越近，你，坡先生，你，科珀德，还有你，比尔斯……你们也变得越来越稀薄，像一阵松烟，随风而逝，你们的脸正在融化……"

"会死！我们大家都会死！"

"我们能在这里苟延残喘，只因为地球还没将我们赶尽杀绝。如果今夜，一道最终的审判把大家所有的作品都毁掉，那我们也会像灯一样被熄灭吧。"

科珀德静静沉思着。"我想知道我究竟是谁。今夜，我到底是存于地球上的哪一颗心灵中。在非洲的哪座小茅屋里吗？是哪位隐士，正读着我的故事？他是这科技时代的大风中最后一支

---

① A.E. 科珀德（Alfred Edgar Coppard, 1878—1957），英国短篇小说作家，诗人，作品多含有幻想和恐怖成分。代表作有短篇集《黑狗店》等。
② 亚瑟·梅琴（Arthur Machen, 1863—1947），威尔士奇幻、恐怖作家，代表作有《伟大的潘神》等。

孤零零的蜡烛吗？是那忽明忽暗的小小光晕，支撑着我在这流放地永不妥协吗？是他吗？还是哪个藏在废弃阁楼间里的男孩？他找到了我，恰逢其时！哦，昨夜我感觉多么糟啊，又痛苦，又难过，孱弱浸透了我的骨髓。好像我虽然身为魂魄，却也像活人一样有身体似的，我的魂魄遍体疼痛，痛得好像浑身上下每一处都在烧。昨夜，我觉得自己像支蜡烛摇摇欲坠。可突然间，我又一跃而起，重放光芒！是哪个孩子，摸进了地球上哪间泛黄的阁楼？一边被灰尘呛得喷嚏连连，一边翻检出一本又破又脆，霉迹斑斑的陈年旧书？于是我又能苟延残喘一阵子！"

海滩上，一座小茅屋的门砰的一声开了。一个又瘦又小的男人走出来，身上的皮肉一层层松垮垮地垂下来。他并不看其他人，只自顾自地坐下来，瞪着自己紧握的双拳发呆。

"哦，我真替他难过。"布莱克伍德低声说，"瞧瞧他，已经奄奄一息。他曾经比我们都要真实，比所有沽生生的人都真实。人们给予他一副幻想的骨架，又在之后的几百年里为他穿上一层又一层装束，粉红的血肉，雪白的胡子，红天鹅绒的套装，还有黑靴子。他们让他驾着麋鹿，带着冬青枝条，浑身闪闪发光。可以说他是他们创造的，用了那么多年的时间创造，如今却又被按到一大缸来苏水里去消毒。"

众人默不作声。

"没有了圣诞节，地球会变成什么样？"坡神情疑惑，"没有了热烘烘的烤栗子，没有圣诞树，没有装饰，没有鼓，没有蜡烛……什么都没有，只剩下白雪和寒风，剩下那些孤独而真实的人们……"

他们一起望向那个瘦小干瘪的老人。他的胡子七零八落，红天鹅绒的套装早已褪色。

"你听过他的故事吗?"

"我能想象。精神医师眼睛一转,社会学家脑袋一拍,气呼呼的教育学家口沫横飞,还有那些生怕自己孩子沾一点脏东西的父母……"

"可怜,可悲,可惜。"比尔斯微笑着说,"在我记忆中,那些仅存的圣诞爱好者已经开始在万圣节前夜插冬青枝,唱圣诞歌了。今年若是够幸运,或许他们还可以在劳工节[①]搞搞庆典吧!"

比尔斯突然说不下去了,他向前一栽,发出一声叹息。跌倒在地的一瞬间,他只来得及说出一句:"有趣。"紧接着,在众人恐惧的目光注视之下,他的身子燃烧起来,化作幽蓝的灰烬与灰白的焦骨。夜风吹过地上褴褛的黑衣,把那点灰烬带走了。

"比尔斯,比尔斯!"

"他不见了!"

"他的最后一册书被毁了,地球上的某个人刚刚把它烧了。"

"上帝保佑他安息。现在他什么都不剩了。我们的灵魂全依靠那些书才存在,书亡人亡,最终什么都不会剩下。"

一声呼啸划破夜空。

大家禁不住哭喊出声,瞪大恐惧的眼睛往天上看。漆黑的空中闪耀着哔哔作响的火光,是飞船来了!周围荒寂的海滩上,一串串灯笼飘来荡去,一口口坩埚噼噼啪啪熬着魔咒。一盏盏南瓜灯闪着烛火莹莹的眼睛,升到冰冷彻骨的空气里去。一个女巫握紧骨瘦如柴的双手,枯槁的嘴唇里迸出尖利的诅咒:

[①] 劳工节,每年九月的第一个星期一为美国劳工节。此处指继圣诞节之后,万圣节也被取缔,所以庆祝活动只能挪到劳工节。

"飞船飞船快坠毁！
飞船飞船烧成灰！
咚咚锵锵啪啪轰！
烟消云散再难飞！"

"时辰已到。"布莱克伍德喃喃道，"走吧，去木星，去土星，去冥王星。"

"逃跑？"坡立在风中大吼一声，"决不！"

"我老了，没有力气再战斗！"

坡死死盯着那张苍老的脸，说不出话来。他爬上一块巨大的圆石，面朝着呜呜寒风中成千上万的灰影、绿光与黄眼睛。

"魔粉！"他咆哮着。

一股浓窑灼热的光焰升起，爆发出苦杏仁、麝香、孜然芹、土荆芥与鸢尾花的气味。

飞船越来越近，丝毫不受影响，发出得意洋洋的尖啸声。坡对其怒目而视，双手在空中挥舞，火焰、气息与憎恶汇聚在一起，化作澎湃的交响乐！黑压压的蝙蝠向上飞去，如同凋落的树皮。滚热的心宛如导弹，在灼热的空气里炸开，化作血红的烟火。来了，来了，飞船依旧不屈不挠地迫近，就像冷酷无情的钟摆一样。坡高声狂啸，飞船一寸一寸挤压着空气，他一寸一寸往后退！整片死海如同陷坑，所有人都被困在坑中，等待那可怕的机器，那亮闪闪的斧子一寸一寸下沉。天崩地裂，他们无处可逃！

"毒蛇！"坡暴跳如雷。

绿光莹莹的形体扭作一团，冲向飞船。但它依旧不慌不忙地降落，喷火，喘息，减速，摇摇摆摆，精疲力竭地来到沙滩上方，只剩一英里之遥。

"干掉它！"坡咬牙切齿，"计划更改！只剩最后一次机会！上啊！干掉它！干掉它！用我们的身体淹没它们！杀到一个不剩！"

在他的指挥下，整座狂暴的死海都仿佛摆脱了引力，从那太古洪荒的岩床之上腾空而起。旋风卷着呼啸的野火，像狂风骤雨，像光秃秃的闪电，飞过海滩，飞过干涸的河湾，遮天蔽日，哀号狂啸，汇聚飞溅，向着飞船扑去。飞船像一支燃尽的火炬，精疲力竭地落下来，金属表面光洁如镜。仿佛一只烧焦的坩埚将红亮亮的熔岩倾倒下来，那些群情激昂的人与兽搅作一团，融化在最后几英寸空气中。

"杀光他们！"坡嘶喊着，奔跑着。

船员们一个接一个从飞船里蹦出来，手里端着枪。他们站在那儿抽着鼻子，像猎犬一样嗅着空气。周围一片空旷，他们终于放松了一点。

舰长最后一个走出来，用尖厉的声音匆匆下命令。木头堆成堆，点燃，火焰一下子就蹿起来。然后舰长示意船员们绕着他围成一个半圆。

"这是一个崭新的世界。"他有意让自己显出从容不迫的样子，一字一句地说，却又一直忍不住提心吊胆地转过头，向着干涸空旷的死海望去。"旧世界已被我们甩在身后，一个新世界即将开启。今天我们在这里，把自己全心全意地贡献给科学与进步,为了使这一刻更具有象征意义……"他向副官干脆地点一下头,"拿书来。"

火光勾勒出那些封面上褪色的镀金字迹:《孤岛柳林》《局外人》《注视》《梦想家》《杰基尔博士与海德先生》《奥兹国仙境》《派拉西达》《被时间遗忘的土地》《仲夏夜之梦》,还有一个个奇形怪状的名字:梅琴、埃德加·爱伦·坡、卡贝尔、邓萨尼、刘易斯·卡罗尔。那么多名字,古老的名字,邪恶的名字。

"为了迎接这个新世界,我们将把旧世界的残骸余孽烧个干净。"舰长一边说,一边从书上扯下几张纸,一页一页,扔进火堆里面点燃。

一声呼啸!

大家惊得一跳,抬头越过火光,望向四周荒无人烟的海滩。

又是另一声呼啸!像尖厉的哭喊声,像垂死的巨龙,又像搁浅的巨鲸在阳光暴晒下悲鸣,身畔的海水渐渐流逝,蒸干在空气里。

那是空气咻咻流入真空里的声音,有什么东西凭空消失了,而一秒钟前,它还在那里!

舰长小心翼翼地将最后一本书扔进火里。

空气不再抖动了。四下一片寂静!

船员们弯下身子仔细听。"长官,你听见了吗?"

"没听见。"

"像一阵波浪,头儿。在海底!我好像看见了什么。在那儿,黑漆漆的滔天巨浪,向我们涌过来。"

"你看错了。"

"在那儿,头儿!"

"什么？"

"看见了吗？那儿！一座城！在上面！一座绿色的城，在湖边！它裂成了两半，它崩塌了！"

一群人眯着眼睛，向前跟跟跄跄地走了几步。

史密斯站在人群中浑身发抖。他用手按着额头，仿佛突然间想到什么念头。"我想起来了。是的，现在我想起来了。很久以前，当我小时候，曾读过一本书。一个故事，奥兹国，是它，就是它，奥兹。奥兹国的翡翠城……"

"奥兹？从来没听说过什么奥兹。"

"是的，奥兹，就是它没有错。我刚才看见了，和故事里的一模一样。我看见翡翠城倒塌了。"

"史密斯！"

"是，长官？"

"明天去找精神治疗师报道！"

"是，长官！"史密斯啪的敬了个礼。

"别掉以轻心。"

一群人轻手轻脚，依旧举着枪。他们越过飞船冷漠的光束，向着幽暗的海滩与低矮的远山望去。

"我是怎么了。"史密斯神情沮丧，声音低低地说，"这儿根本一个人都没有，对不对？一个人都没有。"

风吹着沙子掠过他的脚面，如泣如诉。

无处躲藏

刊于《猎人》(Manhunt)
1953年9月
阿古 译

红艳艳热腾腾的生肉骨架悬挂在烈日之下，在绿色丛林的氰气中震颤不已，向他们快速逼近，又消失不见。腐肉的气味从窗户涌进汽车，莉奥诺拉·韦伯迅速按下按钮，车窗升了上来。

"上帝，"她说，"这些露天肉店。"气味仍然滞留在汽车里，一种战争和恐惧的气味。"你看到那些苍蝇了吗？"她问。

"在市场里，无论买什么肉，"约翰·韦伯说，"你都得狠狠拍一下，一大群苍蝇轰的一声飞起来，你才能看到下面的肉。"

他在绿林道路上摇摇晃晃转了个弯。"等到了那儿，你觉得他们会让咱们进入胡阿塔拉吗？"

"我不知道。"

"当心！"

他看到了路上那个发亮的东西，太迟了，刚想急转，已经撞上了。右前轮发出一阵可怕的嘶叫，汽车猛地一颠，停了下来。他打开车门，走下车。丛林酷热、寂静，中午的高速公路空荡荡的，一片死寂。

他走到车子前面，弯下腰，同时把手伸进腋下的皮套，戒备地摸了摸左轮手枪。

莉奥诺拉打开了车窗。"轮胎坏得厉害吗？"

"坏了，全毁了！"他捡起那个扎坏了轮胎的发亮的东西。"是大砍刀的碎片，"他说，"用风干的土坯架起来的，尖端正朝着咱们的汽车轮胎。只扎坏了一个轮胎，算走运的。"

"可他们为什么这么干？"

"你又不是不清楚。"他朝她身旁那份报纸点点头，头条上写道：

1963年10月4日：美国、欧洲沉寂！美国和欧洲的电台全部停止运作。沉寂笼罩两地，战争已拖垮诸国。

据信，美国的绝大多数人口已经死亡。据信，欧洲、俄罗斯、西伯利亚的绝大多数人口也已被消灭。白种人统治地球的时代已经终结。

"来得可真快，"韦伯说，"上个星期，我们还在旅行，离家痛快度假，这个星期……就成了这样。"

他们的目光从报纸上移开，转向丛林。

深邃的丛林也回以凝视。寂静之中，苔藓和绿叶婆娑作响，那是丛林的呼吸；亿万双昆虫的眼睛如宝石般璀璨，那是丛林的目光。

"小心点,杰克①。"

他按了两个按钮。前轮下的一个自动千斤顶咝的一声启动了,把汽车顶了起来。他紧张地将一把钥匙插进右前轮的辐板,噗的一声,轮胎从车轴上弹了下来。锁紧备胎,把换下的轮胎放进后备厢,这只要几秒钟。换轮胎的时候,他把枪紧攥在手里。

"别站在空旷处,求你了,杰克。"

"这么说已经开始了,"他感到头发被烤得炙热难当,"消息传得飞快。"

"看在上帝分上,"莉奥诺拉说,"他们能听到你说话。"

他怒视丛林。

"我知道你们就在那儿。"

"杰克!"

他瞄准寂静的丛林。"我看到你们了!"他一连开了四五枪,迅速,狂野。

丛林不动声色地吞下子弹,子弹消失在百万英亩的绿叶、树木、寂静和湿土中。噗噗几声轻响,仿佛撕裂丝绸。枪击的回声归于沉寂,只有汽车在韦伯身后费劲地嗡嗡低响。他绕着汽车走了一圈,进车,关门,锁门。

他坐在驾驶座上,把枪装满子弹,然后驱车离开。

他们开得很稳。

"你刚刚看到什么人了吗?"

"没有,你看到了?"

---

① 杰克,约翰的昵称。

她摇了摇头。"你开得太快了。"

他只在迫不得已时才减速。他们转过一个路弯时，路右侧又有闪闪发亮的东西，他一个急转弯绕了过去。

"狗娘养的！"

"他们不是狗娘养的，他们只是一群可怜人，从没拥有过这样的汽车，从没拥有过什么财富。"有什么东西啪嗒一声打在挡风玻璃上。

玻璃上淌下一挂无色的液体。莉奥诺拉抬头瞄了一眼。"要下雨了吗？"

"不是，是小虫子撞到了吧。"

又一声啪嗒。

"你确信是小虫子？"

啪嗒，啪嗒，啪嗒。

"关上车窗！"他大吼一声，加速。

有个东西落在她大腿上。

她低头去看，他伸出手摸了摸那东西。"快！"

她按下按钮。玻璃车窗一下子关紧了。

她又检查了一下大腿。

一支小小的吹箭飞镖在闪光。

"别沾到任何液体，"他说，"用手帕裹起来，我们待会儿再扔掉。"

他把汽车加速到每小时六十英里。

"要是再撞上一个路障，我们就完了。"

"只有这一段路有危险，"他说，"我们能冲出去。"

车窗上啪嗒啪嗒响个不停，又一阵箭雨吹在玻璃上，被撞飞。

"为什么?"莉奥诺拉·韦伯说,"他们甚至都不认识我们!"

"我倒希望他们认识我们,"他紧抓着方向盘,"要杀死一个认识的人很难,但杀死一个陌生人很容易。"

"我不想死。"她说了一句,身子坐得直直的。

他把手伸进外套。"要是我出了什么事,我的枪在这儿。记得拿去防身,看在上帝的分上,别不敢用。"

她挪过来靠近他,他们开上一段直道,车速提升到了每小时七十五英里。车子一路疾驶,两人沉默无语。

车窗关着,车内燠热难当。

"这太傻了,"她终于又开口说话了,"把断刀安置在路上。用吹箭袭击我们。他们怎么知道下一辆车来,开车的是白人?"

"别指望他们那么讲道理,"他说,"汽车就是汽车。车很大,车就是财富。一辆车换成钱,足够他们用上一辈子。再说了,要是你能用路障拦下一辆汽车,车主要么是个美国游客,要么是个西班牙富人,后者的祖先也血债累累,好不到哪儿去。要是你碰巧拦下了另一个印第安人,你也只需要走出来帮他换个轮胎。"

"现在什么时间了?"她问道。

他又一次瞥向空空的手腕,他已经瞥了无数次。他不露声色,把手悄悄伸进上衣口袋,摸索那块闪闪发光的金表。一年前,他曾看到一个本地人盯着他的金表看呀看呀看,表情几近饥渴。然后,那个本地人打量起他,表情里没有指责,也没有憎恨,既不忧伤,也不快乐;什么都没有,只有困惑。

从那天起,他摘下了金表,再也没戴过。

"中午了。"他说。

中午。

国界就在前面。两人看到后,都叫了起来。他们驱车上前,情不自禁露出了笑容。

约翰·韦伯把头探出窗外,向边防站的卫兵打手势。他又想起了什么,下了车,向边防站走去。三个矮小的年轻人穿着松松垮垮的制服,正站着聊天。韦伯走到他们面前,他们头也不抬,继续用西班牙语聊天,无视他。

"打扰了,"约翰·韦伯终于说话了,"我们能穿过国界去胡阿塔拉吗?"

一个年轻人只稍稍转身。"抱歉,先生①。"

三个人又聊了起来。

"你不明白,"韦伯说着,碰了碰那个人的手肘,"我们得穿过国界。"

那个人摇了摇头:"护照已经失效了,再说了,你为什么要离开我们国家?"

"电台里说了,所有美国人都必须离开这个国家,立刻。"

"啊,对,对。"三个卫兵对彼此点点头,咧开嘴笑了,眼睛兴奋得闪光。

"否则将被罚款,或被关进监狱,或者既罚款又收监。"韦伯说。

"我们可以让你穿过国界,但胡阿塔拉只会让你停留二十四个小时。你要是不相信,仔细听着!"那个卫兵转过身,向国界

---

① 本篇中的仿宋体内容原文为西班牙语。

对面喊道："喂，在吗！喂！"

炙热的艳阳下，四十码之外，一个正在踱步的男人把头转了过来，手里抱着一把步枪。

"喂，帕科，你要这两个人吗？"

"不要，谢谢，谢谢，不要。"那个人微笑着回答。

"瞧见没？"卫兵转身对韦伯说。

所有的卫兵都大笑起来。

"我有钱。"韦伯说。

卫兵们不笑了。

第一个卫兵走近韦伯，脸上的轻松和惬意消失了，绷得像一块棕色石头。

"没错，"他说，"一些人总是有钱。我知道，他们来这儿，他们觉得钱能摆平一切。但钱是什么？钱只是一个许诺，先生。我是书上学来的。当人们不再相信这钱所代表的许诺，你该怎么办呢？"

"无论你要什么，我都给你。"

"是吗？"卫兵把头转向他的朋友们，"无论我要什么，他都给我。"他又对韦伯说："这只是个玩笑，对你来说，我们一直都是个笑话，不是吗？"

"不是。"

"说句'早晨'，你笑话我们；你笑话我们的'午休'和'早晨'，对不对？"

"不是我，是别人。"

"没错，就是你。"

"我从没来过这个边防站。"

"不管怎么说，我认识你。呼来喝去，让我做这个，干那个。'哦，给你一个美元，去买幢房子吧。'"

"不是我。"

"可看着就像你。"

他们站在太阳底下，影子踩在脚底。汗水把他们的腋下浸湿了。卫兵走近约翰·韦伯："我再也不用为你做任何事了。"

"你以前也没为我做过什么，我从来没要求过。"

"你在发抖，先生。"

"我没事。太阳有点热。"

"你身上有多少钱？"卫兵问道。

"一千美元让我们通过国界，一千美元给国界对面的卫兵。"

卫兵转过头问："一千美元够吗？"

"不够，"另一个卫兵说，"让他去告我们吧！"

"好的。"卫兵说着，又转头对韦伯说，"去投诉我吧，开除我吧。我被开除过一次，许多年前，就是因为你。"

"那是别人。"

"记住我的名字，卡洛斯·罗德里格斯·伊索特。现在来吧。"

"我明白了。"

"不，你不明白，"卡洛斯·罗德里格斯·伊索特说，"现在，把两千美元给我拿出来吧。"

约翰·韦伯掏出钱包，把钱递给他。卡洛斯·罗德里格斯·伊索特舔了舔大拇指，在他祖国的蓝釉般的天空下慢慢数着钱。时间越来越接近正午，身上的汗水不停往外冒。他们把各自的影子踩在脚下，呼吸着，喘着气。

"两千美元。"他不动声色地折起钞票，放进口袋，"现在掉转车头,去别处的边防站吧。"

"等等,真见鬼!"

卫兵盯着他说:"掉转车头。"

他们站着,无声地对视了很久。卫兵们手里的步枪在太阳下闪耀。接着,约翰·韦伯转过身,缓缓走开,一只手捂在脸上。他走到车旁,坐进驾驶座。

"我们该怎么办?"莉奥诺拉问。

"烂在这里。或者想办法去贝洛港。"

"但我们需要汽油,还得把备胎修好。沿着那几条高速公路再开回去……这回他们可能会滚木头下来,而且——"

"我知道,我知道。"他揉了揉眼睛,双手抱着头坐了一会儿。"我们现在孤立无援,上帝啊,孤立无援。我们以前是多么安全,多么安适。在所有的大城镇都有美国领事。那个笑话怎么说来着?'无论你走到哪里,都能听到白头鹰的振翅声!'还是美钞的哗哗声来着?我忘了。上帝,上帝,这个世界一下子就变得那么空寂。我现在究竟该去找谁?"

她等了一会儿,说道:"我猜你只能找我了,可这没什么用。"他伸出双臂抱住她。"你一直都很棒。别慌,没事儿的。"

"今晚我们躺在床上睡觉时,我可能会尖叫出声——要是我们能找到一张床的话。早饭之后,我们一定已经开了有一百万英里了。"

他吻了她,两次,吻在干燥的嘴唇上。然后他缓缓地坐直。"第一件事是找汽油。等找到汽油,我们就能去贝洛港了。"

他们开走时,三个卫兵正在聊天玩笑。等车开了一分钟,他开始悄声大笑。

"怎么了?"妻子问。

"我想起了一首古老的灵歌。'我去石头旁,隐藏我的脸庞。石头尖叫:无处躲藏,这儿无处躲藏。'"

"我记得。"她说。

"这首歌正合适,"他说,"要是能记起来,我整个唱一遍给你听。如果我还有兴致的话。"

他狠狠踩了一脚油门。

他们停在一个加油站里,过了一分钟,加油工还没有出现,约翰·韦伯按了按喇叭。接着,他猛地把手从喇叭按钮上松开,似乎受到了惊吓。他不安地盯着手看,仿佛这是一只麻风病人的手。

"我不该按喇叭。"

一个加油工出现在加油站昏暗的门口。后面还跟着两个人。

三个男人走了出来,绕着汽车,观察着,触摸着,感觉着。

阳光下,他们的脸像烧红的铜币。他们抚摸强韧的轮胎,他们嗅闻崭新的金属部件和皮革内饰的气味。

"先生。"加油工终于发话了。

"我们想买一些汽油,拜托了。"

"我们的汽油已经卖完了,先生。"

"你们的油库读数显示是满的。我们看到那边的储油罐里有汽油。"

"我们的汽油已经全卖完了。"那个男人说。

"我给你十美元一加仑!"

"谢谢,不卖。"

"我们的汽油不够了,哪儿也去不了。"韦伯看了一下燃油表,"剩下不到四分之一加仑。我们还是把车留在这儿,走到镇上去,看看能不能找到别的出路。"

"我们会帮你看管汽车的,先生,"加油工说,"要是你把钥匙留下来的话。"

"我们不能这么干!"莉奥诺拉说,"这么干行吗?"

"我们别无选择。我们可以把车停在路边,留给路上的行人,或者就留给这个人。"

"留给我更好。"那个人说。

他们爬出汽车,站在汽车旁,看了好久。

"这是辆漂亮的车。"约翰·韦伯说。

"非常漂亮,"那个人说着,伸手来讨钥匙,"我会好好照料它的,先生。"

"但是,杰克——"

她打开后门,开始往外搬行李箱。越过她的肩头,他看到明亮的旅行贴纸,五颜六色,琳琅满目,遮盖了箱子表面老旧的皮革。这么多年他们曾造访二十多个国家,入住最好的宾馆。

她拽着行李箱,不停流汗,他拉住她的手,两个人在敞开的车门旁,喘息好久。他们看着这些上好的皮箱,里面装着他们漂亮的日常衣物,有粗花呢的、羊毛的、丝绸的;四十美元一盎司的香水;冷暗色的毛皮大衣;银色的高尔夫球杆。二十年,就打包在这些箱子里。二十年,四五十个不同的角色,在里约、巴黎、罗马、上海。但他们扮演得最频繁的角色,是富有而快乐的韦伯夫妇。他们面带微笑,能调制味道极难平衡的马提尼酒,名为"撒哈拉"。

"我们不能带着这些皮箱去镇上,"他说,"我们稍后再来拿,稍后。"

"可是——"

他拉着她就走上了公路，没让她继续说下去。

"但我们不能把皮箱留在那儿，我们不能丢下所有行李，不能丢下我们的汽车！要不这样，你去找汽油，我可以摇上车窗，把自己锁在汽车里，为什么不这么办呢？"她说。

他停了下来，扭头看看站在汽车旁的三个男人。汽车在太阳下璀璨夺目，他们的眼睛也盯着女人闪闪发光。

"瞧瞧他们，你自己说行不行。"他说，"走吧。"

"但是，你不能丢下一辆四千美元的汽车，就这么一走了之！"她喊道。

他坚定地紧紧拽着她的胳膊，拉着她继续向前走。"汽车是用来旅行的。不能动弹的时候，它就是一堆无用的废铁。但现在，我们得继续向前，向前走才能摆脱困境。没有汽油，一辆汽车连一个铜板都不值。一双强健的腿胜过一百辆汽车，要是你走起来的话。我们才刚刚开始抛东西，我们得不停地放弃，直到一无所有，直到只剩下遮羞布。"

他放开手。现在她的脚步稳当了，她跟上了他的步伐。"这可真奇怪，真奇怪。我已经很多年没有像这样走过路了。"她低头观察着脚的动作，看着脚下的路不断后退，看着两旁的丛林不断后撤，看着丈夫坚定地向前迈步，直到入迷。"我猜，任何事情你都能重新学会。"她终于说了一句。

太阳在天空中移动，他们在炙热的马路上行走。考虑好之后，丈夫开始大声地自言自语："你瞧，换个角度，了无牵挂未尝不是一件好事。我们不必再担心一大档子破事儿，只需要关注两个对象，你和我。"

"当心，后面来了一辆车，我们最好——"

他们转身，大叫，跳开，冲下高速公路，伏在路边，看着汽车以七十英里的时速呼啸而过。那几个人高声歌唱，大笑，狂叫，挥手。汽车卷起一阵尘土，消失在一个拐弯处，双响喇叭不停鸣响。

他扶她站起身，他俩站在复归于平静的路旁。

"你看到了吗？"

他们看着尘埃缓缓飘下。

"我希望他们至少记得换油，查一下电池。我希望他们能想得周到点，往散热器里加点水。"她说着，停顿了一下，"他们在唱歌，是吧？"

他点点头。灰尘像一大团黄色花粉，落在他们的头上、胳膊上。他们站着，眨着眼睛。他看到一些亮晶晶的东西从她眼睛里溅落。

"别这样，"他说，"毕竟那只是一部机器。"

"我爱这部机器。"

"我们总是爱一切东西，爱得太多了。"

继续走，他们路过一只刚打碎的酒瓶，还在冒蒸汽。

离镇子不远了，他们走路时眼睛盯着脚，妻子走在前面，后面跟着丈夫。身后传来一阵叮当、扑哧的声音，他们回过头，望向来路。一个老人驾着一辆1929年产的福特老爷车，沿着道路缓缓开来。车的挡泥板不见了，车身的油漆被阳光炙烤得剥落褪色，但驾驶座上的老人有一股镇定自若的威严。一顶脏兮兮的帕拿马草帽下面是一张黝黑的深思脸庞。看到路边这两个行人,他停下车,引擎仍在罩子下躁动不已,扑哧扑哧冒着蒸汽。他打开吱嘎作响的车门,说道:"这可不是步行的天气。"

"谢谢。"他们说。

"没事。"老人穿着一件老旧泛黄的白色夏装,皮肤松皱的脖子上松垮垮地挂着一条油腻腻的领带。他优雅地鞠躬,帮女士坐进后座。"我们两位男士就坐在前排吧。"他建议道。丈夫坐在副驾驶座上,汽车颤抖着吐出蒸汽,又开动了。

"我的名字叫加西亚。"

然后是相互介绍和点头致意时段。

"你们的车抛锚了?正去找人帮忙?"加西亚先生问道。

"是的。"

"那我拉你们去找修车工吧。"老人提议。

他们道谢,友好地把提议丢在一旁。老人又提议了一次,随即发现自己的关心让这对夫妇尴尬不安,于是非常体贴地换了个话题。

他碰了碰丈夫膝上那一小沓报纸。

"你们读报纸吗?当然,你们会读。但你们会像我那样去读吗?你们肯定没用过我的读法。不,这种读法并不是我主动采用的,而是强加于我的。但现在回想,这真是一种明智的读法。我收到报纸总会晚一个星期。所有对外面世界感兴趣的人,从首都收到的报纸都会晚一个星期。这种处境让人变得思路清晰,当你拿起一份一周前的报纸时,你的思绪会变得非常谨慎。"

夫妇俩请他继续说下去。

"是这样的,"老人说,"我记得我曾在首都生活过一个月,每天都能买到当日的报纸。读报时爱、恨、激动、倦怠，这些情绪轮番在我心中翻涌，简直令我发狂。我当时还年轻，每一条新闻都让我激动万分。但接着，我明白了自己的问题：我居然相信自己所读到的。你注意到没有？你相信一份当天买到的报纸？这事儿就发生在一个小时之前，你想！这肯定是真事儿。"他摇了摇头，继续说，"于是我学会了远离报亭，让报纸变旧发黄。回到这儿，回到科隆尼亚，报纸头条变得毫无意义。一个星期前的报纸，你完全可以唾弃它。它就像一个你爱过的女人，隔了一段时间你再去看，她原来并没有你想象得那样美好，她姿色不过平平，她肤浅得仿佛一碗水。"

他温柔地开着车，手放在方向盘上，就像放在自己孩子的头上一样小心，慈爱。"于是我回来了，回到自己的家，读一个礼拜前的报纸。从旁窥看，并不把它们当真。"他在膝上展开一张报纸，一边开车，边不时瞟上一眼，"瞧，这报纸是多么白，就像一个愚蠢的可怜孩子的头脑一样，一片空白，空空荡荡，你可以往里塞任何东西。这儿，看到没？这张报纸发话了，它说这个世界上的白人全都死绝了。这可真是句蠢话。此时此刻，很可能有上千万的白种男人和白种女人正在吃午餐或晚餐。地球颤抖了一下，一个镇子垮掉了，人们拼命往外奔逃，尖叫着：全完了！在隔壁村庄，人们却纳闷外面的喊声是怎么回事，因为他们这一晚休息得很安恬。啊，啊，这是个多么狡诈的世界。人们并不知道这世界到底有多狡诈。在他们看来，世界非黑即白。谣言漫天飞。今天下午，这条高速公路旁的所有小村庄，不管是咱们前面的还是身后的，都在狂欢庆祝。谣言说白种人死绝了，可现在，我正载着两个活生生的白人赶往镇上呢。希望你们不要介意我的说话方式。要是不对你们说,我就要对着引擎说了,引擎回话可吵闹得很。"

他们来到了镇子边上。

"拜托,"约翰·韦伯说,"让别人看到您和我们待在一起可不好。我们就在这里下车吧。"

老人不情愿地停下车,说道:"你们想得可真周到。"他转过头看着那个可爱的妻子。

"我年轻时,满脑袋都是异想天开的点子,我读了一个叫儒勒·凡尔纳的法国人写的所有书。瞧得出来你们知道他的名字。夜晚我思索了很多次,我必须成为一个发明家。都过去了,我从来没有达成自己的愿望。但我清晰地记得,我想组装一台机器,它能帮助每一个人,在一个小时之内感受到另外一个人的世界。这台机器充满色彩和气味,里面还有胶片,就像个剧场。机器就像个棺材,你躺在里面,按一个按钮,只要一个小时,你就能变成北极寒风中的爱斯基摩人,或者变成一个骑马的阿拉伯绅士。一个纽约人能感受到的一切,你都能感受到。一个瑞典人能闻到的所有气味,你的鼻子都能闻到。一个中国人能尝到的所有味道,你的舌头都能尝到。这台机器就像另一个人——你能明白我的想法吗?每一次进入我的机器,按下许多按钮中的一个,你可以成为一个白人、一个黄种人或一个黑人。要是你想更有趣点,你甚至可以成为一个小孩或一个女人。"

丈夫和妻子爬下车。"你试过动手制造这台机器吗?"

"很久以前的想法了,我都忘掉了,今天才突然想起来。今天我在想,我们能利用上这台机器,我们正需要这台机器。真遗憾,我从来没试着组装过。也许有一天别人也会用得上的。"

"也许吧。"约翰·韦伯说。

"和你们聊天很愉快,"老人说,"上帝保佑你们。"

"再见,加西亚先生,非常感谢。"他们说。

汽车缓缓开走了,冒着蒸汽。他们站了足足一分钟,看着它开远。接着,丈夫伸出手,握住了妻子的手。

他们徒步走进小镇科隆尼亚,路过一排小店铺——肉店、照相馆。人们停下手头的活儿,盯着他们看,直到他们走出视野之外。每过几秒钟,韦伯都要伸手偷偷摸一下藏在衣服下的枪套,仿佛是在触摸一个微小的疖子,而它正在不停地肿大,肿大……

艾斯波萨宾馆的天井像瀑布下的岩穴一样凉爽。鸟儿在笼中歌唱,脚步的回响仿佛小型步枪的射击声,清晰、柔和。

"记得吗?我们几年前在这里住过。"韦伯说着扶妻子走上台阶。他们站在阴凉的天井里,那一片蓝色阴凉让他们心旷神怡。

一个胖男人从前台走了过来,眯着眼打量他们。"艾斯波萨先生,"约翰·韦伯招呼道,"你还记得我吗,约翰·韦伯?五年前的一天晚上我们在一起玩过牌。"

"当然记得,当然记得。"艾斯波萨先生向妻子鞠了一躬,和丈夫握了一下手。接着是一阵令人不适的沉默。

韦伯清清嗓子。"我们遇到了一点麻烦,先生。我们能在这里住一晚吗?"

"你的钱在这里永远能用。"

"你是说你真的会给我们一个房间?我们很乐意预付房款。上帝,我们累极了,需要休息。但除了房间,我们还需要汽油。"

莉奥诺拉捏了一把丈夫的胳膊。"你忘了?我们已经没有车了。"

"哦，没错。"他沉默了一会儿，叹了口气。"那么，别管汽油了。这儿近期有去首都的公共汽车吗？"

"我会及时安排好一切的，"经理紧张地说，"跟我来。"

爬上楼梯时，他们听到一阵吵闹。他们向外望，发现自己的汽车正在广场上转圈。一圈又一圈，转了八圈，挡泥板上趴满了人，在叫嚷，歌唱。车子后面追着一群孩子和狗。

"我很想有这样一辆车。"艾斯波萨先生说。

他倒了三小杯清洌的酒，站在艾斯波萨宾馆三楼的一个房间里。

"敬这改变，"艾斯波萨先生说，"我要喝一杯。"

他们举杯。艾斯波萨先生舔了舔嘴唇，又抬手用上衣袖子抹了一下。"看到世界改变，我们总是既惊奇又忧伤。你瞧，他们居然攻击我们，真是病态，简直不敢相信。现在——至少今晚你们是安全的。好好洗个澡，美美吃一顿，就当是报答五年前你对我的好意。过了今晚，我就保护不了你们了。"

"明天呢？"

"明天？拜托，别搭任何去首都的公共汽车。首都的街上到处都在暴乱。北方来的一些人已经被杀害了。这暴乱并不打紧，过些天就会平息了。但你们得小心，要熬过这些天，等他们的热血冷静下来。有很多邪恶的人在利用这局面，先生。最近两天里，在民族主义大崛起的表象下，那些人会试图篡权。自私自利与忠勇爱国，先生，如今我无法分辨两者的区别。所以，你们必须躲起来。有一个问题，再过几个小时，整个镇子都会知道你们在这儿。我的宾馆也会有危险。一切都不好说。"

"我们明白,你帮了那么多,已经很好了。"

"需要任何东西,打电话给我。"艾斯波萨先生举杯,一仰脖喝完杯中酒。"剩下的酒,都留给你们了。"他说。

晚上九点,烟火开始了。先是一个冲天炮,接着是第二个,飞向黑暗的夜空,在风中炸裂,撒开一瀑火花。每一发冲天炮都在上升到最高处时炸裂开,红白火焰交织出飘带的形状,像大教堂的绚丽穹顶。

房间里未点灯,莉奥诺拉和约翰·韦伯站在打开的窗户前,观看着,聆听着。夜深了,更多的人从每一条道路和小径上拥进小镇,开始游行。他们肩并肩围绕着广场歌唱,大声喧哗,像犬吠,像鸡鸣。接着,他们坐倒在砖铺的人行道上,仰头放声大笑,烟花的绚烂火光映照在脸上。一支铜管乐队开始聒噪地鸣奏起来。

"过了几百年的上等人生活之后,我们落到了这个地步,"约翰·韦伯说,"这就是白种上等人的残余——你和我,躲在一间黑暗的宾馆屋子里,在一个欢庆的国家,在深入内陆三百英里的腹地。"

"你得从他们的立场看这件事。"

"哦,在我还是上等人之时,就时常站在他们的立场。从某个角度来看,他们感到快乐,我也替他们高兴。上帝知道,他们已经等得够长了。但我怀疑这快乐能持续多久。现在替罪羊已经不在了,谁将为他们所受的压迫承担罪责?除了怪罪你、我,怪罪店主,还有哪个更方便、更显眼、更有罪的对象?"

"我不知道。"

"归咎于我们是多么方便的做法呀。上个月租这间屋子的那个人,他也首当其冲。他大声嘲笑当地人的午休,他连一句西班牙语都不愿意学。'让他们学英语,看在上帝分上,说点人话。'他会这样说。他喝了太多这里的酒,嫖了太多这里的女人。"他不说了,从窗口退开,看着屋内。

看看这些家具,约翰·韦伯想,这个人把脏鞋子扔在沙发上,用香烟在地毯上烫洞,还有床边墙上的湿印,上帝知道他到底干了什么。椅子乱放,还踢倒了。这不是他家的宾馆,不是他家的房间,这里只是租借来的,不值得爱惜。所以,在过去的一百年里,这个狗杂种,周游此国,时而是一个旅行商人,时而是一个商会会员。现在我们也到了这儿,长得和他非常像,简直就是他的兄弟、他的姐妹。而下面的人们,他们不知道——就算他们知道,也不愿多想——明天他们还是一样的穷,一样受压迫,整个压迫机器运转不停,只是换到了另一挡。

楼下的乐队停止演奏,一个男人跳了出来,站在高台上,大声吼叫着。那些半裸的油亮的棕色身体会集在一起,一柄柄大砍刀寒光闪烁。

高台上的男人面朝向宾馆,看向约翰和莉奥诺拉·韦伯住的那间屋子,无数愤怒的目光投来,他们不由自主地后退。

男人大吼。

"他在说什么?"莉奥诺拉问。

约翰·韦伯翻译道:"他说,现在的世界是个自由的世界。"

男人继续大吼大叫。

约翰·韦伯继续翻译:"他说,我们自由了。"

那个男人踮起脚，做了一个砸碎镣铐的动作。"他说，再也没有人能奴役我们，世界上任何人都不能。"

人群沸腾，乐队开始演奏。站在高台上的男人怒视着房间窗户，眼中积聚着整个宇宙的恨意。

当日夜间充斥着打斗、敲击、高声尖叫、争吵和枪响。约翰·韦伯难以入眠，听着楼下艾斯波萨先生的声音，他和缓地讲理，平静而坚定。接着，吵闹声远去了。天空中爆裂开最后一发冲天炮，鹅卵石上摔碎了最后一个酒瓶。

早晨五点天气就暖和起来，新的一天开始了。卧室门上响起最轻柔的敲门声。

"是我，艾斯波萨。"一个声音说道。

约翰·韦伯犹疑着起身，夜间失眠让他腿脚酸麻，他没穿上衣就去开门。

"昨晚可真够呛，真够呛！"艾斯波萨先生说着，走了进来，摇着头，轻声笑着。

"你听到吵闹声了吧？听到了？他们想上楼进你的房间。我阻止了他们。"

"谢谢你。"莉奥诺拉说，她仍然躺在床上，脸朝着墙。

"他们都是我的老朋友了。我和他们达成了一项协议。他们喝了个够，也闹腾得挺开心，所以他们同意等。对你两位，我有一个提议。"突然他显得有点尴尬，走到窗边。"几乎每个人都在睡懒觉。一些人已经起来了，一些男人。看到了吗，就在广场的另一头？"

约翰·韦伯看向窗外的广场。他看到几个棕色皮肤的男人在那儿安安静静地谈论天气、世界、太阳、镇子,也许还有酒。

"先生,你这辈子挨过饿吗?"

"挨过一天饿。"

"只挨过一天饿。你总是有房子住,有车开吗?"

"是的,直到昨天都有。"

"你失业过吗?"

"从来没有。"

"你的兄弟姐妹都能活到二十一岁吗?"

"都能。"

"就连我,"艾斯波萨说,"就连我,现在也有点恨你。因为我曾经无家可归,我曾经挨过饿,我有三个兄弟、一个姐妹,埋在镇外山上的墓地里,他们还没活到九岁就患肺结核死了。"

艾斯波萨瞥了一眼广场上的男人们。"现在,我不再挨饿,也不再受穷,我有车,我活着。但像我这样的境遇,一千个人里只有一个。今天,你要怎么面对外面那些人呢?"

"我会努力想办法的。"

"我早就放弃了。先生,咱们白人总归是少数。我是西班牙人,但我出生在这儿。他们能容忍我。"

"我们从来不以少数人自居。"韦伯说,"现在很难适应这事实。"

"你们的举止很有风度。"

"这是种美德吗?"

"在斗牛场里,没错;在战争中,没错;在诸如此类的场合,当然都没错。你们不抱怨、不找借口、不逃跑,也不让自己出丑。我觉得你们俩都很勇敢。"

宾馆经理无助地缓缓坐下来。

"我来,是想给你们一个机会,在这儿安顿下来。"他说。

"要是可能的话,我们想继续往前走。"

经理耸耸肩。"你们的车被偷了,我没办法帮你们追讨回来。你们无法离开这个镇子。接受我的提议,在我的宾馆里工作吧。"

"你觉得我们没有任何办法继续旅行了?"

"一旦上路,你们就得流浪,也许二十天,先生,也许二十年。没有钱、食物、住处,你们没法生存。考虑一下我的宾馆和工作邀请。"

宾馆经理站起身,闷闷不乐地走向门口,站在椅子旁,抚摸韦伯挂在椅背上的外衣。

"什么工作?"韦伯问道。

"在厨房帮厨。"经理说道,目光看向别处。

约翰·韦伯坐在床上,一言不发。他的妻子也一动不动。

艾斯波萨先生说:"我只能做到这个程度。你还能叫我怎么办?广场上的另一帮人昨晚就想杀了你们。你看到那些大砍刀了吗?我和他们磨了半天嘴皮子。你们很幸运。我告诉他们,你们会在我的宾馆里干二十年的活儿,你们是我的雇员,我得保护你们!"

"你这么说了!"

"先生,先生,你得感激我!想想,你们还能去哪儿?跑进丛林里?不到两个小时,蛇就把你们咬死了。就算你们能走上五百英里,抵达首都,等待你们的到底是什么呢?不,你们必须面对现实。"艾斯波萨先生打开门,"我给你们一份工作,你们会拿到一天两美元的标准工资,加上一日三餐。你是想留在我这儿，还是想到了中午去广场上和我的那些朋友碰头？考虑一下吧。"

门关上了。艾斯波萨先生走了。韦伯站起来，盯着门，看了好久。

接着，他走到椅子旁，翻找放在白衬衫下的皮枪套。枪套是空的。他盯着手里的空枪套，又抬头看向艾斯波萨先生刚刚走出去的那扇门。他又走到床边，坐在妻子身旁，伸出双手抱住她，吻她。他俩躺在床上，看着房间变得越来越亮，又是新的一天。

上午十一点，他们打开窗户，开始穿戴起来。浴室里有艾斯波萨先生提供的肥皂、毛巾、刮胡刀，甚至香水。

约翰·韦伯小心翼翼地刮胡子，穿衣服。

十一点半，他打开床头的小收音机。平时通常能收到纽约、克里夫兰或者休斯敦等地的电台，但现在电波里一片寂静。约翰·韦伯关掉收音机。"无处可去……无处可寻……什么都没有。"

他的妻子坐在门边一把椅子上，看着墙壁。

"我们可以待在这儿打工。"他说。

她终于动了一下。"不，我们干不了这个，真的干不了。我们干得了吗？"

"不，我猜是干不了。"

"我们不可能干得了那个。再怎么说，我们都始终如一；被宠坏了，但始终如一。"

他想了一会儿。"我们可以冲进丛林里。"

"我们不可能从宾馆悄悄溜走而不被人发现。我们可不想逃跑时被人抓住。那样会更糟。"

他点点头。

他俩又坐了一会儿。

"在这儿打工,也并没有那么糟。"他说。

"我们靠什么生活?所有人都死了——你的父亲、我的父亲、你的母亲、我的母亲、你的兄弟、我的兄弟,所有的朋友,所有的东西都消失了,所有我们能理解的东西。"

他点点头。

"如果我们在这儿打工,过不了几天就有男人会碰我,你会和他打起来,你肯定会这么干的。如果有人要伤害你,我也会按捺不住。"

他又点了点头。

他们坐了十五分钟,平静地交谈。最后,他拿起电话拨了总机。

"你好。"电话那头传来一个声音。

"艾斯波萨先生?"

"是。"

"艾斯波萨先生,"他停下来,舔了舔嘴唇,"告诉你的朋友们,我们会在中午离开宾馆。"

电话那头没有马上作答,只听一声叹息,艾斯波萨先生说道:"如你所愿。你确定吗?"

电话那头沉寂了整整一分钟。接着,话筒又被接起,经理平静地说道:"我的朋友们说,他们会在广场的另一头等你们。"

"我们会在那儿和他们见面。"约翰·韦伯说。

"还有,先生……"

"我在。"

"别恨我们，千万别恨我们。"

"我不恨任何人。"

"这是个糟糕的世界，先生。没人知道我们是怎么走到这一步的，没人知道我们在做什么。这些人不知道自己为什么愤怒，他们就是愤怒。原谅他们，不要恨他们。"

"我不恨他们，也不恨你。"

"谢谢你，谢谢你。"电话那头的男人也许正在哭泣，韦伯无法分辨了。在经理的说话和喘息声之间有很长的停顿。过了一会儿，他又说："我们也搞不明白，为什么我们要这么做。人们互相攻击，不为别的，只因为他们不高兴。记住，我是你的朋友。我会尽我所能帮助你，但我实在无能为力。我不可能对抗全镇人。再见，先生。"

约翰·韦伯坐在椅子上，手里还拿着无声的话筒。过了好一会儿他才抬起头，视线盯在眼前的一个东西上，当他看清楚之后，他仍然没有动，只是怔怔地盯着，直到嘴边露出一丝疲惫的讽笑。"瞧这儿。"他说。

莉奥诺拉顺着他的手指看过去。

韦伯接电话时搁在桌子边缘的香烟已经烧短了，在干净的木头表面灼出了一个黑洞。他们都坐着，看着。

中午了，阳光从头顶直射下来，把他们的影子钉在脚下。他们走下艾斯波萨宾馆的楼梯，在他们身后，鸟儿在竹笼里吱啾，水流入小小的喷泉盆。他们穿戴得很整洁，洗了脸和手，清理了指甲，擦干净了皮鞋。

广场对面两百码之外站着一小群男人，就在一家店铺前的遮阳布下。其中几人是丛林地带来的土著,携着闪闪发亮的大砍刀。他们都面朝着广场。

约翰·韦伯盯着他们看了好一会儿。他们并不是所有人,他想,他们并不是整个国家。这只是表象,只是一层覆盖肌肉的薄薄皮肤。这并不是躯体,只是一层蛋壳。记得自己国家的那些暴民和骚乱吗?都一样,这里和那里。一些疯狂的脸庞浮出水面,那些沉默的人则躲在后面,不参与,不搅和,任由事态自然发展下去。大多数人没有采取行动,于是,这一小群,这一小撮,承担了这个角色,为大多数人行动起来。

他的双眼一眨不眨。要是我们能打破这层蛋壳——上帝知道它有多么薄!他想,要是我们能通过谈判,从这群暴民手中脱身,接触到那沉默的大多数……我能办到吗?我的言语能不出任何差错吗?我能低声下气吗?

他把手伸进口袋,摸索,拿出一个揉皱的烟盒和几根火柴。

我能试试,他想。那个开福特车的老人是怎么做的?我得试试他那种方式。等我们穿过广场,我就要开始说话,如果有必要我轻声细语。如果我们慢慢地穿过那群暴民,就有可能融入其他人中,我们就能脱离危险,确保安全。

莉奥诺拉走在他身旁。尽管前途未卜,她仍是那么漂亮,打扮得那么利索,在周围的一片破败中显得那么新鲜,美得那么惊人,令他倍感惊异,甚至畏缩。他情不自禁地盯着她,仿佛她身上的每一处都已经背叛了他,那盐白色的肌肤、飘逸的长发、齐整的指甲、鲜红的双唇。

站在旅馆的最后一层台阶上,韦伯点燃一支烟,长长地吸了两三口,扔掉,碾了几下,把踩扁的烟头踢到街上,说:

"走吧。"

他们走下台阶,向广场另一头走去,走过几间仍然开着的店铺。他们走得很安静。

"也许他们会以礼相待。"

"但愿如此。"

他们走过一家照相馆。

"又是新的一天,任何事情都可能发生。我相信这一点。不,我其实并不相信。我只是想说说话。我得继续说话,不然我就走不动路了。"她说。

他们走过一家糖果店。"那就继续说话。"

"我害怕,"他说,"这不可能发生在我们身上!我们真是这世界上最后两个白人?"

"也许不是,但也很接近了。"

他们走过一家露天肉铺。

上帝!他想。地平线就这么收缩了,他们陷了进来。一年前可不只有四个方向,我们的生活有一百万种方向,一百万种可能。昨天它们衰减成了四个:我们可以去胡阿塔拉、贝洛港、圣胡安克莱蒙塔斯或者布里欧孔布里亚。昨天我们还有汽车。接着,当我们买不到汽油时,我们还有衣服行李。当他们拿走我们的行李的,我们至少还有个睡觉的地方。每次他们夺走一种欢乐,我们都能立刻找到另一种安慰。我们放开一件东西,去抓紧另一件,无比迅速。我猜,这就是人类。于是,他们夺走所有的东西。我们一样都不剩,除了自己。一切都没了,只剩下你和我在这里肩并肩走着。最终只有两个结果,他们把你从我身边夺走,或者把我从你身边夺走。莉,我觉得他们办不到。他们已经把别的东西都拿走了,我不责怪他们。现在他们再也不能对我们怎样了。当他们把我们的衣服和零碎全都撕下,我们就是两个无牵无挂的人,快乐或不快乐都在一起,我们没有什么好抱怨的。

"慢点走。"约翰·韦伯说。

"我走得很慢。"

"别太慢,看上去犹豫不决。也别太快,感觉像是急着去早点了结。别让他们称心如意,莉,一点都不能让他们得意。"

"我不会的。"

他们继续走着。"甚至也别碰到我。"他平静地说,"别拉我的手。"

"噢,拜托!"

"不,也不要大声说话。"

他坚定地走开几英寸,继续往前。他的眼睛直视前方,他们的步子迈得很方正。

"我要哭了,杰克。"

"见鬼!"他从齿间迸出一声,没有回头看,"别哭!你想让我落荒而逃?你想要这样吗?你想让我拉着你,跑进丛林里,让他们追捕我们,你想要这样吗,见鬼,你想让我倒在街上挣扎尖叫?别哭,我们不能乱了阵脚,不能让他们得意!"

"好的。"她说,手紧紧攥着,头抬了起来。"我现在不哭了,我不会哭的。"

"好的,见鬼,这才是好样的。"

真怪,他们走了好多步,还没有走过那家肉店。当他们缓缓踩在炙热的地砖人行道上时,红艳恐怖的景象就展现在他们左边。挂在钩子上的东西仿如残忍与罪过,像恶念,像噩梦,像血污的旗帜,像破灭的承诺。那红色,噢,悬挂着的恶臭的湿红肉块,高高挂起在钩子上的骨架,如此陌生,如此奇异。

约翰·韦伯走过肉店时,不由自主地伸手拍了一下。他一把拍在一挂牛肉上,一群嗡嗡叫的蓝色苍蝇愤怒地飞起,聚拢成圆锥形的一丛,盘旋在肉的上方。

莉奥诺拉昂着头,目视前方,脚下不停。"他们都是陌生人!我一个都不认识。我真希望我能认识他们中的一个。我真希望他们中的一个能认识我!"

他们终于走过了肉店。那挂红艳刺眼的牛肉仍在灼热的阳光下晃荡。

一等肉停止晃动,蝇群便落了下来,如一件斗篷般盖住了它。

BRADBURY STORIES: 100 OF HIS MOST CELEBRATED TALES By RAY BRADBURY
Copyright: © 2003 BY RAY BRADBURY
This edition arranged with DON CONGDON ASSOCIATES, INC.
through BIG APPLE AGENCY, INC., LABUAN, MALAYSIA.
Simplified Chinese edition copyright:
2020 New Star Press Co., Ltd.
All rights reserved.

版权登记号：01-2020-2826

图书在版编目（CIP）数据

暗夜独行客 /（美）雷·布拉德伯里著；夏笳等译 . —2 版 .—北京：新星出版社，2020.7
（雷·布拉德伯里短篇自选集；第 1 卷）

ISBN 978-7-5133-3892-9

Ⅰ.①暗… Ⅱ.①雷… ②夏… Ⅲ.①短篇小说-小说集-美国-现代 Ⅳ.① I712.45

中国版本图书馆 CIP 数据核字（2020）第 029146 号

雷·布拉德伯里短篇自选集（第 1 卷）
暗夜独行客
［美］雷·布拉德伯里 著　夏笳 等译

责任编辑：杨　猛　　特约编辑：黄　艳　刘盛楠
责任印制：李珊珊　　责任校对：刘　义
封面设计：@broussaillo 私制
封面插画：郭　埍

出版发行：新星出版社
出 版 人：马汝军
社　　址：北京市西城区车公庄大街丙 3 号楼　　100044
网　　址：www.newstarpress.com
电　　话：010-88310888
传　　真：010-65270499
法律顾问：北京市岳成律师事务所

读者服务：010-88310811　　service@newstarpress.com
邮购地址：北京市西城区车公庄大街丙 3 号楼　　100044

印　　刷：北京美图印务有限公司
开　　本：910mm×1230mm　1/32
印　　张：10.75
字　　数：161 千字
版　　次：2020 年 7 月第二版　2020 年 7 月第一次印刷
书　　号：ISBN 978-7-5133-3892-9
定　　价：49.80 元

版权专有，侵权必究；如有质量问题，请与印刷厂联系调换。